有爱的青春陪伴者

我能看到他的日记本

七颗糖 著

江苏凤凰文艺出版社

图书在版编目（CIP）数据

我能看到他的日记本 / 七颗糖著. -- 南京：江苏凤凰文艺出版社，2023.7
ISBN 978-7-5594-7692-0

Ⅰ.①我… Ⅱ.①七… Ⅲ.①长篇小说-中国-当代 Ⅳ.①I247.5

中国国家版本馆CIP数据核字(2023)第075250号

我能看到他的日记本
七颗糖 著

责任编辑	王昕宁
特约编辑	周丽萍
出版发行	江苏凤凰文艺出版社
	南京市中央路165号，邮编：210009
网　　址	http://www.jswenyi.com
印　　刷	长沙鸿发印务实业有限公司
开　　本	880mm×1230mm　1/32
印　　张	9.5
字　　数	273千字
版　　次	2023年7月第1版
印　　次	2023年7月第1次印刷
书　　号	ISBN 978-7-5594-7692-0
定　　价	42.80元

江苏凤凰文艺版图书凡印刷、装订错误，可向出版社调换，联系电话025-83280257

目录

第一章 阳光彩虹小白马 / 001

第二章 原来他是陆嘉言 / 023

第三章 棒棒糖 VS 开心果 / 065

第四章 写日记 / 089

第五章 心跳加速 / 143

目录

第六章　你要好好的 /170

第七章　好久不见 /199

第八章　南瓜马车 /263

番外一　那些年的秘密 /273

番外二　关于日记本的秘密 /288

后记 /298

/ 第一章 /
阳光彩虹小白马

夏末,大雨滂沱。豆大的雨点落在滚烫的地面上,像沸水一样冒着泡,还有看得见的热气往上蹿,空气又湿又闷热。

可这大雨还不足以影响飞机的起飞,不远处停机坪内有架飞机高速滑行一段距离后收起轮子,直冲云霄。

岑姜不知道妈妈在没在那架飞机上,也有可能还在候机室。

古往今来富家千金与穷小子的故事都没有什么好结局。有的穷小子婚后仍然一贫如洗,热恋中的美好一点点被现实中的柴米油盐所磨灭,富家千金悔不当初;有的穷小子在富家千金的帮助下摆脱穷境,并取得一定成就,而后他过河拆桥、喜新厌旧出轨一条龙。

这两种情况通常都以离婚收场。岑姜的妈妈大概属于……后者?

直到那架飞机冲进云层消失不见,岑姜才转身往外走。

才走了没几步,电话铃声响起。

是妈妈,她接起来。

"我准备登机了。"岑念的声音伴随着机场广播从电话那头传来,"知道回你舅舅家的路吧?"

岑姜"嗯"了声:"知道的。"

岑念又给她交代了一些事。岑姜走到公交车站牌前站定,边听边仰头看上面的路线图。

岑念说："我这两年创业初期肯定很忙，没那么多时间管你。以后要听你舅妈的话，千万不要跟表哥斗嘴，还有，去新学校要好好——"

"我知道啦。"旁边掠过一人，脚步溅起水花落在岑姜白色的帆布鞋上，她低头盯着那块沾了泥沙的污渍，无奈打断妈妈的话。

"抱歉。"

头顶突然传来一道好听的男声，待岑姜抬起头时，只来得及看见一个白衣少年清隽的背影。

少年很高，这么大的雨，伞都没打，就这么挺直腰背走在雨中。

"行了，我要关机了。"妈妈的声音将岑姜的视线拉了回来。

"妈妈再见。"

结束通话，岑姜等的那班公交车正好到站。她上车后找了个靠窗的位置坐下，偏头看向窗外。

舅舅住的兴苑花园小区，是江城最早的别墅区。跟现在新建的别墅小区不一样，兴苑花园房子之间的间距较小，生活气息浓郁。

岑姜回到舅舅家就径直回房做作业了，因为她不知道怎么面对舅妈那看小可怜一样看她的眼神。

说实话，她并不觉得自己可怜，爸妈离婚对她来说算是一种解脱。相较于待在那个充斥着吵架和冷漠的家里，寄人篱下也就显得没有那么痛苦了。

岑姜刚解完一道物理题，舅妈就来敲门叫她下去吃饭。

饭桌上，她见到了难得出现在家里的表哥岑凡。

"岑凡，你明天带姜姜到市区去玩玩。"舅妈说。

岑姜正要说不用，就听到对面表哥懒洋洋地应了一声。

"马上要开学了，你别整天出去。"舅妈忍不了岑凡这副有气无力的样子，不顾岑姜在场，训了他一顿，"整天没个正行，你看人姜姜多乖——"

"那我还带岑姜出去玩吗？"岑凡悠悠插上一句。

"你……"舅妈想发火,最终还是改了口,"明天带姜姜出去玩,开学之前别想再给我出门!"

吃完晚饭,岑姜提出要去洗碗,被舅妈拒绝了。

"你表哥在家也从不做家务。把这儿当自己家,怎么开心怎么来,不要有负担。"

外面不知何时又下起了雨。伴随着窗外哗啦啦的雨声,岑姜做完了两张数学试卷。

墙上的钟表指针指向十点,放在一旁的手机屏幕突然亮了下,跳出一条短信。

【这么简单的题目,我都不屑做!】

又是一条没有发件人的短信。

岑姜看了看手中正准备合上的试卷,又看了看手机,脑子里闪过一个可怕的念头。

岑姜蜷曲起身子开始小幅度地往后挪。

真不怪岑姜这么想,这无厘头的短信还要从来舅舅家的第一天说起。

那天也是个雨天,晚上睡觉前,岑姜收到一条短信,短信内容很莫名其妙:【鬼天气,烦。】

很快,岑姜发现了不对劲,居然找不到发件人。

她尝试退出再进入、重启手机等操作,仍然没有显示。

更令她吃惊的是,她编辑了条短信想发过去问对方是谁,按完发送键文字就直接消失了,编辑栏里没有,对话框里也没有。

重复几遍操作后,结果还是一样,消息根本发不出去!

起初岑姜以为是哪个熟人的恶作剧,她一个个发微信去问几个可能开她玩笑的朋友,得到的反馈是他们全不知情。

这还不算,更邪门的是,第二天那条莫名其妙的短信又莫名其妙地消失了。

要不是跟朋友的聊天记录还在,她都要怀疑昨晚是不是做了一场梦。

这件事很难用科学解释，唯一能解释的大概就是通信公司某个程序上出了纰漏。

岑姜坚持这么认为。

当第二天晚上同一时间又收到一条莫名其妙的短信时，岑姜感觉到了些许诡异。

她给通信公司客服打了个电话过去，问是不是网络程序发生了错乱，得到的却是否定答案。

她又给手机品牌的客服热线打了电话，对方直接微笑又不失礼貌地问她是不是在开玩笑。

岑姜发现遇见这种离奇的事情饶是有十张嘴也说不清，还容易被人当成神经病，她之后就没再问过别人了。

当然，她也有忍不住的时候。

翌日一大早，舅妈去公司了，岑姜跟表哥两人默默地坐在餐厅吃早餐。

岑姜舀着稀饭，冷不丁地抬头看向对面："你有没有……经常收到什么莫名其妙的短信？"

岑凡愣了一秒："有啊。"

岑姜眼里发出期待的光芒："是什么内容？"

"借钱吗？只需要一张身份证，当天办理当天放款。"岑凡说，"求求你了，淘宝回一下消息？"

"不是。"岑姜有些无语。

她眼巴巴地看着岑凡，像是急需得到一个肯定的答复。

"没有。"岑凡认真看了她两秒，然后拿出手机轻点了几下屏幕，很快他抬起头，神色变得有些复杂，"我刚查了一下，水土不服没有你这种症状。"

岑姜挫败地耷拉下脑袋，看来只有她一个人有这种情况。

吃完早餐，岑凡谨记自家老妈的嘱咐，带岑姜出了门。两人上了公交车，岑姜还在想为什么表哥今天这么听话。

其实她跟岑凡不是很亲,就一层表哥、表妹的关系。印象中的他很叛逆,舅舅、舅妈时常拿他没办法。

看来是自己误会他了。

半个小时后,岑姜发现自己又误会他了。

岑凡把她带到二中斜对面的一条街,据他说是这附近很有名的菠萝街,他让她自个儿逛,他自己则转身走进一间游戏厅。

岑姜张了张嘴:"那我……"

她话还没说完,岑凡就已经消失在厚重的隔帘后。

岑姜站在街头往里看了一眼,轻叹口气,既然来了还是好好逛一下吧!

出门的时候还在下雨,现在雨已经停了,天边乌云渐渐散去,几缕阳光从缝隙里钻了出来。路面还是有些湿滑,岑姜避开水洼,往右走进一家书店。

就在她挑选学习资料的时候,外面传来一声惊呼:"快看,是彩虹啊!"

岑姜下意识偏头看向门外,外面阳光灿烂,天空一碧如洗,一道亮丽的彩虹骤然出现在半空中。

街上的行人纷纷驻足欣赏美景,两边的店铺相继有人跑出来对着彩虹拍照。连书店的老板都跑出去了,岑姜也忍不住掏出手机走了出来。

她是第一次看到这么清晰的彩虹,漂亮得好不真实,有点后悔没带单反相机。

书店对面是一家理发店,店门正上方广告牌上写着龙飞凤舞的两个大字"乱剪",其中"剪"字上面两点是一把剪刀的形状。

此时从里面走出几位"杀马特"少年。

头上套着紫色假发的少年伸展手臂感叹了句:"啊!久违的阳光!"

头戴奶奶灰色假发的少年跟着喊了句:"彩虹!"

而后两人对视一眼,不约而同地唱道:"小白马——"

唱完这句,他们乐成一团。

他们身后的门边还倚着一位黑发少年,少年耷拉着脑袋,看起来精神不怎么好。

见状，他轻嗤了句："傻！"

紫发秦烟和奶奶灰发陈启也不生气，继续对着彩虹唱："滴滴答滴滴答滴滴答……"

唱完一遍又重复："阳光彩虹小白马……"

这次唱到一半，声音戛然而止，他们俩齐齐回头看向身后。

秦烟眼皮子跳了下："我刚好像听到谁跟我们一起唱了。"

陈启点头："我也听到了。"

黑发少年陆嘉言两手插兜，语气懒散："反正不是我。"他脸上那嫌弃的表情好像在说"笑话，我怎么会做这么傻的事情"。

秦烟、陈启："不是吗？"

陆嘉言揉了揉发疼的太阳穴，不耐烦地"啧"了声："都说了不是！"

他说完掏出手机准备回理发店玩游戏，忽然听到对面传来一道女孩的轻笑声。

少年掀起眼皮，循着声音望过去，蓦然对上一双明亮含笑的眸子。

岑姜最初是被对面那两个人的歌声所吸引，正要收回视线之际听到一个低沉沙哑的男声，这才看见倚在门边的少年。

岑姜总感觉他的声音有点熟悉，好像在哪儿听过。

她很少会盯着陌生人看，主要是他们的互动太有趣，以至于她看得入了神。

看到黑发少年被冤枉的那一幕，她实在没忍住笑出了声……

猝不及防的四目相对，岑姜脸上的笑意根本来不及收起，干脆大方地绽开一抹笑。

刚刚他的脸隐在暗处，五官看不真切，这会儿侧身看过来，正好暴露在阳光下。少年五官深邃，狭长的眼尾和微微内勾的眼角无形之中给人一种很嚣张的感觉。

岑姜还注意到他眉间有一颗小痣，这颗痣给人的感觉很乖巧。乖巧撞上嚣张，自相矛盾的两种气质集中在一张脸上，居然一点也不违和。

意识到自己正盯着人家看,岑姜心虚地冲对方点了点头。

"想剪头发?"少年歪头靠在门边,冲她抬了抬眉梢。

岑姜"啊"了声,反应过来后立马摆摆手:"不是,我不剪头发。"

几乎是她拒绝的下一秒,少年就默默收回目光,转身走进理发店。

秦烟和陈启自然也听到了岑姜一开始的笑声。见她的目光还停留在陆嘉言的背影上,秦烟笑着问:"他是我们这儿的发型总监,帅吧?"

岑姜笑了声,没回答。

"我们阿言老师现在正好有空,真的不考虑一下?"陈启也加入调侃的行列。

"不了,谢谢。"岑姜露出一个自认为很有礼貌的微笑,然后转身回了书店。

说实话,刚刚那位发型总监确实帅。

她一转身,对面的秦烟和陈启也回到理发店。

秦烟坐在沙发扶手上看了一眼门外:"刚刚那小姑娘还挺漂亮。"

陈启:"漂亮是漂亮,不过她看着好像初中生。"

"也对。"秦烟表示赞同。

岑姜今天穿了件天蓝色衬衣加白色背带裙,配上一头齐肩短发,整个人乖巧又可爱,看着确实显小。

"阿言你没事吧?"秦烟见陆嘉言脸色异常苍白,有些担心地问。

"没事。"陆嘉言嗓音微哑,"昨天淋了点雨。"

正聊着,三人的手机同时发出"叮叮"的提示声,来自"彩虹少年团"群消息。

飞机:【因为这头绿毛,我又被我爸揍了好几顿了!言言,我可不可以摘掉了?】

陈启:【笑晕在厕所。】

对面陈启趁陆嘉言低头看手机的工夫给秦烟使了个眼色。

秦烟清了清嗓子:"阿言。"

陆嘉言抬头:"嗯?"

秦烟前后捋了捋自己的假发:"你看这发套……"

"你们还打算顶着这个去学校?"陆嘉言嫌弃地扫了他们俩一眼,"那以后离我远点。"

秦烟气急败坏地道:"这不是你让戴的吗?还说没有一个月不准摘。"

"难道不是你们玩游戏输了?"陆嘉言说,"摘了,碍眼。"

"不早说。"陈启立马摘了丢到一边,"热死我了。"

随后,秦烟也骂骂咧咧地摘了。

岑姜买完学习资料,路过一个手机专卖店。想起昨晚的事情,于是她走进店内,请导购员帮她查看了一下手机。

"手机没问题啊。"导购员见到这么漂亮的小姑娘,声音都柔和了不少,"如果实在觉得有问题,我建议你将手机格式化一下。"

"行吧,谢谢。"

岑姜从手机专卖店出来后去买了奶茶,又逛了精品店。终于到了十一点半,她走回到岑凡先前去的那家游戏厅门口,不知道他忙完了没。

正在她犹豫着要不要进去找人时,岑凡走出来了:"走,带你去吃饭。"

吃饭的时候,岑凡接到一通电话,不知道对方说了什么,他下意识看了一眼对面:"行吧,等会儿再看。"

饭后,岑凡问岑姜还想去什么地方玩,她摇了摇头。

"行。"岑凡也不客气,"那你先回家,我还要去别的地方买点东西。"

岑姜非常配合地点点头:"好。"

面子这种东西,一个不想要,一个硬给。

晚上十点半,岑姜意外地发现今天还没收到那条奇怪短信。

按照前两次的经验,短信一般都在十点左右到。今天看来是不会来了。

岑姜这样想着,便放下作业起身去了浴室洗澡。

重新回到房间,岑姜莫名回忆起今天在书店外见到的那一幕,门边少年那憋屈的表情在脑海里渐渐放大,她嘴角又抑制不住地往上扬。

意识到自己在笑,岑姜甩了甩头,敛了敛心神打算去睡觉。手机还在书桌上,她走过去想拿过来放床头柜上,手还没碰到手机,屏幕上就跳出了一条短信:

【笑什么笑?傻样。】

岑姜讪讪地缩回手,昨晚开始出现在脑子里的念头持续发酵。

她现在看她的手机,就好像在看一个长了手脚和五官的人,并且是一个双手插兜,嚣张又嫌弃地看着她的人。

岑姜被脑补的画面笑出了声。她挺佩服自己的,遇到这么诡异的事情居然还笑得出来。

手机振动了下,屏幕上又跳出一条微信好友请求,备注信息:【我是程婧。】

岑姜还没从脑补的画面中回过神来,过了几秒才想起这人是谁,忙点了通过。

下一秒,对方发来个语音通话邀请,岑姜接起。

程婧说她之前出去旅游了,今天晚上刚到的家,听说岑姜来了这里立马问岑凡要了岑姜的微信号。

从她的话里,岑姜基本可以判断出短信之事跟她无关。

"以后可以一起玩了。"程婧笑,"我们这儿很多帅哥哦!"

听到"帅哥"两个字,岑姜下意识想起今天见过的少年。

以前常有人说她的眼睛漂亮,盯着人看的时候,像是在勾人,似藏着星辰大海。可她觉得,那人的眼睛更漂亮,说不出的清澈明亮。

时间太晚,两人聊了会儿,便结束了通话。

程婧是以前住舅舅家隔壁的小孩,岑姜小时候每次来舅舅家都会跟她一起玩。

明明这么久没见过面,可两人像是无话不谈的闺密,从来没有分开过似的。

作为土生土长的江城人,程婧带岑姜逛了很多地方,讲了很多趣事。

此时两人坐在菠萝街一家烤肉店，面前是被烤得"吱吱"作响、香气四溢的五花肉。

程婧夹了一块烤肉放进嘴里，含糊地道："我们学校什么都好，只需要注意一条，那就是千万别惹陆嘉言。"

"谁？"

"就我们学校的校草。"

岑姜夹了一块五花肉用生菜包裹上，弯了弯唇："惹不上。"

校草这种人物存在于每个学校中，岑姜他们那儿也有，只不过她跟这种人八竿子打不着。

开学日，岑姜吃完早餐，跟程婧一同来到学校。

办好相关手续后，她终于见到了班主任，一位四十多岁的女老师，姓刘，也是他们的语文老师。

"岑姜，"刘老师扶了扶眼镜，脸上堆满笑，"欢迎你到我们223班。我看了你之前的成绩，你在你们学校基本都保持第一，我们这儿高手如云，可要加油啊。"

刘老师这句话瞬间让岑姜感受到了压力。

刘老师出现的那一秒，原本鸦雀无声的教室开始窃窃私语。

"安静一下。"刘老师拿黑板刷敲了一下讲桌，"首先欢迎一下我们班的新同学岑姜。"

话落，教室里响起一阵热烈的掌声，还伴随着口哨声。

岑姜在刘老师的示意下做了个简短的自我介绍："大家好，我叫岑姜，喜欢摄影。"

岑姜大方介绍完，刘老师的视线在教室了搜罗了一圈，最后指着后排一个空位："你先坐那儿，明天会重新排位置。"

岑姜正想走过去，就听到那个位置的同桌说："刘老师，这是阿言的位置。"

"他不知道今天开学吗？为什么还没到？"刘老师示意岑姜过去，"没事,你先去坐,晚点我再让人搬一张课桌来。"

从他们的对话中,岑姜知道了那个地方有人坐,但是放眼望去,整个教室也就那一个空位,她不可能一直站在讲台上,只好走过去坐下。

"同学,课桌和椅子我都已经擦干净了。"龚思维嬉皮笑脸地说,"放心坐,一点灰尘也没有。"

这过分热情的态度跟刚刚提醒老师这里有人坐的时候完全不一样,岑姜冲他道了声谢。

"你叫岑姜吧?我叫龚思维。我们是不是见过啊?"

"应该没有。"岑姜微笑。

"那我可能记错了。"龚思维挠挠头。

"这里不是有人坐吗?"岑姜把书包搁在椅子靠背上,没打算占用桌兜。

"等下搬来新的课桌,让他坐后面就行。"龚思维说是特别轻松,"反正他喜欢一个人坐。"

刘老师在讲台上讲话,岑姜能感觉到从四面八方投过来的各种打量的目光,这里面有好奇有惊艳。

无论哪种都让岑姜觉得无所适从。她努力忽视这些目光,终于熬到开完班会。

刘老师出门前叫了两个同学去搬课桌,还让班长带岑姜去领校服。

班长是个相当文静的女孩子,叫宋语薇。

"你是从哪个学校转过来的呀?"宋语薇声音也温温柔柔的。

"外省转过来的。"岑姜说。

"你真漂亮。"宋语薇不好意思地笑了笑,"眼睛特别好看。"

岑姜今天穿了件小裙子,短发扎了个半丸子头,甜美又可爱。

"谢谢。"没有哪个女孩顶得住被夸颜值,岑姜也不例外。

她嘴角翘起一抹好看的弧度:"你也漂亮。"

岑姜出去不久,陆嘉言便晃晃悠悠地从后门走进教室。教室里的交谈声因为他的到来而减小了许多。

少年一脸困倦地走到后排，正打算坐下，视线触及椅子上那个粉色书包时，愣了下。

他拿下挂在右肩上的书包往课桌上一摔："谁的书包？赶紧拿走。"

他这话一出，教室里又安静了几分，连打扫卫生的同学都放轻了动作。

还好上完厕所的龚思维及时回到了教室，见陆嘉言一脸不爽的样子，很快便明白了是怎么一回事。

"阿言你别生气，这是转学生的书包。"龚思维的语气里存了几分小心翼翼，"是……刘老师让她坐这儿的。"

"什么意思？"陆嘉言眉头轻蹙。

龚思维赶紧摆手："这不是看你没来，教室里又只有这一个空位置，就让转学生先坐着。"

陆嘉言半倚在课桌上："那现在怎么办？"

"刘老师让人去搬课桌了。"龚思维讪讪一笑，"你不是一直嫌弃和我同桌吗？要不等会儿课桌搬来了，你就一个人坐后面？"

陆嘉言从口袋里掏出手机，听到这句话，眉眼往上挑了下："这么说，你是在成全我？"

龚思维叹口气："没办法，以前没机会，现在机会来了，我放你自由。"

"谢谢。"

"不客气。"

"我坐你旁边很自由。"

龚思维"啊"了声："什么意思？"

"意思是——"陆嘉言的余光扫了一眼那个粉色书包，一字一顿道，"不换。"

"课桌来了。"见两个男同学抬了一张课桌从后门走进来，龚思维站起身去帮忙，"你看这课桌还是新的呢，就是有点灰尘，我帮你擦擦？"

陆嘉言好整以暇地看着忙前忙后非常麻利的龚思维："你可真殷勤。"

"必须的！"龚思维找同学要了包餐巾纸，非常认真地擦着课桌，完全忽视陆嘉言刚刚说的不换。

陆嘉言等了一会儿，渐渐失去耐心，他收起手机很不爽地踹了一下凳子："还要多久啊！"

他话音刚落，一个软软的声音从门边传来。

"不好意思，我马上拿走。"

岑姜领完校服，回到教室，进门就看到她刚刚坐的课桌边倚着一位身材修长的少年，猜想是座位的主人回来了。

果不其然，还没走近，就听到一句不耐烦的抱怨。岑姜忙小跑过去，抬头的一瞬间就对上了一张熟悉的面孔："阿言……老师。"

岑姜记得上次那人是这么介绍的。

陆嘉言眼皮跳了下，他下巴朝椅子上抬了抬："你的？"

岑姜"啊"了声，腾出一只手拿过书包抱在怀里："不好意思。"

龚思维停下擦桌子的动作，露出难以置信的表情："你们认识？你叫他什么？阿言？"

在两人之间来回看了几眼，龚思维脸上的难以置信逐渐变成意味深长。

岑姜对于他这种听话听一半的行为很是无语，但是又不好解释，毕竟这位阿言老师好像不是全职理发师，现在看来是同学。

幸好刚刚脱口而出的是阿言老师而不是总监老师。

班里其他同学看似在做手头上的事情，实则每个人眼角的余光都在往这里瞟，想知道转学生会遭到什么样的对待。

让他们失望的是，根本无事发生。

陆嘉言昨晚熬夜到很晚，现在困得厉害，长腿一迈便趴在桌上开始补觉。龚思维擦完桌子默默地走回自己位置上，将桌兜里的书拿出来，开始往后座搬。

岑姜早注意到了后面新搬来一张课桌，知道那是她的临时座位。

可当她转过身看见她的前同桌在往后搬书时，有点弄不明白目前的状况："这不是我的座位吗？"

"我坐后面，你坐我那儿。"龚思维语气带了点说不清的委屈，说话间手上动作不停，等桌兜里的东西差不多搬完，他示意岑姜坐过去，"好了，你坐这儿。"

岑姜看着已经坐好的两人，又看了看那个唯一的空座位，叹了口气从龚思维身后绕过去坐好。

反正明天就要换座位。

二中效率很高，开学第一天，第三节课就开始正式上课。

过完一个暑假回来，班上纪律性有所减弱。上课铃声响了，教室里的交谈声还在继续，岑姜还能听到某个同学说着他在海边度假的趣事。

看着右边这颗毛茸茸的脑袋，岑姜稍作犹豫，还是开口叫了他一声："同学，上课了。"

接连叫了两遍，趴在桌上的人依然纹丝不动。

岑姜秉着好人做到底的原则，伸出手轻轻戳了一下少年被枕在脑袋下的手臂。

"啪"的一声，教室里突然响起一个清脆的巴掌声。室内霎时陷入一阵诡异的安静，所有人都往声源处看过来。

岑姜脑子"嗡嗡"作响，右手手背火辣辣地疼。

刚刚就在她伸手戳陆嘉言的时候，猝不及防被他反手拍了一下。

后排的龚思维维持着一个"尔康手"的姿势，大概是事先想阻止岑姜没来得及。

"你打错人了。"龚思维收回手，踢了下陆嘉言的椅子脚，"你打了你的新同桌。"

静谧的教室里，龚思维压低的声音一字不落地落入陆嘉言的耳内。

他趴着的身子僵了下，而后坐直、偏头，对上少女湿漉漉的眸子的一刹那，脸上因为熟睡被打扰的不快很快被懊恼取代。

"你……"还想说点什么，他注意到一屋子看过来的目光，瞬间烦躁地朝前面扫了一眼。

怕他发火殃及池鱼，全班同学齐刷刷地转过身子端正坐好。

陆嘉言一开始不知道打了岑姜哪里，当注意到她放在课桌上略显僵硬的手时，蒙了下。

不是吧！自己有打这么重？

以前龚思维坐旁边也没少挨他的揍，没有哪次有这么重。

岑姜其实没想哭，但真的很疼。

陆嘉言那一下打得她手都麻了，手背上几乎立即出现几个明显的指痕。

"抱歉。"陆嘉言说。

"没关系。"岑姜摇摇头，带着鼻音的嗓音莫名透着些委屈。

"啧！"陆嘉言突然站起身。

岑姜下意识瑟缩了下，睁着个雾蒙蒙的眼睛，警惕地看向他。

陆嘉言更加烦躁了，他忍住骂脏话的冲动，转身往教室外走去。

看着连背影都透着不爽的少年，龚思维喊了句："阿言，你去干吗？陈老师马上就来了。"

回答他的是一道重重的关门声。

不一会儿，教数学的陈老师走了进来。她是一个留着短发的中年女性，面对异常安静的教室，她似乎感到有些意外。

"过了一个暑假，你们班在纪律上进步很大啊。"陈老师说，"我知道第一节课你们听不进课……"

"耶！老陈威武！"她还没说完，底下就有一群人欢呼。

"所以……"陈老师说，"我们讲一下暑假发的试卷。"

高兴不过三秒，同学们又灰头土脸地到处找试卷。

"班里是不是来了一位新同学啊，在哪儿？"陈老师眯缝着眼睛到处看，"过来拿试卷。"

岑姜擦了擦眼睛，站起身走向讲台。

"第一天开学，还没适应吧？"岑姜天生给人一种很乖巧的感觉，任何人看了都容易心生怜惜，更别说她现在眼眶泛红，陈老师声音格外温柔，"有不懂的下课来问我。"

"谢谢老师。"岑姜接过试卷走回自己的座位。

在岑姜经过的时候,很多同学都注意到了她红红的眼眶,都在心里默默谴责陆嘉言。

他居然打女孩子!这么漂亮的女孩子也下得去手!

陈老师在上面讲题,岑姜想做一些记录。可握住笔的那一刹那,手背上传来的刺痛感让她蹙起了眉头。

真疼,都肿了。

一节课下来,陈老师就讲了几道选择题。

下课后,岑姜没出去活动,继续做题目。没一会儿,旁边坐下来一个人,同时她的面前被丢过来一个塑料袋。

岑姜呆呆地转过头,只见刚刚霸气走出教室的同桌正懒懒地靠在椅子上。在她看过去的时候,他指了指那个塑料袋:"药。"

岑姜恍然大悟,原来他是出去买药了。

"谢谢。"岑姜觉得的确有必要擦点药,不然都没办法好好写字。

她拿过塑料袋打开,里面有一支药膏和一包棉签。

受伤的是右手,需要左手上药。岑姜右手持药膏挤到左手拿的棉签上,期间因为用力扯到了伤处,她倒吸了一口气。

原本已经低头在看手机的陆嘉言闻声抬起头。

看见岑姜笨拙的动作,他沉默两秒,放下手机,一把接过她手中的棉签:"我来帮你。"

棉签突然被抽走,岑姜吓了一跳,本想拒绝,只见对方已经拉过她的手开始上药。

少年双眸微垂,神情极为认真,看似小心翼翼,实则落在手背上的触感并不轻。岑姜疼得立马要缩回手,但没成功。

"别动。"陆嘉言手紧了紧。

"那……你能不能轻点啊!"岑姜话里带着些许的抱怨。

陆嘉言微掀眼皮,见少女眼里泪光乍现,他不自觉地松了手。

岑姜抽回自己的手,小声说:"我还是自己来吧。"

岑姜皮肤晶莹白皙，那几个红色的手指印在上面显得触目惊心。

陆嘉言心里一股子不爽无处发泄，好想抓来龚思维揍一顿，换啥座位呀！

龚思维接触到陆嘉言冰冷的眼神，回过去一个傻笑，他连大气都不敢出，感觉自己要完。

冰冰凉凉的药膏接触到皮肤，瞬间中和了火辣感，岑姜感觉舒服了不少，她把药收起来继续做题。

陆嘉言开了一局游戏，但眼神时不时往岑姜的方向瞄一眼。

岑姜也察觉到了他的视线，猜他是因为误打了自己而愧疚，于是她停下笔，冲他笑了笑："我没事了。"

"哦。"陆嘉言指了指她的试卷，"你第八题做错了。"

岑姜脸上一热，忙低下头："谢谢，我再算算。"

龚思维在后面偷拍了他们一张照片，发到"彩虹少年团"微信群里。

飞机：【你们见过阿言哄女孩子吗？笑死，哈哈哈。】

秦烟：【这女孩好眼熟。】

起子：【这不是上次那个彩虹少女吗？】

秦烟：【对，就是她，她怎么跟阿言成同桌了？】

飞机：【唉，说多了都是泪，是我成全了他们的碧海蓝天。】

上午放学后，岑姜收到程婧的微信，说在楼梯口等她。

一见面，程婧就迫不及待地问："你被分到哪个班啊？"

"223班。"岑姜跟着她一起下楼。

"你在223班？"

程婧差点儿踩空楼梯，还是岑姜拉了她一把，才稳住身子。

"怎么了？"

"你这运气……"程婧左右看了一眼，小声说，"陆嘉言在你们班，记住这个名字啊，别惹。"

"知道了。"岑姜挽着程婧的手，好笑地说，"你都跟我说过几遍了。"

岑姜还没办餐卡,中午程婧请她去食堂吃饭。

吃饭的时候,程婧突然注意到岑姜手上的伤,她惊讶地瞪大了眼睛:"天啊,这是怎么了?"

"不小心被人打了一下。"岑姜示意她小声点,"没事,已经擦药了。"

"又红又肿,这还叫没事?"程婧拉过岑姜的手仔细端详,"谁打的呀?"

"同桌。"岑姜小心翼翼地抽回自己的手,"不小心打的。"

程婧可不觉得是件小事,吃完饭回到教室外的走廊上还在念叨:"打这么重,那也不能白挨打呀!"

岑姜认为挨打这件事有一大半责任在于自己多管闲事,所以压根儿没放在心上:"真没事,你快回宿舍休息吧!"

程婧寄宿,中午可以回宿舍午睡。

岑姜也想寄宿。但是她妈妈离开之前,交代过让她走读,担心学校伙食不好,住家里舅舅、舅妈还能照顾一点。

程婧走后,岑姜回到教室,意外地发现她的同桌也在,看来也是走读生。

岑姜走过去坐回自己的位置上,下一秒,旁边伸过来一只手。

岑姜顺着这只冷白修长的大手,看向她的同桌,鬼使神差地,她把自己的手搭了上去。

陆嘉言一愣。

后排的龚思维也蒙了。

陆嘉言愣了两秒,笑了:"当我邀请你跳舞呢?"

少年的笑容跟他张扬的外表不一样,干净又纯粹。

"啊?"岑姜反应过来立马收回自己的手,"我、我不懂你的意思。"

陆嘉言微微挑眉:"不是说不能白挨打吗?"

岑姜耳根开始发热,原来他听到了她和程婧在走廊上的对话。

手还伸在面前,岑姜却摇了摇头:"不用。"

"不打?"陆嘉言收回手,"你要想打其他地方也行,或者你找人打也行。"

岑姜哭笑不得："我又不是校园大佬，被打一下还得找人揍回去？"

陆嘉言脸色变了变，身后龚思维"扑哧"一下笑出声。

"你怎么知道大佬被打了就要找人揍回去？"龚思维似乎来了兴趣，"你认识？"

"不认识。"岑姜老老实实地道，"我猜的。"

陆嘉言轻扯嘴角："那你可猜得真准。"

末了，他又瞟了一眼岑姜受伤的手背："给你机会了，既然不打，那这事就翻篇了。"

岑姜点头："行，我原谅你了。"

陆嘉言望进少女明亮含笑的眸子里，轻哂："谢谢。"

他们身后，龚思维一直在"彩虹少年团"群里发消息。

飞机：【还说让我回教室换座位，你们看看你们看看！】

秦烟：【我不信。】

下午第一节课是英语课，岑姜英语成绩很好，经常考满分。英语老师说正好缺个课代表，就选了她当课代表。岑姜也没推辞。

晚上回到舅舅家，岑姜接到了妈妈打来的电话。岑姜对妈妈的感觉很矛盾。

她挺想妈妈的，爸妈没离婚前，爸爸和奶奶重男轻女，岑姜从小到大唯一能感受到的爱几乎都来自妈妈。但每次跟妈妈通话，岑姜都会有一种透不过气来的感觉，两人的重点永远不在一个频道上，大部分时间都是妈妈在问她学习和作业。

似乎除了这个，妈妈和她就没什么可聊的。

岑姜趴在书桌上，看着被挂断的手机，心里空落落的，眼睛也开始发酸。

书桌的右边放着一台单反相机，好久没拿出来使用过了，岑姜忽然想出去走走。

她走出房间跟舅舅、舅妈打了声招呼，便背着相机出了门。

今晚月色很好，银白色的月光铺满整片大地。

小区花坛两边都种有樱花树，这个季节的樱花树只有树叶没有花，月光透过缝隙洒下来，在地上投下一片斑驳。

微风一过，树影随风而动。

岑姜特别喜欢拍影子，要是有人就更好了，拍出来的照片很唯美。

她选取了一个绝佳的拍摄角度，蹲在花坛一角。连续拍了好几张后，镜头里突然出现一双运动鞋，接着是一双修长的腿。

一个双手插兜的少年晃晃悠悠地走了进来。月光勾勒着他的棱角，细碎的刘海随风而动，像是从漫画里走出来的一般。

岑姜快速按下快门键。

陆嘉言停下脚步，居高临下地看着她。

岑姜抱着相机心虚地笑了："嗨，好巧。"

"不巧，我就住这儿。"陆嘉言看了一眼她身后的别墅。

少年站在月光下，头稍稍歪着，看起来一副不可一世的模样。岑姜手痒难耐，好想再给他拍几张照片。

短暂的沉默过后，陆嘉言朝她伸出一只手："给我看看。"

岑姜以为他想要删掉照片，下意识把相机往怀里带了带。

可少年的手并没有收回去，那双漂亮的黑眸也还停在自己身上。

无奈之下，岑姜慢吞吞地把相机递了过去，忽然想到什么，她装作不经意地晃了下右手。

路灯下，她手背上那块痕迹清晰可见，还是那么红。

陆嘉言瞄到她的小动作，几不可察地勾了唇。

在他查看照片的时候，小姑娘还在一边甩手，一边紧张地盯着他的动作。

陆嘉言觉得有些好笑，他看完把相机还给她："行了，我又不删你的。"

"那你能再让我拍几张吗？"岑姜顺势说出口，完美地诠释了什么叫得寸进尺。

陆嘉言定定地看着她没作声，那模样像是在说"你觉得呢"。

"算了。"岑姜见他不出声，吹了下自己的手背，"反正我手还有点——"

"需要我怎么配合？"陆嘉言淡淡地打断她。

"你就站那儿！"岑姜双眸一亮，指了指那棵樱花树，"那棵树下。"

"手不疼了？"陆嘉言扫了一眼她的手。

"不疼了。"岑姜冲他甜甜一笑。

月光将两人的影子拉得很长，陆嘉言被她的笑容晃了下眼。他别开眼，转身往她说的地方走去。

"嗯，你把右手抽出来，左手插兜。"岑姜半蹲着，边找角度边指挥，"对，就是这样。"

"咔嚓！"

"咔嚓！"

"再往右斜一点，头稍稍往后仰，俯视我。"岑姜惊喜地道，"你太棒了。"

陆嘉言本来开始不耐烦了，被她这么一夸，不知怎的就笑了。

"啊啊啊，这张好。"岑姜捕捉到他那抹笑，狂按快门键。

"走了。"等她拍完那几张，陆嘉言耐心告罄，越过她往她身后的别墅走去。

他自己都觉得挺神奇，居然站在那儿给她当了几分钟模特。

"谢谢你啊，同桌。"岑姜虽然还想多拍几张，但她懂得适可而止，况且，她同桌好像没什么耐心。

回到舅舅家，岑姜把照片导出来，修了几张放进她储存照片的文件夹里。

做完这些，她从书包里掏出今天发的数学试卷。开始做题前，她视线不自觉地停在选择题第八题上。

上午经过同桌提醒，她又重新算了一遍，发现确实算错了。

当时因为尴尬，没在意他这种一眼就看出错误答案的行为。

现在这么一想，她同桌的数学成绩肯定不一般。

岑姜做完最后一道大题，时间刚过十点，旁边的手机发出"叮"的一声，屏幕跳出一条短信：

【啧,小姑娘的手真是娇贵!】

瞥见信息内容,岑姜蓦地坐直身子,一股凉意从脚底直冲天灵盖。

岑姜迫使自己冷静下来,仔细分析一下规律。

短信几次都在晚上十点左右出现且只有一条,是不是证明那人只有这个时间才会过来?不能短信对话,那可不可以直接对话?

岑姜紧紧盯着手机。

半晌,她清了清嗓子,小心翼翼地问:

"你……是谁?"

"还在吗?"

岑姜拿出笔记本在上面写下两个字:【你是?】

她将笔记本摊开至手机上方,前后左右停了几个位置,仍然一点反应都没有。

岑姜带着一点害怕和一点好奇爬上了床,睡觉前还默念了几遍"富强民主文明和谐",之后便进入了梦乡。

/第二章/
原来他是陆嘉言

隔天上午,第四节课是体育课。天气太热,体育老师安排他们在室内练习羽毛球。

岑姜上课期间出来,听见篮球场那边传来一阵嘈杂的声音。之前听程婧说她们班第四节课也是体育课,岑姜想看看她是不是在那儿,转而往篮球场走去。

刚走到人群外围,就听到不远处传来一声惊呼:"小心。"

岑姜还没反应过来就感觉前方一道疾风快速袭来,她本能地闭上眼睛。

预想中的疼痛没有来,过了两秒,岑姜悄悄睁开眼,正好看到一只骨节分明的手抓着篮球往地下一砸。

她视线往上,看到了陆嘉言那张帅气的脸。她双眸晶亮:"谢谢你啊,同桌。"

"不知道躲?"陆嘉言的语气听起来不怎么友好。

岑姜正要解释,这时旁边走过来一个男生略带歉意地说:"不好意思,同学你没事吧?"

"没关系。"岑姜说,"下次注意点。"

等她说完回过头来时,只看见少年已经走远的背影。

"岑姜,岑姜。"身后突然传来程婧压低的透着兴奋的嗓音,"陆嘉言好帅啊！"

岑姜扭头看着从篮球场跑过来的程婧，一脸蒙："你说谁好帅？"

"陆嘉言啊！"程婧挽上她的手，盯着陆嘉言离去的方向，"陆嘉言抛开为人冷漠这点，人是真的帅！"

"你是说……"岑姜感觉这会儿脑子嗡嗡作响，她咽了咽口水，艰难地开口，"你说他就是陆嘉言？"

"对啊。"程婧一脸匪夷所思，"他不是你同学吗？你不知道？"

岑姜摇摇头之后又点点头。

"不是。"程婧失笑，"你这是啥意思？"

岑姜还没从得知同桌就是校草这一事实中缓过神来，她抓起程婧的手，严肃地问："你是说刚刚帮我挡住篮球的那个人就是陆嘉言？"

"对啊。"程婧说。

完了！想起昨晚让他当模特的事，岑姜欲哭无泪。

岑姜脑子里一团乱，不知道怎么跟她解释好像自己已经惹到了陆嘉言这个事实。

然而还没等她开口，程婧就被叫去集合了。

岑姜没急着回去打羽毛球，她想消化一下刚刚得知的消息。

体育馆后门隔着一条马路是一个人工湖，湖边种有成片的大树，岑姜想去那儿冷静冷静。

就在她要过马路的时候，看到不远处的树下站着两个人，是前不久才看到的陆嘉言和一位穿着白色裙子的高挑女生。

两人不知道在聊什么，陆嘉言原本看上去心情不错的心情瞬间晴转阴，对面那个女孩见状安抚似的拍了拍他的肩膀。

陆嘉言没躲开，乖巧的模样跟他一贯嚣张的性格完全不符。

岑姜意识到自己可能撞破了什么场面，有些心虚。

乘凉是去不了了，她不动声色地转身走回了室内体育馆。

之后，岑姜把陆嘉言是她同桌这件事告诉了程婧，顺嘴提了句在人工湖看到的情景："在你告诉我之前,我压根儿就不知道他名字。"

"啊?"程婧差点儿被噎着,"所以,昨天打你手的是陆嘉言?"

岑姜点点头:"不过他真不是故意的。"

程婧神情变得有些复杂:"这次不是故意的,那以后怎么办?你怎么跟他同桌呢?"

"没关系。"想起昨晚上少年的笑,岑姜隐隐觉得他也没传说中的那么恐怖,"这两天会重新换座位。"

陆嘉言踩着下午第一节课的上课铃声走进教室,一来就趴桌上睡觉,直到放学。

同学们陆陆续续地收拾书包或回家或回宿舍,龚思维出去了一趟很快又跑了回来。

"还睡呢?"他走到陆嘉言桌前,敲了敲桌面,"有人造谣你今天跟一个女生在人工湖边……"

陆嘉言缓缓抬起头,许是刚刚睡醒,额前的刘海有些许凌乱。他面无表情地盯着眼前的人,不爽地皱了下眉:"什么玩意儿?"

龚思维把刚刚那句话又重复了一遍。

陆嘉言目光一顿:"谁?"

龚思维悄悄把目光转向一旁的岑姜,用眼神代替回答。

默默"吃瓜"的岑姜一下接收到两道不怎么友好的视线,心下一慌:"跟、跟我有什么关系?"

她站起身,装作收拾课桌,心想:该不会中午跟程倩聊天时被人听到了吧?

好在此时,陆嘉言的手机响了,他拿出来看了一眼,边接起电话边往外走。后面的龚思维丢给岑姜一个自求多福的眼神,也跟了上去。

岑姜稍稍松了一口气,保险起见,她在位置上静坐了几分钟,才拿起书包起身往教室外走。

怎知刚走出教室门,她就看到倚在走廊上的陆嘉言。

少年两腿交叠，双眸微垂，也不知道在想什么。

在等人？嗯，她还是不打扰为好。

岑姜缓了缓心神，目不斜视地越过对方往楼梯口走。几乎是她越过陆嘉言的同时，身后传来了脚步声。

她停，身后的脚步声也停。

她加快脚步"噔噔噔"地下楼，身后的步伐依旧不紧不慢。

一口气跑到操场，岑姜弯腰撑住膝盖不停地喘气："累死了！"

"那是你缺乏锻炼。"懒懒的嗓音在身后响起。

岑姜撑着膝盖的手一个下滑，人往前栽去。

陆嘉言适时走上前拉住她胳膊往后一带，待她站稳后自然松开手。

"你走路都没声音的吗？吓死了！"岑姜拍了拍自己胸口。

"你不是知道我在后面？"陆嘉言语气理所当然。

少年掌心的余温仿佛还停留在她手臂上，像被烫着了似的，那块皮肤迅速变红。

岑姜问："那、那你干吗跟着我？"

陆嘉言眼皮微掀："你觉得呢？"

岑姜心虚地理了理自己的刘海，声音逐渐减弱："我怎么知道啊。"

夏末的太阳落山比较晚，这个点阳光还很毒辣。

岑姜的脸被晒得红扑扑的，白皙小巧的鼻子上沁出细密的汗珠。

陆嘉言突然别开视线，指了指不远处一棵香樟树："我们去那里解决。"

解决？岑姜心里一紧，有这么严重？

陆嘉言已经率先往树下走。想着反正也躲不过，岑姜叹口气跟了上去。

树下果然凉快许多，阵阵微风拂过，岑姜心情都扬了几分。

她看着站在身侧的少年，没等对方开口，便从校服口袋里掏出一根草莓味棒棒糖："陆嘉言。"

"嗯？"

"对不起。"岑姜在他回过头来时把棒棒糖递过去，"给。"

陆嘉言看了一眼面前的棒棒糖，没接："什么意思？"

岑姜抿着唇不说话，手依旧伸着。

对视两秒，陆嘉言接过棒棒糖放在手心里把玩，语气漫不经心："真是你造的谣？"

"我没有造谣。"岑姜说，"我上午看到你跟一个女孩站在一起，就随口跟好朋友提了下，不知道怎么传出去了。"

"女孩？"陆嘉言一愣，他怎么不记得有什么女孩？

"就今天上午体育课。"岑姜提醒，"在那个人工湖边。"

"那是我堂姐。"陆嘉言失笑。

岑姜"啊"了声，讪讪一笑："真的不好意思，误会了。"

"误会什么？"

她话音落下的同时，从身后传来一道好奇的女声。岑姜缓缓转身，映入眼帘的是上午跟陆嘉言站在一起的女孩，他堂姐。

岑姜面色发窘，稍稍偏头看向陆嘉言，讷讷地道："解释清楚了，那我先回家了？"

"等等。"陆莹已经走到两人面前，"什么误会？"

岑姜没说话，下意识看向陆嘉言寻求帮助。后者眉尾一扬，直接忽视了她的求救信号。

岑姜现在万分后悔自己多嘴。

陆嘉言注意到她的小表情，眼里掠过一抹笑。他叫上陆莹转身往校门口走："走吧，别欺负她了。"

"哟……"陆莹跟上去揶揄道，"你刚不也在欺负人家吗？"

陆嘉言回头看了眼一脸郁闷的岑姜，差点儿笑出声。陆莹捕捉到这一幕，有些意外地挑了下眉。

陆莹收起玩笑，开始说正事："奶奶担心你，想让我劝你回家住。"

"我现在挺好。"陆嘉言嘴角勾起一抹轻嘲，"何况，我是被赶出来的。"

太阳太大，陆莹尽量往树荫下躲，她看着走在前面的少年，叹息一声："叔叔也是一时气话，你别跟他置气，他也难做——"

"行了。"陆嘉言面无表情地打断她，"下次别再提这事，我会跟奶奶说。"

"行！"陆莹知道会是这样的结果，她也觉得陆嘉言一个人住或许对他来说是件好事。

岑姜看着渐渐远去的两人，掏出手机给程婧打了个电话。

电话响了很久也没人接听，岑姜这才想起程婧可能在训练，便收起手机回了舅舅家。

晚饭后，她接到了程婧的回电。

她把今天放学遇到的事跟程婧说了下，并直接问程婧有没有跟别人说过什么，程婧说没有。

"不是你？"岑姜也有些意外。

"当然不是啊。"程婧说，"我猜可能是中午吃饭的时候被别人听到了。"

岑姜对自己怀疑是程婧这件事有些愧疚："不好意思。"

"没关系，你这样想很正常。"程婧又问，"陆嘉言没对你怎么样吧？"

岑姜眉眼弯了弯："没事，我跟他解释清楚了。"

结束通话后，岑姜做了一会儿作业，差不多十点左右又收到一条没有发件人的短信：

【记不清多久没吃棒棒糖了，不怎么好吃！】

棒棒糖？岑姜想起今天给陆嘉言棒棒糖的事情，不会这么巧吧？

她甩了甩头，肯定是巧合。

岑姜的手背还有点青紫，睡觉前擦了药，她以为这件小事早就过了，没想到第二天在学校论坛发酵了。

翌日中午，岑姜跟程婧在食堂吃饭。

突然，旁边坐下来一个人，伴随着一道带笑的嗓音响起："你就是岑姜呀？"

岑姜缓缓偏头，边咽下口中的饭菜，边点头。

郭艺洁将餐盘放桌上，也不动筷子，而是双手托腮看着岑姜："欸，你跟岑凡什么关系啊？"

"我表哥。"岑姜有些意外,"你认识他?"

"想认识。"郭艺洁莞尔一笑,接着便转移话题,"你还不知道吧?有人在学校论坛揭露陆嘉言的行为,去看看,很精彩的。"

二十分钟后,岑姜终于明白了什么叫作精彩。

为了了解事情的始末,岑姜注册了个校园论坛账号,登录进去一眼就看到了被顶到最上面的一个帖子:【冒死揭露陆嘉言的恶行。】

这个名叫"求别扒马"的发帖人发的内容义愤填膺:

> 昨天当我无意间听到一个223班的同学说陆嘉言打了他们班新来的转学生后,我觉得无比愤怒。一晚上没睡觉,总觉得自己要做点什么。
>
> 今天就冒死在这里发个帖子,让大家看清陆嘉言的真面目,也劝那些沉迷于他颜值的人放清醒一点。
>
> 他就是一个空有皮相和拳头的莽夫!

下面顶帖人很多,有单纯"吃瓜"的,有说不相信的,大部分都是夸发帖人勇敢的。

岑姜第一次见识到了流言的可怕。明明与事实相差十万八千里,还是有那么多人相信。

不知道陆嘉言看到了会怎么想。她已经能想象少年暴躁又满脸不爽的表情了。

不管怎么样,作为当事人之一,岑姜觉得自己还是有义务还原事实帮陆嘉言澄清一下。

于是,她编辑了一段文字,以"转学生"这个昵称发了出去:

> 我是223班转学生,发帖内容完全不属实。同桌只是不小心打了我一下,并且是我打扰他睡觉在先,他第一时间跟我道了歉。请大家不要误会,谢谢。

午休时间，逛论坛的人很多，帖子发出后不久就盖起高高的"楼"。

岑姜大感意外的是，居然有人怀疑她受到了威胁。

一旦人们相信了一个事实就很难动摇，连当事人澄清都是徒劳。

下午两节课上完，陆嘉言才姗姗来迟。他刚坐下，秦烟便从后门走进来，后排的龚思维敲了敲他的椅子："论坛造谣那人要不要找他算账？"

"当然。"陆嘉言懒懒地道，"有仇必报不正是我们的作风吗？"

岑姜听到这句下意识往墙边缩了缩，原本还想问他有没有看到帖子。

"岑姜。"陆嘉言忽地喊了她一声。

岑姜身子一颤："啊？"叫她干什么？跟她又没关系！

陆嘉言伸出一只手："借支笔。"

岑姜明显松了一口气，随手递给他一支笔："给。"

秦烟看着陆嘉言脸上那恶作剧得逞的笑容，挑了挑眉。

没过两秒，刘老师来了，秦烟立马猫腰走了出去。

刘老师带来了新的座位表贴黑板上。

"两个事情。"刘老师示意大家安静，"第一，等下换好座位再离开；第二，这个月末进行分班后的第一次小考，大家做好复习工作。"

她话音刚落，下面就开始讨论起来。刘老师在一片乱糟糟的讨论声中走出教室。有的同学在讨论考试，有的去到讲台前查看座位表。

黑板周围已经围了一圈人，岑姜打算等会儿再去。

陆嘉言低头玩游戏，似乎没打算起身。龚思维已经钻到人群中间。

半晌，他带着一脸神秘的微笑回到座位上。

"缘分这种东西真的是天注定。"龚思维单手搭在椅背上，笑得荡漾，"连换座位都拆不散你们啊！"

岑姜正准备起身去看，闻言，顺口问了句："你说谁？"

"还有谁。"龚思维朝她眨了眨眼睛，"你和阿言呗！"

岑姜忍住吐槽的冲动，小幅度指了指陆嘉言："你的意思是我还和他同桌？"

"是啊,第一列倒数第二排。"龚思维冲她眨了眨眼睛,"开心吗?"他话落的同时,陆嘉言也抬头看过来。

面对两人的视线,岑姜强行挤出一个微笑:"开心。"

声音听起来却不像那么回事。

陆嘉言重新低下头,嘴角微微扬了下。

龚思维看完座次表回来一直保持着一个兴奋的状态。

换完座位后,岑姜终于明白了他兴奋的由来——他的同桌是班长,宋语薇。

按他的话说,这是他第一次跟女生同桌,跟岑姜坐的那几分钟除外。

对于同桌是陆嘉言这件事,岑姜并没有很排斥。

程婧加入体训队,放学后还需训练一个小时才能走。今天放学,程婧需回家一趟,让岑姜等她。

上完最后一节课,岑姜在教室里做了会儿作业,等人走得差不多了才起身离开。

这个点,日头开始西下,夕阳的余晖将天边染成一片耀眼的橙。

岑姜今天带了相机,本想在回家的路上顺手拍几张夕阳。现在看来只能在学校里拍了。

223班位于教学楼五楼,也是最高层,往前经过一个班级右转就是楼梯口,再往上就是天台。

岑姜没上去过,但如果想拍夕阳,那无疑是最佳地点。

想着时间还早,岑姜从书包里拿出相机迈上楼梯往天台走去。

通往天台的门是关着的,岑姜轻轻一推,门"吱呀"一下就开了。她跨过门槛走进去,一阵风袭来,她舒服地闭了闭眼睛。

她抬起相机凑到眼前开始取景,一个转身,镜头里霎时出现五个人。其中一人蹲在地上,他周围站着三个人。

而她的同桌则倚在一个木箱子上,嘴里叼着一根棒棒糖。

此时,五道视线齐齐看过来,似乎没想到这个时候会有人上来。

岑姜怔了一下,手无意识地按下快门键。

"咔嚓!"

静谧的天台上,小小的快门声被风带到每个人耳朵里。

岑姜脑子一片空白,当意识到自己做了什么,又看到陆嘉言拿掉嘴里的棒棒糖站直身一副打算走过来的姿态时,她吓得手一松,相机直往下坠。

陆嘉言眸光微动,一个箭步跑过来在相机落地的前一秒稳稳从下面接住。

"拿好。"陆嘉言拿起相机也没打算看照片,直接还给她,"这东西贵,别碰瓷。"

岑姜抱紧相机,小声道:"谢谢。"

回忆起他们不久前的谈话内容,她大概知道自己这是撞见校草的"复仇"现场了,那个蹲在地上的男子估计就是在论坛上造谣的人。

"我、我会删掉的。"沉默两秒,岑姜再一次开口,"我这就删。"

陆嘉言看着她手忙脚乱地倒腾相机,抬了抬眉梢:"不着急。"

少年懒懒地站在一旁,眉梢染着淡淡笑意。

岑姜偷偷瞄了他一眼,发现他好像并没有生气,悬着的一颗心霎时落下一半。然而少年的下一句话,又让这颗心吊了上去。

"照片可以删掉,那你看到了怎么办?"

岑姜心里一个"咯噔",她抬起头,眨了眨眼睛,一脸无辜状:"我看到什么了?"

陆嘉言一愣,而后低低笑了声。

"岑姜,没想到你还会拍照啊。"那边,龚思维吊儿郎当地说,"帮我拍几张呗。"

岑姜删完照片抬头,认真地问:"现在拍吗?"

"扑哧!"她问完,对面立即传来两声笑。

岑姜循着声音望过去。

"嗨,还记得我们吗?"秦烟冲她吹了声口哨,陈启也笑了声。

岑姜茫然一瞬,很快反应过来这两人就是在理发店门口见过的,现在他们的头发已经换成黑色，她第一眼没认出来。

岑姜维持着僵硬的微笑，打了声招呼："嗨。"

"你就是那个被陆嘉言打的女孩吧？"蹲在地上的少年突然出声，语气有些急切，"你别怕，你只要听我的——"

"先下去，想拍照晚点上来。"陆嘉言无视那人的话，示意岑姜先下楼。

岑姜忙抱着相机转身，正要跨过门槛，蓦然回了下头："那位同学，你真的误会了，他只是不小心打了我一下。"

"你不会也看上陆嘉言这副皮相了吧？"蹲在地上的少年张汇盛趁几人不注意猛地站起身发了疯似的跑向岑姜，"我才不信你，你们都跟陆嘉言一伙的！"

在他的手碰到岑姜的前一秒，陆嘉言快速将岑姜拉至身后："谁让你动的？"

岑姜被这一幕吓傻了，在陆嘉言扭头看过来的时候，她快速下了楼。

张汇盛还想站起来去追，陆嘉言却投过去一道凌厉的眼神。

他双手插兜居高临下地望着张汇盛，笑道："给你个机会，三天之内在论坛给我道歉，否则，我要告你诽谤。"

张汇盛眼里有着明显的意外，同时意外的还有秦烟几个，这，好像不是阿言的作风啊。

"愣着干什么？"陆嘉言扫了他们一眼，而后率先转身往门口走，"走了。"

岑姜从天台下来后，直接来了室内体育馆。

一路上，她脑子里浮现的都是陆嘉言最后看过来的那个眼神，不知道是不是她的错觉，她竟然从里面看到了一丝安抚的意味。明明前一刻还那么凶。

"欸，我们走吧。"岑姜的思绪被刚刚结束训练的程婧给打断了。

菠萝街最里边有一家生煎小笼包特别好吃，程婧带岑姜去尝尝味道。

这家生煎小笼包店面很小，店里没有座椅，只在外面撑了两把沙滩伞，摆了几组矮座椅。

即便这样，仍然是座无虚席，还有很多站在边上等的顾客，生意好得不得了。

"这个老板很任性，不扩大店面也不开分店，每天下午四点多才开张，卖完就收摊。"程婧小声介绍。

"那我们要等吗？"岑姜看着或坐或站的人，感觉轮不到她们老板就该收摊了。

"等啊，我先去排个队，然后带你去逛逛。"

岑姜去买了一杯奶茶，顺便去上了个厕所。回来的路上，她差点儿撞到一个人："不好意思。"

她说完往旁边走了一步，没想到对方也跟着移了一步。

岑姜发现不对劲，抬起头："是你？"

是前不久天台上蹲在地上的那位少年。他看向岑姜的眸子里充满了愤怒和怨恨："你为什么要包庇陆嘉言？"

那人渐渐朝她逼近，吼道："为什么？"

岑姜吓得往后退了一步，她总感觉这人精神有点不正常。看了眼周围，现下天已经黑了，她内心生出一丝恐慌。

"我没有包庇，我说的是实话。"岑姜想越过他。然而对方察觉到了她的意图，又一次拦在她面前。

岑姜心跳到了嗓子眼，她缓了缓心神，猛地朝他身后喊了一句："陆嘉言！"

果然，张汇盛听了下意识回头去看，岑姜趁这个空当撒腿就跑。

当张汇盛反应过来时，岑姜已经跑到了十米开外，他立马追上去。

岑姜本就没什么体力，现在的速度已经是她受到惊吓后激发出来的潜能了，没一会儿便跑不动了。

眼看就要被追上，她忽然看见不远处有几个眼熟的身影正准备往对街走："陆嘉言！"

张汇盛一把掰过她的肩膀："还想骗我？当我傻子？"

肩膀上传来的疼痛瞬间化作岑姜眼里的水雾，她偏头往刚刚看见陆嘉言的方向看了一眼，只见面前一个黑影闪过来。

她还没来得及看清楚，就听到一声闷响，与此同时，抓着她肩膀的人跟跄后腿。

岑姜惊魂未定地看着赶过来的人，长睫轻颤。

陆嘉言蹙了下眉头，脱下自己的薄外套往岑姜头上一套，然后将她拉到墙边站着。

岑姜视线里霎时一片黑暗，一种淡淡的独属于少年身上的清冽味道充盈在鼻尖。

不知道他要干什么，岑姜压根儿不敢动，感觉这件衣服把她跟外界隔离开来了，岑姜只听得到自己的心跳声，外面什么声音也听不见。

不知过了多久，衣服被人拿走。视线没了阻挡，眼前变得清晰起来，她往张汇盛站的方向瞄了一眼，发现他已经不见了。

龚思维几个人不知何时也赶了过来。

"岑姜，你没事吧？"龚思维问。

"没事。"由于后怕，岑姜尾音有点抖。

"你一个人？"陆嘉言拎着外套，淡淡地问。

"我跟朋友在菠萝街吃东西，刚过来上厕所，出来就碰到他了。"岑姜说。

"走吧。"陆嘉言率先往前走，"我们也要去那里。"

"我们不是——"

龚思维的话还没说完就被秦烟拍了下脑袋："别废话，快走。"

刚走到菠萝街街口，岑姜就看到了准备给她打电话的程婧。

岑姜停住脚步面向陆嘉言："刚刚谢谢你啊，我朋友在那儿，我先过去了。"

末了，她又朝龚思维几人点点头，而后才走向程婧。

吃完好吃的生煎包后，回到舅舅家，岑姜一如既往地在房间写作业。

到了晚上十点，那条信息犹如闹钟一般跳了出来：

【我什么时候多了个爱管闲事的毛病？啧，得改掉！】

这条内容好像跟她没关系吧？

这句话所呈现出来的角度好像是某个"中二"少年的自我吐槽，不像是来自她的手机。

也有可能是那人已经接受了自己每天会有一瞬间穿越到手机里，所以不再好奇，心态平和到自言自语了？

岑姜皱着眉头想，到底怎么才能跟他对话啊？

昨天刚换了新座位，有些同学可能不习惯，早自习就有人换位置，想跟原来的同桌坐一起。然而，第一节课就被刘老师发现了，还责令全班同学不许私自换座位。

岑姜坐在靠墙的位置，进出都要经过同桌。她同桌今天还好，课间要么就玩游戏，要么就被人叫出去了。

第四节课是化学课，化学老师上课没激情，很少点同学回答问题，通常是兀自讲下去，语气没什么起伏，像在念经。

每次一到上化学课，班上中后排就趴下一片。这里面也包括陆嘉言，他上课上到一半就睡着了，下课铃声都没将他吵醒。

班里的同学一窝蜂地跑向食堂，就连每天跟在陆嘉言身后的龚思维也走了，走之前还让岑姜捎句话给陆嘉言："等会儿阿言醒来，你跟他说我们在酒窝烤肉等他。"

你就不能把他叫醒再走吗？这不是丢给我一个烫手山芋吗？

岑姜无奈地想。随后，她发了个微信给程婧，让程婧先去食堂排队，自己随后就来。

发完短信后，岑姜又做了一道数学题，陆嘉言还是没醒。盯着他的后脑勺看了几秒，岑姜忽然拿过自己的书包，在里面掏出一根棒棒糖。

她鼓起勇气试着喊了一声："陆嘉言？"

没有反应。

岑姜声音稍稍拔高了一点:"陆嘉言?"

还是没有反应。

她深吸一口气,拿着棒棒糖轻轻地戳了一下他的手臂,然后快速后退。

这次陆嘉言终于动了动,岑姜在他抬头看过来的时候,迅速将棒棒糖伸到他眼前:"给你。"

陆嘉言刚睡醒,额前的刘海有点儿凌乱,嚣张的眉眼耷拉着,还没来得及做出任何反应,眼前就被递过来一根裹着粉红色糖纸的棒棒糖。

"什么意思?"少年神色微愣,嗓音带着刚睡醒的沙哑。

"我想出去。"岑姜老老实实地说。

陆嘉言视线扫了一圈,发现教室就剩下他们两人,终于明白过来是怎么一回事。

他接过棒棒糖,放在指尖转了转:"过路费?"

岑姜眨了眨眼睛,完全没想到还可以有这么一层意思:"不是。"

"那为什么给我棒棒糖?"陆嘉言问。

岑姜舔了舔唇,小声解释:"怕你生气。"

陆嘉言手上动作微顿,随即把自己的椅子往前挪了挪,留出一个位置给她出去。岑姜如获大赦,忙起身走了出去。

看着岑姜的背影消失在教室门口,又看了看手中的棒棒糖,陆嘉言忽地笑了。他剥开糖纸将棒棒糖塞进嘴里,随即拿出手机给龚思维打了个电话过去。

电话响了一声,就被接通:"阿言,你来了没?我们菜都点好了。"

"来哪儿?"陆嘉言站起身开始往外走,"你走的时候为什么不叫我?"

"我哪敢啊!"龚思维说,"我跟岑姜说让她等会儿告诉你我们在酒窝烤肉,她没说?"

"你跟她说了?"陆嘉言走到三楼,转过一个拐角,他们口中讨论的人猝不及防地出现在视线内。他脚步一顿,对电话里说了句"不说了,马上来"便挂了电话。

"陆嘉言?"岑姜跑得上气不接下气,她都快到食堂了,突然想起龚思维的嘱托，咬咬牙又跑了回来。

陆嘉言倚在扶手上等她缓过气来。

"龚思维说在酒窝烤肉等你。"岑姜觉得这两天的运动量都快赶上以往一年了。

陆嘉言"哦"了声："知道了。"

"那我走了。"岑姜说完便转身下楼。

身后传来陆嘉言悠悠的声音："谢了。"

岑姜差点儿踩空楼梯："不、不客气。"

"小心点啊，同桌。"陆嘉言咬着棒棒糖，不紧不慢地跟在她身后。

"知道了。"岑姜越走越快，下了楼梯就往食堂跑。

来到食堂，程婧已经帮她打好了饭："你看论坛了没，今天227班的张汇盛在论坛发帖子给陆嘉言道歉了。"

"谁？"岑姜没听过这个名字。

"就是之前造谣陆嘉言打你的那个人。"程婧解释。

岑姜"哦"了声："那是应该道歉。"

晚上回到家里，岑姜再次跟妈妈提了住宿的事情，妈妈没有正面回答她，而是让她好好学习。

睡觉前，岑姜又收到一条没有发件人的短信：

【今天的棒棒糖味道还可以。】

又是棒棒糖？

岑姜正打算放下手机去洗澡，走了两步，蓦然记起今天给陆嘉言棒棒糖的事，加之前天的巧合，这个人该不会真的是陆嘉言吧？

想到这里，岑姜又坐回书桌前，仔细回想之前收到的短信内容。

岑姜不想放过任何线索，她决定明天找个机会试探一下陆嘉言。

第二天早上，岑姜如往常一样来到班上。按照陆嘉言以往的惯例，应该会在上课前五分钟内到。

然而，今天他破例了，岑姜坐下没多久他就到了。

少年一脸困倦地走进来，没有像往常一样趴下，而是单手支撑着下巴，眼睑微合，静坐着。

岑姜等了一晚上，实在等不急想解惑了。她朝陆嘉言的方向靠近了一些，想拍一下他肩膀，手伸到半空又讪讪地缩了回来："陆嘉言？"

陆嘉言懒洋洋地"嗯"了声。

"问你个问题。"岑姜说。

陆嘉言偏过头，下巴抬了抬，示意她问。

"就是……"话到嘴边，岑姜却有些问不出口了。

"什么？"周围有人在早读，陆嘉言听不清，侧耳稍稍往她那边凑了凑。

"就是你最近有没有发生什么奇怪的事情？"岑姜盯着他的眼睛，不错过里面一丝神情。

"有啊。"陆嘉言看着她一本正经的样子，同样一本正经地回答，"有奇怪的事情发生。"

"是吗？"岑姜心跳开始加速，觉得这段时间困住她的真相马上要浮出水面了。

"是啊。"陆嘉言说，"棒棒糖放进嘴里两分钟就消失了，奇怪吗？"

要不是他脸上没有一丝心虚，岑姜都要怀疑他在故意装傻："我说的是晚上，十点左右。"

陆嘉言见她无比认真的模样，挑了下眉："昨晚兴苑花园闹鬼了？"

"没有。"岑姜还是不死心，"你会不会在晚上的某个瞬间突然到了别人家里？"

陆嘉言表情变得很微妙："你是说瞬移？"

"可能是穿越？"岑姜眼睛一眨不眨地看着他。

陆嘉言表情管理已经失控，他没忍住笑出了声。好在有晨读的声音掩盖，不然肯定会引来其他同学的注意。

岑姜被他笑得很不自在。

陆嘉言好不容易止住笑，又听到她问："有没有啊？你还没回答我呢。"

少女眼神明亮又执着，此时皱着眉，要不是存了点对他的畏惧，估计得夯毛。

陆嘉言朝她勾了勾手指头，岑姜乖巧地凑近。

少年带笑的嗓音伴随着浅浅的呼吸落入她的耳郭："你是不是从别的星球穿过来的啊？"

岑姜完全没意识到两人稍显暧昧的距离，反应过来他话里的意思后，有些生气地坐直身子："我没跟你开玩笑！"

"谁开玩笑了。"陆嘉言坐直身子随手转着笔。

岑姜歪着头若有所思地观察他，难道昨天信息里的内容真的只是巧合？

那她刚刚的行为在陆嘉言看来岂不是很匪夷所思？

没容她多想，刘老师走进了教室。岑姜这才知道陆嘉言今天来这么早是因为每周五早上是223班固定班会时间。

今天班会的内容是分学习小组，座位前后两排自动成为一组。早自习的任务就是确定好组名、口号和组歌。

宣布自由讨论后，教室里叽叽喳喳一片，前排的宋语薇和龚思维齐齐转过身来。

宋语薇拿过一支笔和一个笔记本，准备记录："我们得先选组长。"

龚思维："那肯定是你啊。"

岑姜点头表示赞同。陆嘉言耸了下肩膀表示没意见。

最后，这个组长的位置落在了宋语薇身上，组名是龚思维取的，叫"不服"。

"还有一个口号和队歌。"宋语薇说。

"口号很简单，就是干！"龚思维说着还配了个握拳咬牙的动作。

宋语薇脸上难得露出了几分嫌弃。

"简单粗暴。"陆嘉言说，"我喜欢。"

最后，大家都看向了岑姜，岑姜在龚思维急需肯定的目光中勉强点了个头。

宋语薇记录完重新抬起头:"队歌就用《奔跑》?"

陆嘉言、龚思维都表示没问题,岑姜显得有些为难:"我不记得词,只知道调。"

"这有什么关系,打开手机抄一份歌词不就行了。"龚思维说。

队歌定好,他们这组就全部讨论完了。

正式上课前,是小组风采展示时间。

岑姜他们是第一列第三组。轮到他们的时候,四个人齐齐站起身,由队长宋语薇带头:"我们的队名是——

"不服!"

其中龚思维的声音最大。

"我们的口号是——

"就是干。"

教室里已经笑成一片。

"我们的队歌是——

"《奔跑》!"

龚思维起调:"速度……预备唱!"

"速度七十迈,心情是自由自在……"

陆嘉言原本觉得这种行为特别傻,他兴趣缺缺,一直耐着性子在配合。

当听到岑姜的歌声时,那种想笑的感觉又上来了,这就是她所谓的知道调?

陆嘉言微微偏头,只见他同桌两手捧着笔记本照着歌词在严肃地唱歌,大概是受龚思维的影响,声音还不小,额前的刘海随着她时不时点头而晃动。

主要那歌声,不只是陆嘉言想笑,龚思维和宋语薇都要忍不住了,更别说班里其他同学。

几分钟后,教室里慷慨激昂的口号声和歌声还在继续。

岑姜面无表情地在看书,龚思维转过身挠了挠头:"岑姜,不好意思啊，我不知道你没听过这首歌。"

岑姜本就不好看的脸色更加难看了，她硬邦邦地吐出三个字："我听过。"

陆嘉言没忍住又冒出一声笑。岑姜直接无视他，继续翻书。

"要不阿言你教教她吧？"龚思维提议。

陆嘉言靠在椅子上，丢过去一个眼神，龚思维闭了嘴。

岑姜翻书的动作一顿，继而转头冲陆嘉言甜甜一笑："对啊，要不你教教我吧？"

面对她极为反常的态度，陆嘉言表情微僵，一时竟忘记拒绝。

所以，第二节课下课后，223班的同学发现了一个不可思议的现象：他们班大佬在教转学生唱歌。

"来，你再唱一遍。"陆嘉言明显已经不耐烦了，"第一句速和度之间要空一拍，就像这样速——度七十迈。"

少年的歌声跟他讲话的声音不一样，柔和许多，很好听。

岑姜"哦"了声："速度七十迈。"

"算了算了。"陆嘉言往椅背上一靠，"不教了，实在不行换首歌。"

"你有点耐心不成吗？"岑姜一脸无辜地道。

"上帝给你关了一扇窗啊。"陆嘉言嗓音带着些许笑。

"那你帮我打开不就是了。"岑姜说。

"就是吧——"陆嘉言停了一秒，似乎在努力找措辞，"上帝关窗的时候可能使了点劲，我力气有限，打不开。"

岑姜气得转过身去，决定不学了。

虽然以前也有人说她唱歌跑调，但这是她受打击最大的一次，简直是公开处刑。

接龚思维的话顺势让陆嘉言教她，这里边多少存了点挑衅的小心思，她以为对方会拒绝，却不承想他还真教了。

"欸，岑姜，你好勇敢啊，没听过都敢唱。"

后座传来一道带笑的惊叹声，岑姜听了差点儿崩溃。

正要回话，听到陆嘉言懒洋洋地开口："知道勇敢，你还笑？"

身后那人瞬间噤了声。岑姜在心里翻了个白眼，整个教室里就他笑得最欢，还好意思说别人！

之后一整天，岑姜都没怎么说话。

第二天，早自习都快上完了，陆嘉言才晃晃悠悠地走进教室。

岑姜正准备拿出等下要用到的物理课本，眼前突然扔过来一包东西。

岑姜定睛一看，一包开心果？她不解地看向陆嘉言："什么意思？"

"开心果啊。"陆嘉言说。

"我知道是开心果。"岑姜说，"就是，你为什么要给我开心果？"

陆嘉言轻轻敲击着桌面，语气懒散："你不是不开心吗？吃点开心果，开心开心。"

"我怎么不开心了？"

陆嘉言长腿一伸，"啧"了声："问题那么多，不吃算了。"

岑姜"哦"了声，又将开心果丢回他桌上："那还给你。"

没一会儿，龚思维走进教室，刚坐下就转身问陆嘉言："你昨晚说的话是什么意思？你伤了谁的自尊心？"

陆嘉言眼皮微动，伸出一只手将他的脑袋转回去："关你什么事！"

听到他们的谈话内容，岑姜愣了愣。

她突然想到一种可能性，会不会是陆嘉言以为昨天笑她唱歌跑调这件事伤了她的自尊心？

所以，他买包开心果算是赔罪？

其实吧，她是有点不愉快，大多是恼羞成怒。但她哪敢生气呀。也许是她后来没怎么说话给了他一种自己可能生气的错觉。

想到这里，岑姜又重新拿过开心果："谢谢，我收下啦。"

"客气！"陆嘉言头也不抬地说，"毕竟你昨天也让我开心了。"

岑姜内心升起的那一丁点感动因为这句话消失无影。

前一天晚上，岑姜又打电话跟妈妈提了下想住宿，对方终于松了口。对于住宿这件事，舅舅、舅妈都比较支持，只是嘱咐她放假就回去。

放学回家见岑凡在家，岑姜就让他帮忙把行李送到学校。

由于天气马上就要变冷，她带了一床厚被子，还有水桶、洗脸盆、热水壶……

岑凡帮她把东西送上了宿舍楼。

第一次住宿舍的岑姜，感觉到了前所未有的轻松，而且她的两个室友都是认识的人，郭艺洁和宋语薇。

以前无论在家里还是在舅舅家，她总感觉自己周围像是笼罩着一层薄薄的膜，现在这层膜戳破了，呼吸无比通畅。

只不过睡觉前，她又收到一条短信：

【离周女士回家还有八十三天。】

从这两天收到的短信来看，手机就好像某个人的心情碎片，也不知道谁的心情碎片漂到了她这里。

这个人脾气不好，看起来年纪不大，大概率跟她一样是学生。

这么总结起来，除了"中二"其实都跟陆嘉言好像。但经过两次试探他好像完全不知情。

或许是巧合？也许那人自己根本就不认识，而自己身边恰好有这么一个相像的，就按着模子往上套？

岑姜不再害怕，只剩下好奇。想起月末的考试，她决定先把好奇放下，专心准备考试。

住宿舍的第一天，岑姜睡得很踏实。

翌日一大早，她跟宋语薇两个人去食堂吃完早餐回教室上早自习。

陆嘉言不知道昨晚又去干什么了，一来就趴桌上睡觉。

第一节课上到一半才醒来，他动了动脖子，压着嗓子问："上课怎么不叫我？"

岑姜下意识反问："你上课？"

她问完立马就后悔了。

"不然我来干什么？"陆嘉言说，"剪头发？"

"不是，主要是我怕。"岑姜有意无意地扫了一眼自己的手背，那上面还有一点未消的红痕，而后递了个"你懂的"眼神给他。

陆嘉言笑了声："岑姜，我发现你很小心眼啊？记仇记这么久？"

末了，他又补充一句："你不是有棒棒糖吗？"

"我那棒棒糖又不是这么用的！"岑姜说。

"那是怎么用的？"陆嘉言反问。

岑姜还没回话，前面宋语薇忽然回过头小声提醒："别说话了，认真听课。"

岑姜立马端正坐好，陆嘉言也慢悠悠地靠回椅子上看向黑板。

下课后，宋语薇召开了第一次小组大会。

"现在分了学习小组，我们就是一个团体。一荣俱荣，一损俱损，所以我们要互相帮助共同努力。"宋语薇说，"我希望月末的考试我们组都能有个好成绩，你们要是有什么不会的可以问我和岑姜。"

她说最后一句话的时候看的是陆嘉言和龚思维。

"好的组长。"龚思维重重地点了个头，"我一定会全力以赴！"

"我加油。"岑姜说。

三个人的目光同时落在陆嘉言身上。

"我尽量吧。"陆嘉言双眸微垂，漫不经心地将手上的笔往上一抛，又接住，"尽量考试的时候不睡觉。"

其他三人无语。

宋语薇合上自己的记事本，淡定地宣布："今天的小组会就到这里，散会吧。"

说实话，对于这次考试，岑姜有些紧张。按照妈妈那性子，如果排名太靠后，她肯定会不高兴。

住宿以后，学习的时间多了很多。晚自习还会有值班老师，学生可以各种问问题。

岑姜今晚下了晚自习后没跟宋语薇一起回去，而是去了室内体育馆。

程婧还在那里训练,她想去看看。

岑姜在学校小卖部买了几瓶饮料,往室内体育馆走。

期间路过篮球场,球场四周的探照灯很亮,能清楚地看见里面几个正在打球的少年,岑姜一眼就看到了穿红色球衣的陆嘉言,以及他边上的龚思维。

岑姜正想目不斜视地继续往前,就被刚换下场的龚思维发现了。

"岑姜?"龚思维小跑过来,"你是来找阿言吗?"

"不——"

"你也太体贴了吧?还给我们买了饮料。"龚思维走到她面前拎过她手中的饮料,"谢了。"

岑姜见他拎着饮料往观众区走还不忘提醒她跟上,想解释的话脱口就变成了:"不客气。"

场上打球的几个人注意到这边的动静纷纷停了下来。

"过来休息一下。"龚思维大声喊了一句,"阿言,岑姜找你!"

球场上的陆嘉言脚尖跳起,将球投了出去,在他转身之际,身后那个三分球稳稳进筐。

"找我?"陆嘉言低头甩了甩头发,边问边走到了岑姜跟前。

岑姜冲陆嘉言小幅度摆摆手,又指了指龚思维的方向:"我没有,是个误会。"

初秋,晚风习习。

陆嘉言看了眼少女眼里的无措,又看了眼那边一群看好戏的人,大致了解了是个什么情况。

他双手插兜越过她往前走:"走吧,带你去买饮料。"

岑姜有些意外地扬了下眉,他怎么知道这个饮料不是给他们买的?

见她站在原地没动,陆嘉言走了两步又回过头:"还不走,等会儿还没见到你朋友宿舍门就关了。"

岑姜理了理被风吹乱的头发,莫名跟了上去。他们一前一后走在塑胶跑道上,路灯把两人的影子拉得很长。

一种和谐的安静充斥在两人中间。

突然,右边的路灯闪了几下,还伴随着"刺啦刺啦"的响声。岑姜看见陆嘉言猛地跳到了她旁边,接着感觉手臂上一紧。

路灯闪了几次后彻底熄灭。

"陆嘉言,你……能不能轻点?"岑姜动了动自己的胳膊,软软的嗓音听起来可怜兮兮的。

陆嘉言惊魂未定,听到她声音才反应过来自己还紧紧抓着她的手,说:"抱歉。"

"没事。"岑姜揉了揉自己胳膊,还不忘安慰他,"别怕,应该是灯泡年久失修坏掉了。"

陆嘉言松开她胳膊继续往前走,少年又恢复成那副两手插兜的嚣张模样:"我以为你怕。"

"嗯,是挺突然的。"岑姜弯了弯唇,跟了上去。

没一会儿,两人走出小卖部,陆嘉言将一袋子饮料递给她:"给。"

岑姜接过,突然有些不好意思:"其实也没必要。"

"没办法,谁让我同桌小心眼。"陆嘉言丢下这句话便晃晃悠悠地走下楼梯。

"再见。"岑姜心里的那点别扭刹那间没了,越过他就往室内体育馆走去。

岑姜到达室内体育馆的时候,程婧还在练习排球。

体训队的人除了程婧其余都是男生,一个个高高瘦瘦皮肤黝黑,看到岑姜都特别热情。

"你就是岑姜啊,早听说高二来了个美女,今天总算是见到了。"

"同学,你之前是哪个学校的啊?"

"谢谢美女的饮料,经常来我们这儿玩啊。"

岑姜被问得有点不知所措。

"你们让开点。"程婧把几个大男生扒开，坐到岑姜旁边，"含蓄点，不然人家以后都不敢来了。"

他们中间有个寸头男一直没说话，默默地坐在一旁喝饮料，只是临上场前朝岑姜点了点头。

他们还要训练半个小时才结束，岑姜跟程婧打了声招呼便先回了宿舍。而另一边回到球场的陆嘉言被龚思维、秦烟几个围着问东问西。

"岑姜找你什么事？"

"都给我们送饮料了？"

陆嘉言拍了下龚思维的头："你们的饮料是我请的。"

龚思维摸了摸自己被拍疼的脑袋："你们现在都不分彼此了吗？"

陆嘉言震惊过后给他竖起了一个大拇指。

秦烟失笑着摇摇头："是你误拿了人家的饮料！"

很快到了周六，这天晚上没有晚自习，岑姜她们宿舍决定今晚聚个餐。

吃饭的地方是郭艺洁选的，离学校有一段距离，是家韩国料理店。

料理店在一幢写字楼内，这幢写字楼里有很多好玩的地方，深受年轻人喜欢，比如桌游、密室和游戏厅等。

"陆嘉言他们几个经常来这儿玩。"郭艺洁说。

她力荐的这家韩国料理店，味道确实好，三个人都吃得有点撑。

吃完饭，时间还早，郭艺洁提议玩一会儿再回学校，岑姜和宋语薇都没什么意见。

岑姜让两人坐店里等她一下，她循着指示牌去往洗手间。

走廊的尽头有两个连起来的门面，墙面是透明的玻璃，里面有灯球映出来的彩色灯束。

岑姜经过一转角，赫然发现另一条昏暗的走廊上站着两个人，一个妆容精致的长发女孩和她对面的陆嘉言。

少年嘴里叼着棒棒糖，头微微仰着，模样嚣张到不行。

不知道长发女孩在他耳边说了句什么，只见他拿下棒棒糖，露出一个无害的笑:"姐姐——"

陆嘉言话说到一半,正好看到了不远处的岑姜:"你怎么在这儿?"

正想悄无声息走掉的岑姜呆呆地"啊"了声。

陆嘉言无视那个还站在原地的女孩,好笑道:"问你呢,你怎么在这儿?"

"我们宿舍聚餐。"岑姜往身后指了指,"就在那边。"

陆嘉言"哦"了声。少年穿着一件宽松 T 恤,一条紧口卫裤,很时尚,明明不久前在学校还乖乖穿校服来着。

就在两人沉默的空当,那个长发女孩上下打量完岑姜,丢下一句"也就这样",就走了。

陆嘉言听了这话,下意识看向岑姜,只见岑姜一脸茫然,似乎是没听懂。不知道为什么他松了一口气。

岑姜上完洗手间重新经过那个拐角时,走廊里已经没了人,那女孩和陆嘉言都不见了。

回到餐厅,岑姜提了下刚刚遇到陆嘉言的事。

郭艺洁说:"我们还在讨论说想去玩密室逃脱,与其跟不认识的人组队,不如我去问一下他们?"

宋语薇点头。岑姜也没意见,不过她没玩过密室。

没一会儿,郭艺洁回来了,身后还跟着陆嘉言、龚思维和秦烟。

龚思维显然非常期待:"好久没玩了,'坦克'重出江湖。"

秦烟轻嗤:"还'坦克',你是'毒奶'吧?"

"你才'毒奶'。"龚思维说完又转向陆嘉言,"我好像没跟阿言玩过。"

"我不玩,你们去吧。"陆嘉言淡声说。

"为什么啊?"电梯已经到了十七楼,龚思维顺手将陆嘉言拖了出来。

"松手。"陆嘉言理了理被他抓皱的衣服,理所当然地道,"我要回家做作业,为了月末考试不拖小组后腿。"

岑姜眼皮微跳,她怎么就不信呢?

"玩这一下没关系。"宋语薇说，"你有这个心就好。"

岑姜看着陆嘉言明显不情愿的样子，脑子里突然闪过那天晚上在操场旁边的画面，想到什么，她无声地笑了下。

陆嘉言很不爽地"啧"了声："那快点，选一个以解密为主的主题。"

到了玩密室的地方，郭艺洁让他们在沙发上等，她去收银台跟老板确认主题。

岑姜坐在沙发上四下打量，大厅的墙面上全都是那种恐怖主题的海报，看起来一个比一个恐怖。

陆嘉言显然也看到了："我真不想玩，你们玩吧。"

"别啊。"在他作势要起身的时候，龚思维示意收银台的方向，"艺洁已经买票了。"

陆嘉言只好继续坐下。

那边买好票的郭艺洁朝大家招招手，待岑姜他们走过去，工作人员带着一伙人边往里面走，边讲解注意事项："这个对讲机是发现问题时跟我们沟通用的，希望你们在任何情况下都不要打NPC（非玩家角色），我们这个主题是冥婚……"

听到"冥婚"这两个字，陆嘉言停下了脚步。

走在他旁边的岑姜第一时间注意到了，她走近一步用仅两个人能听到的声音说："没事的，都是假的。"

少女软软的嗓音像是在哄人，陆嘉言愣了愣，也不知道怎么就笑了："我知道。"

"玩得愉快！"工作人员打开一扇门，侧身让所有人进去。

陆嘉言和岑姜走在最后面，在他们都进去后，工作人员关好门。

他们进来的房间装扮得像古代大街，进门右边有一座宅邸大门，大门上挂着喜庆的大红花，门边立着一个假人。

郭艺洁从假人口袋里掏出一张字条："参加婚礼请出示请柬。"

她说完看向众人："所以我们现在的任务是找请柬，快点。"

第一关比较容易，请柬就藏在一个铁盒子里，铁盒有把密码锁，陆嘉言根据糕点摊上挂着的灯笼推算出了密码。

龚思维拿出请柬放进假人手里,门一下就弹开了。

第二间房比较大,到处挂着红色的双喜,看装扮像婚房。只不过让人感到毛骨悚然的是,房间正中间摆放了一口棺材。

几人立在门边不敢靠近。突然,灯闪了几下后全部熄灭。

"啊啊啊啊啊!"

整个房间响起此起彼伏的尖叫声。岑姜不知道谁抓着她,抓得很紧,但是没有出声。

在这伸手不见五指的黑暗里,从棺材的那个方向传来一阵阵敲打声。

一下一下,就像敲在人心上。

旁边尖叫还在继续。

岑姜的注意力全部集中在抓着自己的这只手上。

"哎呀,班长,这个时候就别在乎什么男女授受不亲了。"龚思维说,"挨紧一点啊。"

"郭艺洁,你想掐死我是不是?"秦烟"嘶"了一声。

岑姜终于知道拉着她手的是谁了,她轻轻地拍了拍对方的手背,踮起脚尖悄声道:"别怕呀!"

就在这时,灯亮了。

岑姜其实想说"你能不能别抓着我肩",因为突然的灯亮,话没说完。刚刚在黑暗中看不清,现在才知道两人离得很近。

"哎哟!"龚思维的声音让岑姜吓了一跳,她连忙后退一步与陆嘉言拉开些距离。

郭艺洁和宋语薇还没从惊吓中回过神来。

"我的天啊,太恐怖了。"郭艺洁深深吐出一口气。

"你们看我做什么?"陆嘉言朝龚思维和秦烟吼了一句,"快找门想办法出去啊!"

如果不是看见他耳朵尖尖上一点点红,秦烟还真以为他淡定如常。秦烟露出一个意味深长的笑后,也加入了寻找线索的行列。

陆嘉言找到一扇门,上面有一把锁,需要钥匙。

经过一番查找,找出提示说钥匙藏在地道里,而地道的入口就是那口棺材板。

"我不去。"郭艺洁第一个站出来说。

"我也不行。"宋语薇摆摆手,尾音都带着颤。

龚思维和秦烟齐齐退后一步,所有人都看向岑姜和陆嘉言。

陆嘉言太阳穴突突直跳:"什么意思?"

岑姜其实也有点怕,但她一直提醒自己这些都是假的,所以没有到要崩溃的地步。

"就刚刚看来,你们俩是最勇敢的,要不阿言去吧,我把'坦克'的位置让给你。"龚思维说。

陆嘉言干脆找了个椅子坐下:"凭什么?"

"凭刚刚就你们俩没叫。"郭艺洁说,"姜姜,求求了。"

"那行吧。"岑姜看着郭艺洁双手合十的样子,有些不忍心拒绝。

她自然而然地叫上坐在椅子上的少年:"陆嘉言走吧?"

陆嘉言腿抖了一下。

他坐在椅子上没动。

岑姜也没催他,只是睁着一双黑水晶般的大眼睛看着他。其实不只是她,屋子里所有人都在看着陆嘉言。

陆嘉言低头暗暗骂了一句,然后毅然站起身:"走走走。"

最终,还是他和岑姜两人下了地道,他们下去后,那扇棺材盖板自动合上。

周围陷入了黑暗。

他们并排走了几步,四周开始有微弱的灯光闪烁。突然,一个红色的影子从屋顶一跃而下。

就着微弱的灯光,陆嘉言惊魂未定地盯着岑姜,半晌,喊了一句:"啊!"

岑姜其实想笑,但她笑不出来。

"你……你刚刚有没有看到一个穿红衣服的女孩飘过去?"陆嘉言见

岑姜一脸镇定，还以为她没看见。

"看见了，一个七孔流血的红衣女孩。"岑姜的声音也有点抖，说着说着她的眉头渐渐蹙起，眼里也出现水光。

"陆嘉言。"

"嗯？"

"你能不能……别抓着我的手啊？"少女的嗓音带着些许不满，"衣服给你抓，行吗？"

"对不起。"陆嘉言立马松开了手，还真改抓着她的校服下摆，"你……"

陆嘉言"啧"了声："你别哭。"

"没哭。"岑姜说，"就是有点疼。"

微弱的灯光下，小姑娘眼眶含泪的模样以及她轻软的嗓音像是在陆嘉言心口划了一下，泛着阵阵痒意，接踵而来的便是莫名的烦躁。

两人就着灯光前行了一段路，一阵喜庆的音乐声从四面八方悠悠传来，灯光霎时熄灭。

岑姜第一时间开口："陆嘉言。"

"嗯。"陆嘉言朝她靠近了点，"怎么了？"

岑姜嗓音轻快："你要不教我唱歌吧？"

陆嘉言忽地笑了："……我怕我也会走调。"

加了特效的喜庆音乐在黑暗中听起来十分诡异。

"啊呀，我的婚鞋不见了，你们帮我找找行吗？"

一个尖锐的声音在四周响起，两人都吓了一跳。

"啊！"

"对不起。"

陆嘉言吓得一把抱住岑姜。被抱住的岑姜也没有多想，就像刚刚龚思维说的，在这种情况下就别在乎男女授受不亲这种问题了。

"没事，没事，她只是给我们发布任务。"岑姜拍了拍他的背，一米八几的个子一直弯着，莫名觉得他怪可怜的，"别怕啊。"

怀里抱着个小小的身子，还有股淡淡的洗发水香味萦绕在鼻间，陆嘉言身子僵了下，背上传来的一下一下的轻抚奇迹般地驱散了些他内心的恐惧。

两人现在的任务是找鞋子，完成任务才可以出去。

在黑暗中摸索了一会儿，灯突然又亮了。

灯亮后，陆嘉言说："趁灯亮赶紧找鞋子。"

翻箱倒柜找了一番，鞋子没找到，灯再一次变弱了。

陆嘉言心里只有一个念头，那就是赶紧找出鞋子出去，对于灯光的变化，他没想那么多。

但岑姜注意到了，她仔细观察着周围的情况，在红衣女孩又一次出现时，她连忙跑过去抱住蹲在地上找钥匙的陆嘉言。

陆嘉言反应过来抬起头，只来得及看见红裙的一角。

"好了，好了。"陆嘉言也学着她的样子拍了拍她的背，"已经走了。"

岑姜埋首他肩头弯了弯眉眼，然后退开来捡起刚刚NPC故意丢下的鞋子，惊喜地道："看，找到了，钥匙也在里面。"

陆嘉言几不可察地舒了一口气。

后面的关卡都是集体活动，岑姜的左手边全程有一个人，只要灯一黑，手就会抓上来。

最后出去时，几个人都出了一身汗，都嚷嚷着再也不来了。

岑姜回到学校时手机已经没电了，洗完澡出来开机也没看见那条短信，现在十点半已过，看来是已经消失了。

而兴苑花园的某栋别墅内，陆嘉言才刚刚到家。洗了个澡出来已经快十一点，他来到书房拿出放在桌上的日记本，写下一行字：

【唉！大佬的威严荡然无存了！】

第二天早自习结束，龚思维拉着几个同学在讲昨晚玩密室的经历。

"你们不知道阿言多勇敢，他带着我们的岑姜小美女一起下到一个非常恐怖的地道去找钥匙，我光听里面传来的声音就毛骨悚然。"

他对面那个男同学说："陆嘉言嘛，很正常啊。"

大家都这样觉得。

岑姜悄悄用余光瞄了陆嘉言一眼,只见他脸上一黑,抬脚踹了一下龚思维的椅子:"给我闭嘴,做作业,别拖我们组后腿。"

"好好好,马上做。"龚思维朝那几人露出一个抱歉的表情,"考完试再跟你们讲。"

陆嘉言无语。

龚思维转身的一瞬间注意到了岑姜的手:"岑姜,你手臂怎么红了一块?是昨晚在密室弄的吗?"

"啊?"岑姜被问得措手不及,借口都不知道怎么找,"我、我的皮肤很容易红,随便碰一下就会红。"

"这样啊。"龚思维也没纠结这个问题,而是转过身做作业去了。

岑姜转头对上一脸烦躁的陆嘉言,她摇了摇头,无声说了两个字:不疼。

陆嘉言将头偏向另外一边,忍不住笑了。他怎么有一种被人保护的感觉?

现在九月,天气比较炎热。值日生便去开了空调。

岑姜的位置正对着出风口,她今天只着一件短袖,外套也没带。冷风吹过来的感觉很凉爽,时间久了,她就觉得冷了,手上开始有鸡皮疙瘩冒出。

岑姜早就注意到陆嘉言的椅子背上搭着一件校服外套,她偷偷往那儿瞄了一眼。

瞄第三眼的时候,她终于开了口:"陆嘉言?"

陆嘉言正在低头玩游戏,头也没抬地应了声:"嗯?"

岑姜原本想指一下他的衣服,发现对方根本没有抬头,最后还是收回了手:"可不可以借你衣服穿一下?"

陆嘉言偏头看了一眼,发现岑姜正眼巴巴地盯着自己的外套,手无意识地搓着,似乎是冷。

沉默两秒，他将视线移回屏幕上，随手拿起自己校服外套丢过去。

岑姜星眸微亮，忙道了声："谢谢。"

岑姜接过外套就迫不及待地穿上，终于感受到了些许温暖。少年的外套太过宽大，岑姜把袖子折了几折才将手露出来。解决了保暖问题，岑姜开始集中注意力上课。

可没过一会儿，她又发现一个问题，冷风直击她的天灵盖，吹久了，鼻子都堵了。

岑姜觉得再这么吹下去，她估计得感冒，于是她偷偷将右边的窗户打开一点，再把椅子往左移一点，这才感觉好些。

好不容易挨到下课，还没等老师走出教室，岑姜就站起了身："陆嘉言，麻烦让我出去一下。"

她想出去晒晒太阳。

陆嘉言的视线仍停留在手机上，闻言，移动了一下桌子。动作间余光扫到了她身上穿的衣服，他好笑地道："你要这样穿出去？"

自己的校服穿在她身上，就像小孩偷穿了大人的衣服，有些滑稽。

岑姜低头打量了一眼，也觉得不合适，她重新坐回位子上，把外套脱掉。

刚刚在陆嘉言开口说话的时候，龚思维转过了身，看了一眼岑姜，又默默转过身去发微信。

他临时拉了个群，较之前的"彩虹少年团"少了个陆嘉言。

岑姜在走廊外站了会儿，又从窗户口拿出自己的水杯去饮水机那儿打了杯热水。

回到第六排，她诧异地发现陆嘉言坐到了她的位置上。少年背靠在墙上，面朝过道，悠闲地玩着手机。

见岑姜回来，他掀起眼皮看着她："下节课跟你换个位置成吗？"

岑姜正巴不得，也没问他为什么要换位置，开心应下："没问题。"

陆嘉言低下头，眼里的笑意一闪而过："那谢了。"

"客气！"第四节课是英语课，岑姜把自己的英文课本拿过来放在陆嘉言桌上，而后问，"要帮你把书拿出来吗？"

"随便。"陆嘉言丢了这两个字就趴在桌上,开始睡觉。

岑姜还是决定帮他找出课本。

正在她埋头找课本的时候,走廊外出现一个男生,手里拿着一个小礼盒,整个人显得有些拘谨。他深吸一口气,走到窗边,将手里的小礼盒丢到岑姜的课桌上。

陆嘉言困意正浓时,感觉被什么东西砸了一下,他烦躁地坐直身子:"谁干的?"

这句话不仅将外面那个准备走开的男生吓了一跳,还将岑姜和班里其他同学吓了一跳。

陆嘉言睡意被打断十分不爽,瞄到桌上那个小礼盒,他眉心一紧,视线转向窗外,正好看见了那个还没来得及走开的男生:"你扔的?"

男生像是被陆嘉言的视线绊住了脚,根本不敢动:"是、是的。"

男生现在整个人有点迷糊,他之前来踩过点,这里坐的明明就是岑姜啊,怎么又变成陆嘉言了?

陆嘉言指了指那个小礼盒,面无表情地说:"拿走。"

他说完,班里一群看好戏的同学没忍住冒出几声闷笑,连岑姜都忍不住笑了。

那个男生脸色涨红,支支吾吾地道:"我不是给你的。"

陆嘉言没什么耐心了:"我管你给谁,赶紧拿走。"

男生小心翼翼地看了一眼岑姜的方向,不自在地挠了挠自己的头:"我给你同桌的。"

陆嘉言捏着小礼盒想丢出去,手伸到一半顿住,半晌,他面无表情地回头问岑姜:"给你的,你要吗?"

正在"吃瓜"的岑姜没想到一个反转吃到了自己头上,撞上陆嘉言看过来的视线,她愣了一下,下意识摇摇头:"不要。"

陆嘉言脸色缓了缓,没再犹豫直接将手里的东西丢到了外面,之后继续趴桌上睡觉。

岑姜在回答完"不要"后,立马明白过来是怎么一回事。

在原来的学校，她也不是没遇到过这种事，那时候桌兜里时常会多出来一些东西，但她从来都不予理会，知道是谁的便还给别人，不知道的直接扔了。

上课铃声响起，岑姜收回思绪准备认真听课。

中午吃完饭，岑姜回宿舍休息了一会儿才回教室。

这会儿教室里还没几个人，所以没开空调，岑姜坐回了自己的位置。

没一会儿，班里陆陆续续进来好些人。

她后排一个女生坐下后，第一时间戳了一下她的背："岑姜，快看论坛，你火了！"

岑姜正在做作业，脑子还转不过来："什么意思？"

"你去看论坛就知道了。"女生的话里带着隐隐的兴奋。

又是论坛，岑姜在以前的学校都不知道有这种东西的存在。

人家这么特意提醒她看，肯定是看到了跟她有关系的内容。

岑姜点进论坛，照片里她坐在教室，正低头看手机，嘴角噙着一抹浅浅的笑。

这不是……她现在的姿势吗？

这个角度……岑姜倏地抬起头看向左前方，只见龚思维正在打字，身子还往她这边斜了点。

"龚思维，你拍我干什么呀？"岑姜不满地道。

"就地取材啊！"龚思维冲她眨了眨眼睛。

"你这是侵犯我肖像权！"岑姜说。

"没这么严重吧？"龚思维看向窗外，抬了抬眉梢，"哟，另一位正主也来了。"

见陆嘉言踩着不紧不慢的步子走过来，龚思维冲他挤眉弄眼道："你又在论坛出道了！"

陆嘉言似乎没什么兴趣，一个眼神都没分给他，直接迈开长腿往座位上一坐。

"不是，阿言，这次你肯定想不到是什么事情。"龚思维卖了个关子。

陆嘉言"嗯"了声:"想不到。"

"那你……"

"也不想知道。"没等他说完,陆嘉言又说。

龚思维干脆将手机递到他眼前:"看见没,你和你同桌!"

陆嘉言目光一顿:"谁?"

"你啊!"龚思维在他和岑姜之间来回扫了一眼,笑了笑,"同桌。"

旁边的岑姜恨不得把自己隐形,都什么跟什么啊!

陆嘉言这才接过他的手机,快速看完后,给了条中肯的评价:"拍照技术有待加强,把我拍这么丑。"

说完,陆嘉言停顿了一下,偏头看着岑姜:"这点得向我的同桌学习学习。"

岑姜一愣。

龚思维也一脸蒙。

不是,你是不是搞错重点了?

想到这里,岑姜又想起那天晚上在兴苑花园,无意间拍了他之后,他要相机,他那会儿该不会是想查看有没有把他拍丑吧?

念头一起,岑姜越想越觉得有可能。

"看什么?"陆嘉言忽地转过头抓住她紧盯的目光,"你觉得这次又是谁造的谣?"

"什么?"岑姜一下没反应过来。

"没什么。"陆嘉言嘴角微扬。

"总不能是我吧!"反应过来后,岑姜连忙移开了视线,小声嘀咕,"你想得美!"

陆嘉言抬了抬眉梢,似乎在说"没有就好"。

岑姜觉得无语的同时又松了一口气,看来他也没把这件事放在心上,省得尴尬。

由于帖子太过火爆,岑姜上课前还收到了程婧发来的求证微信。岑姜费了好一番劲才跟她解释清楚,主要是那几张照片太引人遐想了。

第二天是周日，放学后，岑姜回了舅舅家。

晚上十点多一点，她又收到一条短信：

【有点意思。】

有点意思是什么意思？这么短的内容岑姜都没办法从中提取出什么有效的信息。

如果按照之前的猜测，把这句话按在陆嘉言身上，那他今天发生了什么？

岑姜觉得无论哪件事都不会让他觉得有意思啊，他会觉得烦才是。所以真的不是陆嘉言？

岑姜再一次陷入了迷茫。

周一早上，岑姜谨记上次的教训，带了件外套去学校。然而还没走进校门，就被几个女孩堵在了校门口，看她们的穿着不是本校生。

"你就是陆嘉言的同桌？"一个长鬈发的女孩两手交叉放在胸前拦住了她的去路。

岑姜拿出手机看了一眼时间。她现在一心只想赶去教室上早自习，于是绕过她们打算走人，却被一直没出声的短发女孩谢翘给拦住了："你和陆嘉言什么关系？"

"同桌啊。"岑姜闷声说，"你们不是知道吗？"

谢翘又问："那为什么别人会误会你们？"

"这我哪知道啊。"岑姜有些生气，这些人真的很奇怪，怎么还没完没了了？

因为论坛上那个帖子，岑姜上周六在校园也被人问过此事。

岑姜再次越过他们往学校走，鬈发女孩却拉住了她的手："谁让你走的？"

岑姜一把挥开她："我为什么不能走？"

鬈发女孩没想到岑姜会反抗，气得扬起了手。岑姜快速偏头，耳后还是没能避免地被她的指甲划了一道。

岑姜下意识打了鬈发女孩一巴掌。糟糕了,好像闯祸了。

茫然之际,岑姜感觉脑袋被人轻轻拍了一下,伴随着一道熟悉的嗓音在头顶响起:"站这儿干什么,不走?"

岑姜仰头,眼睛亮了一瞬:"陆嘉言?"

她眨了眨眼睛连忙跟过去。

"等会儿。"谢翘叫住两人,"陆嘉言,你同桌刚打了我朋友,这事怎么解决?"

陆嘉言轻笑了声,语气充满挑衅:"你可以叫人来啊!"

他说完,偏头看向岑姜,悠悠地提醒道:"要迟到了。"

岑姜"啊"了声,反应过来后,撒开腿就往校门里跑。陆嘉言好笑地跟上去。

谢翘气得在原地跺了跺脚,鬈发女孩在一旁劝她:"翘翘,我刚问了一个他们班的同学,说这两人压根儿就不熟。"

"是吗?"谢翘盯着校门口,喃喃道,"可他刚不是在给她撑腰吗?"

岑姜进了校门之后几乎是一路小跑,陆嘉言迈着从容的步伐跟在后面。但两人到达教室的时间却相差无几,岑姜刚坐下陆嘉言就到了。

今天的早自习是英语老师值班,岑姜把英文课本拿出来,刚准备朗读课文。

突然,耳畔传来一个冰冰凉凉的触感,被碰到的那个地方又痛又麻。

岑姜瑟缩了一下:"你干吗?"

陆嘉言自然而然地收回手,眼睛仍盯着她耳侧的方向,声音听不出什么情绪:"这是刚受的伤?"

"对啊。"岑姜原本都忘记了,被他碰了一下,才感觉耳后那处隐隐作痛,"还不是因为你!"

小姑娘带着埋怨的嗓音好似撒娇,陆嘉言不自在地摸了下鼻子:"又不是我打的你。"

"那是因你而起啊。"岑姜说完也不再理他,开始读书。

二中早晚自习都会有老师值班,所以早自习跟上课一样严肃。但陆嘉言不一样,有值班老师在的情况下照样溜了出去。

陆嘉言回来时正好下课。

岑姜因为早上的事情心情一直不怎么好,下课也没出去,就在座位上做作业。陆嘉言轻轻敲击了一下她的桌面,在岑姜偏过头来时,他递过去一盒创可贴。

岑姜看着面前小黄人封面的创可贴,愣了下:"你刚是出去买这个?"

"我晕血。"陆嘉言说,"你赶紧贴上。"

"你可真娇贵。"岑姜边嘀咕边拆开了创可贴。

她取出一张创可贴撕开保护膜就往耳后贴。

还挺可爱的。

快要上课的时候,岑姜又想起一个问题:"欸,陆嘉言,我们要不要去论坛上澄清一下?"

岑姜当时看到帖子的那一刻就有这样的想法。但她根据上次回帖经验,总结出相信的人总会相信,不信你的人,任凭你怎么解释他还是不信。岑姜便没有第一时间去澄清。

现在看来好像有点麻烦,主要是陆嘉言太受欢迎了。

"这有什么好澄清的?"陆嘉言满不在乎地道,"不用理。"

"那你记得跟今天早上那几个女孩解释一下。"

早上她急着来教室,忽略了对方说的事情,现在回想起来,那个女孩看她的眼神,想想都恐怖。

"我的事凭什么要跟她说?"陆嘉言语气踆踆的,"你放心,她们不敢再找你麻烦。"

岑姜一开始不知道他哪里来的自信,直到晚上下了晚自习回到宿舍,她才明白。

郭艺洁回到宿舍,笑得一脸暧昧:"可以呀!小姜姜!今天秦烟让我去警告一下谢翘叫她不要再找你麻烦,是陆嘉言的意思。"

岑姜歪头:"难道我不是受害者吗?"

"哈哈哈,放心。"

分了学习小组后,同学们的学习积极性被调动了起来。

考试在即,班上学习氛围特别浓厚,连龚思维课间都不出去了,逮着空就问宋语薇问题。

陆嘉言看起来还是老样子,上课还算认真,下课要么趴桌上睡觉,要么玩游戏,有时候还被秦烟叫出去。岑姜更是全身心投入到学习中。

她妈妈已经知道岑姜月底要考试,责令岑姜考试结果出来后第一时间告诉她名次。

月考的前一天,下午第一节课后休息时间,秦烟又一次出现在223班。

他来到陆嘉言课桌旁边,神色有些凝重:"谢翘那个哥哥,上次在你这儿没讨到好一直不甘心,估计谢翘又在他面前说你不好了,听说他要过来找你,最近小心点。"

陆嘉言悠闲地转着笔:"别的都好,就那花衬衫晃我眼睛。"

秦烟被他逗乐了:"你就嚣张吧!"

龚思维跟着笑了几声:"他有嚣张的资本啊。"

陆嘉言将龚思维扒开:"走开,跟你们聊浪费我时间,我要做作业了。"

秦烟挑眉:"你终于决定拿回学霸位置了?"

陆嘉言微笑:"那是什么?"

秦烟回以微笑。

紧张的第一次小考如约而至,考试分两天进行。最后一门是文综和理综,这也是高二学生第一次考综合试卷。

这次试卷难度适中,岑姜感觉自己发挥很正常。

考完回到教室,宋语薇召开了第二次小组大会:"每个人都来说一说自己这次考得怎么样?"

龚思维信心十足:"我觉得不错,比之前每次都要考得好。"

岑姜如实说:"我觉得还行。"

陆嘉言想将腿搭在桌子上，伸到一半又放了下去："挺好啊，反正不会是最后一名。"

岑姜和龚思维无语。

"没关系。"宋语薇说，"这才第一次考试，后面还有无数次考试，不管考得好与不好，我们以后继续加油就是。"

在岑姜的心中，总觉得陆嘉言成绩应该不会差，也许是直觉，也许是从他一眼就看出自己做错数学题那里得出的结论。

但事实证明，无论是直觉还是有理有据的结论，好像都不对。

分数出来那一刻，岑姜第一时间查看了自己分数，是她自己平常的水平——685分。她也终于知道了刘老师口中的高手如云是什么情况了。

岑姜站在高二年级宣传栏前，仔细查看年级前一百名风云榜，第一百名都上了600分。

岑姜是年级第二十七名，宋语薇676分第三十三名，陆嘉言400分，年级第三百八十八名。

年级第一是725分，225班的同学。

"哇，原来岑姜也是学霸啊。"龚思维拿着自己的试卷，开心得像是考了年级第一似的，"不过我这次在四百名内，进步不少，刚刚给我妈打了个电话，可把她给高兴坏了！"

"岑姜你好厉害啊。"宋语薇至今还不敢相信，"英语居然满分！"

而岑姜感到意外的是，陆嘉言的数学选择题全对，但是后面大题都没做。数学是她一直以来比较薄弱的科目。

宋语薇也发现这点："陆嘉言你数学选择题全对啊。"

"蒙的。"陆嘉言正在玩游戏，头也不抬地答。

岑姜总觉得不像他所说的那么简单，哪有那么好运气。

/ 第三章 /
棒棒糖 VS 开心果

上周末没回舅舅家，舅妈这周六一大早就打来电话让岑姜放假了回去，说给她做点好吃的补补身子。

岑姜原本就跟程婧约好了晚上去吃烤肉，现在已经进入金秋十月，昼短夜长，从烤肉店出来，天就黑了。

岑姜跟程婧分开后，没走几步就接到了岑念的电话。

"考试成绩还没出来吗？"电话接通，她连寒暄都省了。

"出来了。"岑姜边踢着路边的一颗小石子边往前走。

菠萝街现在很热闹，很多二中的同学成群结队地出来玩。岑姜知道自己会面临什么，于是走进一条稍显安静的巷子里。

"那怎么不给我打电话？"电话那头岑念的声音突然变得很严肃，"是不是没考好，多少名？"

岑姜声音很轻："二十七名。"

"二十七名？天啊！"岑念的声音变得尖锐起来，"你怎么退步成这样？你都在学校做什么了？"

"没做什么，我685分，考得很正常。"岑姜声音很平静。

"正常？那为什么别人能考高分，说到底还是你不够努力，你看我没陪在你身边没人管你就松懈了是吧？"

"我没有。"岑姜突然觉得全身乏力,像是被困在一个密不透风的房子里,有点喘不过气来。

"我跟你说,你现在不好好读书,将来会后悔……"

岑姜静静地听着,鼻子开始发酸,眼眶也热热的。前面她还有认真在听,渐渐地,妈妈的声音变得模糊起来。

"你在听吗?"岑念说,"要不我找个时间回去一趟,找你们班主任好好聊聊?"

"好。"岑姜的声音低到自己都快听不清了。

"算了,这次没考好,下次加油。"岑念说,"你也别放在心上,我不是逼你,你以后就知道我都是为你好。"

岑姜没回话,电话里安静了几秒,一声叹息声后,电话被掐断。

站了一会儿,岑姜倚着墙慢慢蹲下,脸上有泪水顺着眼眶无声流下。

不知道蹲了多久,感觉菠萝街都已经不再热闹,岑姜左右看了两眼,动了动有些发麻的脚站起身。

她没有返回菠萝街,而是顺着这条小路继续往前。

经过一个岔路口,岑姜突然听到什么物体相撞的声音,接着便是一声惨叫。

岑姜下意识朝声源处看过去,下一秒,她身子僵住。

昏暗的路灯下,身穿校服的少年两手揪住花衬衫男子的衣领,眼底的狠戾呼之欲出。

右边有一个人想上前,少年推开"花衬衫",转身去对付其他人。不过一眨眼工夫,巷子里便响起阵阵哀号声。

陆嘉言活动了一下手腕,漫不经心地转头,正好对上一双被泪水洗涤过的眼睛,少女怔怔地看向这边,眼里尽是无措。

陆嘉言活动手腕的动作顿住,神情微愣。

他身后,躺在地上的"花衬衫"缓过一阵疼痛后,又爬了起来。

"花衬衫"本想趁陆嘉言不备在后面偷袭,然而他的手刚抬起来,就被陆嘉言给发现了。

这是岑姜第一次撞上真正意义上的打架,也是她第一次真正体会到了陆嘉言的"不好惹"。

少年的每个动作都利落干脆,直击要害,身上那股狠劲跟那个笑容干净的同桌判若两人。

也许是因为这个人是陆嘉言,也许是因为今晚心情不佳,岑姜除了一开始有瞬间害怕,现在已经相当平静了。

趁陆嘉言背过去的空当,她收回视线继续往公交车站走。

一阵冷风吹过,岑姜瑟缩了一下。天气转凉,单薄的校服已经抵挡不住夜晚的寒冷。

走出小路右拐就是公交车站,岑姜缩着身子坐在公交车站前等49路公交车。

她一直沉浸在自己的思绪里,连公交车什么时候到站都不知道。直到手腕被人拉住,她才茫然抬起头。

"最后一班公交车了,是想露宿街头吗?"陆嘉言拉着她快步走上公交车,坐到位子上才放开。

"你不是在……"岑姜问到一半止住了,后面的话不太好说。

陆嘉言靠在椅背上,懒懒地"啊"了声:"忙完了。"

"哦。"岑姜之后没再出声,偏头看着窗外不断后退的路灯发呆。

没一会儿,她面前出现一只耳机。顺着那只骨节分明的手,她看见陆嘉言,对方抬了抬下巴示意她听。

岑姜接过来戴在耳朵里,里面传来一段刻在她骨子里的音乐:"速度七十迈……"

岑姜只听了一句,就立马把耳机摘下来还给他:"陆嘉言,你好烦!"

陆嘉言也不恼:"你不趁这个空当学一学吗?"

"不学。"岑姜抿着唇,"窗关死了,打不开。"

陆嘉言看着她气鼓鼓的样子,笑了声:"问你个问题。"

"什么?"

"你知道青蛙吃了什么蔬菜会失声吗?"

岑姜老实地摇摇头:"不知道。"

"你再想想。"陆嘉言说。

岑姜认真地想了下,完全没有头绪:"不知道。"

"南瓜啊!"陆嘉言丢给她一个看傻瓜的眼神。

岑姜其实想问为什么是南瓜,但感觉这么一来,自己可能会被当成弱智,与其被当成弱智还不如回家百度。

"不是吧?"陆嘉言有些嫌弃地看着她,"这都没听懂?"

岑姜因为心虚与他错开了视线:"我听懂了。"

"那你怎么不笑?"陆嘉言面上有些得意,"别想诓我!"

"我觉得不好笑。"

"笑点挺高啊。"陆嘉言嘴角微微勾起,"不像我,笑点低,你随便唱一句歌,我就忍不住。"

岑姜决定不理他了。

被陆嘉言这么一闹,后知后觉的岑姜感觉自己心情好了不少,突然意识到会不会是陆嘉言看出她心情不好,所以故意逗她开心。

越想越觉得有可能,一股暖流划过心间,岑姜瞬间觉得没那么冷了:"谢谢你啊,陆嘉言。"

陆嘉言似乎有些不自在了:"谢我干什么。"

岑姜眉眼弯了弯:"谢谢你拉我上公交车,不然我今晚就回不去了。"

"日行一善。"少年的脸在窗外路灯的不停变化下,影影绰绰,满不在乎的嗓音却让人感觉异常窝心。

岑姜没问他为什么打架,就像他也没问自己为什么心情不好。

下了公交车,离兴苑花园还有一段步行距离。

两人一前一后往小区门口走,路过一个二十四小时便利店时,陆嘉言停住了脚步:"你要不要吃东西?"

岑姜晚上吃了很多，一点儿也不饿，但是她感觉陆嘉言想吃，便点了点头："要。"

"那走吧。"陆嘉言说，"这家店里的糯米鸡很好吃。"

两人来到便利店，店员见到陆嘉言很自然地打着招呼："又没吃晚饭呢？"

陆嘉言不置可否地笑了下，直接走到货架前拿泡面。

买完东西，两人坐在靠窗的一排位置上，岑姜看着他熟练地泡面，有些好奇地问："你经常吃泡面吗？"

"嗯。"陆嘉言往泡面里注入开水后，将盖子盖好，再把刚买的关东煮和糯米鸡推到岑姜面前，"给，味道还不错。"

"谢谢。"岑姜端过关东煮，随口说，"老吃泡面不好，还是回家吃饭吧。"

"我家就我一个人，懒得做。"陆嘉言嘴角勾起一抹轻嘲，"而且我做的东西我自己都嫌弃。"

岑姜没问他爸妈去哪儿了，而是说："你可以寄宿啊。"

"麻烦。"陆嘉言看了一眼时间，觉得面差不多了。

不知道是不是自己的错觉，岑姜感觉他在说他家就他一个人的时候，有种淡淡的落寞感。

她发现自己好像从来没真正看懂过陆嘉言，在学校有时候很嚣张，有时候又胆小好面子，今晚上更是看到他狠戾和暖心的一面。

这些特质就跟他眉心那颗痣和他的眼睛一样，截然不同却又集中在一人身上。

"看什么？"陆嘉言挑了下眉，"不会才发现我帅吧？"

岑姜笑吟吟地道："是啊。"

陆嘉言"啧"了声，伸出一只手将她的头掰正："吃你的东西。"

吃完东西，他们一起回到兴苑花园。两人住的别墅不在同一个方向，到了岔路口，陆嘉言让她伸出手。

岑姜不明所以，但还是乖乖地伸出一只手来，下一秒，手心多了一包开心果。

等岑姜抬头时,她只来得及看见少年潇洒离去的背影。

她嘴角噙着笑,喊了句:"谢谢。"

前面的陆嘉言脚步不停,背对着她伸长左臂左右挥了挥。见状,岑姜带着好转的心情回了舅舅家。

陆嘉言回到空落落的别墅,习惯性把灯全打开,他把自己摔在沙发上,揉了揉发疼的右胳膊,暗暗骂了一句。

手机铃响,他甩了甩胳膊掏出手机一看,屏幕上显示的来电人是周女士。

陆嘉言微蹙的眉眼瞬间被抚平了,他接起:"周女士起床了?"

"对啊,想我们家言言了。"电话那头的人话里带着明显的笑意,"言言最近乖不乖?"

陆嘉言仰头靠在沙发上,喉间微微发涩:"乖啊,可乖了。"

"我就知道。"电话那头的人讲话不紧不慢,语气里是满满的宠溺,"你爸还说你离家出走到处惹事,我才不信。"

"周女士,想你了。"陆嘉言手背搭在眼睛上,声音有些颤。

"言言乖,我决定下个月就回来。"电话那头的声音显得有些着急,"没事吧,你现在是住我那儿吧?我让人找个阿姨给你做饭。"

"不用,我挺好的。"

"要不寄宿吧?这样我也放心,现在不都高二了嘛。"电话那边的人用打着商量的语气说。

陆嘉言忽然想起岑姜今天也说过类似的话,便低低地"嗯"了声。

挂了电话,陆嘉言在沙发上坐了会儿,平息好情绪后慢慢上了楼。他洗完澡来到书桌前拿起手机,上面有秦烟他们发过来的微信消息。

陆嘉言回完消息将手机丢在一边,他拿出书桌右侧一个黑色封面的日记本,翻开至最新页。

准备下笔时,脑子里突然浮现出刚刚在巷子里遇到岑姜的情形。

小姑娘水汪汪的眼睛里映着破碎的月光,看起来可怜兮兮的,像只误入森林的小兔子。

陆嘉言失笑着在日记本上写下一行字：

【遇见一只小兔子。】

岑姜回到舅舅家，舅舅、舅妈都在客厅看电视，见她回来，随口问了一些她在学校的琐事。

岑姜陪他们聊了会儿天就上了楼。回到一个人的房间，视线触及书桌上垒得高高的学习资料时，那种喘不过气来的感觉又上来了。

岑姜摊开手心，看着那包开心果，心里才好受一些。

她将手机放在书桌上，打算先去洗澡，还没转身就瞄到屏幕上跳出来一条信息：

【遇到一只小兔子。】

岑姜目光微顿，准备考试的这段时间没有特别留意短信，很多时候都错过了，看到的也就一两条心情碎片。

这话怎么跟陆嘉言今晚的行为这么像？

岑姜又一次怀疑上了陆嘉言。

一次是巧合，两次甚至三次都可以称之为巧合，但是这都多少次了？未免也太巧了吧？

岑姜没急着先去洗澡，而是坐在书桌前认真分析这件事。

经过上次的试探，陆嘉言的确不像是遇到过什么离奇的事情。会不会是他的心情碎片莫名其妙地发到了自己手机上，而他本人不知情？

虽然很离谱，但这个可能性很大。

那如果真的是陆嘉言，刚刚信息里所说的小兔子……是她？

岑姜一言难尽地盯着手机，好半晌才起身去洗澡。

小考成绩出来后，班主任刘老师将所有小组进行了排名，岑姜他们这组总体排名第五。

龚思维深知自己责任重大，试卷发下来后每天都在认真地分析错题，遇到不懂的就问，连宋语薇这么好的脾气都被他问烦了："这题我已经跟你说过不下五遍了。"

"转过来，我教你。"陆嘉言弹了下龚思维的后脑勺，"正所谓子不教父之过，你不会，我的错。"

龚思维转过身，原本想说"你比我也好不了多少"，不知想到什么，他突然改了口："谢谢，就是这题。"

岑姜在改数学试卷，改完一题就往陆嘉言那边瞟一眼，改完一题就瞟一眼。

如此重复几次后，陆嘉言忽地一转头，准确无误地抓住了她看过来的视线："怎么，我今天格外帅？"

龚思维得到解题思路拿起试卷，转身之际还不忘低骂了句："不要脸。"

岑姜在他转过去后，看着陆嘉言小心翼翼地道："我今天没带手机，借你手机发条短信行吗？"

"就这事？"陆嘉言从校服裤兜里掏出手机丢她桌上，"这也值得你欲言又止那么多回？"

"我这不是不好意思嘛。"岑姜拿起他的手机，按了下解锁键发现需要人脸识别，而后她抬高手对准陆嘉言的脸照了下，屏幕就解开了。

岑姜现在很紧张，这种紧张主要来源于心虚，因为她想看陆嘉言的短信箱，想看看有什么异常之处。

她打开短信箱，发现里面基本上都是各种通知消息，她不好点开看内容，单一眼看过去没什么奇怪之处。

陆嘉言非常信任她，手机给她后，看都没看这边一眼，这反而让岑姜更加心虚了。

岑姜立马退出短信，将手机还给了他："算了，我不记得她号码。"

末了，她又从桌兜里掏出一根草莓味棒棒糖递过去："给你。"

陆嘉言睨了一眼棒棒糖："这又是什么意思？"

"谢礼啊！"岑姜说得理所当然，实则是因为自己心虚，棒棒糖是补偿。

陆嘉言"哦"了声，顺手接过。

"陆嘉言。"又是一节课下课后，岑姜双手托着腮看着他。

"嗯？"

"你喜不喜欢记录心情啊？"

陆嘉言打开了游戏："不喜欢。"

岑姜继续问："那……那你晚上会感叹一下白天发生的事情吗？"

"不感叹。"陆嘉言两手飞速地在手机上操作。

"那……"岑姜舔了舔唇，问得有些犹豫，"那你妈妈姓什么呀？"

陆嘉言手上动作一顿，接着又若无其事地反问："你问这个做什么？"

岑姜"嘿嘿"傻笑两声："就了解一下我的同桌。"

没等陆嘉言回答，她又故作神秘地道："你妈妈是不是姓周？"

陆嘉言这次终于抬起了头，面无表情地吐出两个字："不是。"

"那就是你姐姐姓周？"岑姜问。

陆嘉言突然笑了："我姓陆，我妈也不姓周，请问我姐姐为什么会姓周？"

岑姜尴尬地愣在原地。

岑姜没敢继续问下去，于是拿出放在桌兜里的手机，打开通讯录："你电话号码多少，我存一下，微信也加一下。"

陆嘉言看着她这一系列动作，问出自己的疑惑："你刚不是说你没带手机？"

"啊？"岑姜脸上一热，讪笑着说，"是哦，我忘记了。"

陆嘉言定定地盯着岑姜，就在岑姜懊恼时，他终于收回视线调出自己的微信二维码给她扫："微信号就是手机号。"

岑姜加完微信后，把手机号码也一并保存下来，抬起头发现陆嘉言又在看她，问道："怎、怎么了？"

"没怎么。"陆嘉言还是看着她。

"那你这么看我做什么？"岑姜心虚地与他错开视线。

"哦，你头上那颗鹌鹑蛋好看。"陆嘉言淡定地说完，低下头继续玩手机。

啥？鹌、鹌鹑蛋？她头上哪里有鹌鹑蛋？

岑姜伸手往头上一摸，摸到一个毛茸茸的小球球。

她今天用皮筋绑了个半丸子头，皮筋上有一个毛球吊坠，还是上次跟程婧一起去精品店买的。

他该不会指的这个吧？岑姜难以置信地张了张嘴。

你才鹌鹑蛋！你们全家都是鹌鹑蛋！

下午第一节课是数学课，陆嘉言像往常一样单手支着下巴，右手握着一支笔，有一搭没一搭地听着课。

忽然，他的面前出现一只小拳头，小拳头松开了下立马抽走，在他的桌面上留下一张小字条。

陆嘉言缓缓偏过头，对上一双忽闪忽闪的大眼睛，对方指了指字条示意他看。

陆嘉言回头捡起字条打开，上面有一行娟秀的小字：

【你是不是觉得我们现在的数学题都太简单了？不屑做？】

他嘴角轻扯，随即在上面写下一句：

【不是不屑，是不会。】

岑姜收到这句话时，脸上露出些许失望。

看着这一幕，陆嘉言觉得好笑的同时又有些不解。

陆嘉言听了奶奶的建议办理了住宿，第一天晚上躺在宿舍窄小的床上睡不着，突然想起这两天同桌的异常。

陆嘉言寄宿以后开始上晚自习。龚思维秉着不拖小组后腿的原则，也加入了晚自习，只不过玩心很重的他总是在课间叫上大家玩各种小游戏，美其名曰劳逸结合。

这天下了晚自习，龚思维硬拉着岑姜和宋语薇玩一会儿游戏再走，两人被他磨得没办法只好坐下来。

"阿言别走啊。"龚思维伸手抓住正要起身的陆嘉言，"坐下，一起玩，很好玩的。"

"烦人！"陆嘉言把书包往课桌上一甩，"赶紧的。"

"今天玩一个猜人名的游戏。"龚思维开始给大家介绍游戏规则，"等会儿每个人额头上贴一张写着人名的字条，这个人可以是真实存在的人物，比如明星或者有名的成功人士都行，也可以是电视剧或者书中的虚拟人物，我们通过互相问问题来猜出答案。"

龚思维拍了拍手："来，我给大家举个例子——"

"直接开始吧！"陆嘉言有些不耐烦了。

"行，现在每人在这张纸上写个人名。"龚思维发给他们一人一张便利贴，"写完直接贴到你右手边那人的额头上，注意，千万不要被他看见了。"

根据他们现在的位置，岑姜写完往前排宋语薇的额头上贴，宋语薇给龚思维贴，龚思维贴到陆嘉言额头上。

陆嘉言最后一个写完，他朝岑姜露出一个微笑，然后将便利贴用力往她额头上一按。

"陆嘉言，你轻点！"岑姜捂着自己的额头，瞪了他一眼。

"轻点贴不紧。"不知道为什么，陆嘉言看见她眼里的埋怨与控诉，心情竟意外地好。

他们互相可以看见对方额头上的名字，只是看不到自己的。

所有人在看到龚思维额头上的人名时，都没忍住笑了，他的人物是"小猪佩奇"。

岑姜额头上写的是"陆嘉言"，宋语薇是"周树人"，陆嘉言要猜的是国内一个当红女明星。

"可以开始了。"龚思维看了一圈，最后视线停在宋语薇身上，"就从班长开始吧！"

宋语薇似乎还没准备好，随便问了个："男的还是女的？"

其他三人齐声答："男。"

轮到龚思维，他玩过这个游戏，比较有经验，问了一个关键问题："我这个是虚拟人物还是真实存在的人物？"

宋语薇看到"小猪佩奇"就想笑："虚拟人物。"

"看你们的表情，我要猜的这个人肯定很搞笑。"龚思维说。

接下来陆嘉言、岑姜和宋语薇也跟风问了同样的问题。

又一次轮到龚思维："我上面这个人身高怎样，高还是矮？"

宋语薇和岑姜异口同声："矮。"

龚思维拖长尾音"哦"了声，似乎已经胸有成竹了。

其他三人还没有一丝头绪，尤其是陆嘉言，他问："我上面这个人是演艺界的吗？"

龚思维点点头："是。"

岑姜问："我上面这个人他很有名吗？"

宋语薇和龚思维相视一眼，而后齐齐点头。陆嘉言低下头，不自在地摸了下自己鼻子。

岑姜理解的"有名"是那种演艺界当红明星，又经过一轮提问后她得出这个人是男的。

龚思维上一轮问这个人是不是喜欢烙饼，宋语薇记得《小猪佩奇》里面有一集就是学烙饼，便给了个肯定答案。

再次轮到龚思维，他得意地一笑："这个人是不是有个弟弟？"

宋语薇、岑姜和陆嘉言脸上纷纷露出意外的神情，这么快就猜到了？

宋语薇僵硬地点点头。

"哈哈哈，我知道是谁了。"龚思维一拍桌子站起身，非常笃定地道，"武大郎！对不对？就说对不对！"

其他三人听到答案都傻眼了。

教室里还有几个没走的同学在看他们玩游戏，听到这里，直接笑趴在桌子上。

龚思维看过去，傲娇地抬了抬眉梢："就是这么厉害。"

又一阵爆笑声过后，宋语薇极为平静地把他拉坐下："你猜错了。"

"啥？"这次换龚思维傻眼了，"不是矮吗？不是烙饼吗？还有个弟弟武松啊？"

陆嘉言乐得不行，直呼"好家伙"，还给竖起了大拇指。岑姜和宋语薇也笑到不行。

爆笑过后，游戏继续。

陆嘉言随便说了个演艺界的人名，当然没猜对。

岑姜实在不知道问什么了，她问宋语薇："我喜欢这个人吗？就是，我平时有没有跟你提过他？"

因为郭艺洁的喜好，她们在宿舍经常会聊一些演艺界的话题，岑姜虽说没有偶像，但喜欢的演员和歌手还是有的。

宋语薇不知道怎么回答这个问题，只能寻求龚思维的帮助。

"喜欢。"龚思维还在想自己的思路到底哪里出了问题，回答得有些敷衍。

宋语薇也点点头。

同学之间的喜欢。这两人给的答案都很模糊，岑姜又转向陆嘉言。

岑姜盯着陆嘉言，她从对方嚣张的表情下看出了些许不自在，回想起问前两个问题时他的表情，脑子灵光一现。她脱口而出："我知道了，是陆嘉言，对不对？"

"厉害！"龚思维猛地回过神来，"你怎么就猜出来了？"

龚思维又笃定道："没事没事，正常。"

而陆嘉言根本没看她，应该没放在心上。

宋语薇没关系，回宿舍解释就行。

岑姜不知道的是，在龚思维那里，她已经崇拜陆嘉言崇拜到不行了。

晚上回到宿舍后不久，岑姜又收到一条短信：

【青春期的烦恼……】

岑姜一愣。

什么意思？

今天一天下来，没发现他有什么异常啊！难不成自己猜错了？其实不是他？

岑姜又一次对自己的猜测产生了怀疑，可能真不是陆嘉言。

每周三上午第四节课是体育课,也是所有人最期待的一节课。

只要有老师表示想占课,班里同学死活不同意。

今天阴天,风比较大。同学们都把校服拉链拉至脖子下方御寒。

体育老师让大家绕着操场跑两圈热热身,然后说起下个月高二年级篮球赛的事:"我记得你们班去年是一轮游吧?"

闻言,后排几个高一点的男生都不自觉地低下了头。

"你们班按理说实力不差啊。"体育老师看着某个方向,"不是有陆嘉言吗?初三就代表市队参赛了,要踊跃参加啊。"

陆嘉言歪着个脑袋站在队伍里,完全不为所动,好似没听到自己名字一般。

解散后,老师让体委去器材室领几副乒乓球拍,今天的项目是去室内乒乓球馆练习乒乓球。

班上一共五十五个人,乒乓球馆有六个台子。平均八九人占一个台子,采用五局三胜制,输了换下一个。

每个台子都有那么厉害的一两个人,任凭他对面的对手怎么换,他永远站在那里,岑姜就是其中一个。

乒乓球算是她唯一擅长的运动了。

岑姜玩了一会儿,觉得有点口渴,便让宋语薇代替她,自己跑去小卖部买水。

一进门,她就见到了解散后便消失无影的陆嘉言和龚思维。

他们俩加上秦烟、陈启,四个人坐在小卖部右边的凳子上,存在感强到让人无法忽视。

"来找阿言?"龚思维问。

岑姜强忍住吐槽,指了指小卖部里面:"买水。"

她心想,不知道自己哪点让他误会了,在他眼里,自己好像跟陆嘉言关系很好似的。

陆嘉言闻声抬起了头,四目相对。岑姜冲他笑了笑,随即转身去了货架。

她拿了一瓶水走到收银台,正打算付款,忽然从后面伸过来一部手机扫了下台上的二维码,伴随着一道清润的男声响起:"我来帮你付,正好一起。"

岑姜倏地转过头:"是你?"

身后站着一位高高瘦瘦理着寸头的少年,少年五官深邃硬朗,跟程婧一样是体训队的成员。

岑姜在他们训练的时候去过几次,人都认识,就是不知道名字。而且她每次去,这人都不怎么说话。

莫绍笑了笑:"你好,岑姜。"

"你好。"岑姜反应过来时,对方已经把钱付了,"呃,谢谢你啊。"

"没关系。"这么冷的天,莫绍下半身就穿一条五分裤,头发上还有未干的汗水,他擦了擦汗,笑着说,"你上次不也请我喝了饮料?"

他说的应该就是陆嘉言买的那几瓶饮料,岑姜抿唇笑了声:"也对。"

莫绍盯着她的笑看了两秒,不知道怎么回事,突然别开了眼:"那……我先走了。"

他走后,岑姜拧开矿泉水喝了两口,盖上盖子抬头的一刹那,撞上了几道若有所思的视线。

"怎、怎么了?"

龚思维下巴朝门外努了努:"那人你认识?"

"不认识。"岑姜想了想说。

"不认识别人请你喝水?"龚思维又问。

"我也请他喝过啊。"

岑姜不知道自己为什么要站在这儿回答他这些没营养的问题,正打算走,又听到他问:"你不认识他都能请他喝饮料,我们喝你几瓶饮料,你就让阿言重新买?"

话里的埋怨很明显,岑姜下意识想反驳,转念一想又觉得他好像也没说错。

岑姜张了张嘴,温暾地吐出几个字:"那你不也没请我喝过饮料吗?"

龚思维气笑了:"岑姜,我不知道原来你这么小心眼啊?"

岑姜眨了眨眼睛,自己怎么就小心眼了?

"我请你吃了关东煮。"此时,一直没出声的陆嘉言悠悠地插了句。

岑姜当然记得,但她不知道他这个时候说这话是什么意思。

她指了指身后,试探地问:"那我请你喝水?"

"不要。"陆嘉言说完也不再盯着她看,继续低头玩手机。

"那我走了。"没再理莫名其妙的他们,岑姜捧着水走出小卖部。

到了晚上,离上晚自习还有五分钟,陆嘉言出现在教室门口,他身后跟着拎着一袋子饮料的龚思维。

龚思维把购物袋搁在椅子下方,从里面拿出几瓶饮料,分给前后左右的同学。

最后,他拿了两瓶放在岑姜桌子上:"给,别再说我没请你喝过饮料了,想喝几瓶跟我说,我这儿还有。"

岑姜尴尬地盯着面前的两瓶饮料,试着解释:"我不是那个意思,那次真的是个误会。"

"我知道。"龚思维说,"你本来就不是买给我们喝的。"

岑姜点点头,心道你知道就好。

"说到底还是我没有请你喝饮料的原因。"龚思维又说。

得,白解释了,小心眼就小心眼吧!

龚思维给岑姜两瓶饮料中,有一瓶是玻璃瓶装饮料,瓶子和里面的液体颜色都非常漂亮,瓶身是全英文介绍,她拿过来仔细看了一眼:"这是酒?"

"没度数,就一饮料。"陆嘉言在旁边玩手机,头也不抬地解释。

"是吗?"瓶子很漂亮,看着很好喝的样子,听陆嘉言这么说,岑姜拧开瓶盖,喝了一小口。

入口甜甜的,味道很淡,还挺好喝。

第一节晚自习上到一半，陆嘉言手机屏幕亮了，瞥见来电名字的那一刻，他脸色顿时沉了下来。

他拿过手机迈开腿起身走出教室，边往天台走边接起电话。

他没出声，电话那头的人沉默了两秒才开口："这周日你弟弟周岁，你必须回家一趟。"

"我没有弟弟。"陆嘉言打开天台的门走了进去，语气听不出丝毫情绪。

"不管你承不承认，你们身上都流着同样的血液。"陆爸爸声音低沉，透着威严。

"同样的血液？"陆嘉言轻笑了一声，似乎觉得这几个字很讽刺，"我跟您同样的血液还是验DNA验出来的吧？"

"你就是因为这件事一直气到现在？"陆爸爸声音轻了几分。

"不是。"天台上凉风袭面，穿着一件单薄校服外套的陆嘉言丝毫不觉得冷，"早就不气了。"

"那为什么不回家？"陆爸爸这话说得有点心虚。

"需不需要我提醒您，我是被您给赶出来的！"陆嘉言嘴角勾起一抹轻嘲。

就因为某天他好奇地看了一眼摇篮中的弟弟，不知道怎么回事，小团子突然醒了，一醒来就哭个不停，继母见状忙跑过来一脸警惕地看着他。

当天晚上，陆爸爸回来就朝他发了一通火，还扬言让他滚出去。陆嘉言也没有多难过，反正妈妈走后那里便不是他的家了。

陆爸爸恼羞成怒："你看看你现在像什么样子？就是个小混混，以前多乖——"

"别跟我提以前。"陆嘉言冷声打断他，"以前您也没说过我不是您儿子这种话。"

电话里的陆爸爸陷入了沉默，过了半晌，还是陆嘉言先开的口："我要去上晚自习了，挂了。"

结束通话后，陆嘉言倚在天台的木箱子上看向远处的灯火阑珊。

十六岁之前的他不知道，原来至亲的感情一夕之间可以发生翻天覆地的变化。

那会儿他还在上初三，有天放学回家，还没进门就听到爸妈在客厅吵架。

陆嘉言的意识里，他爸妈虽然不像书里面所说的那般如胶似漆，但也还算恩爱，至少在他面前是这样。

所以，听到里面妈妈尖锐的谩骂和花瓶被砸碎的声音，陆嘉言有瞬间错愕。

从他们的争吵中，陆嘉言得知了他们吵架的原因：爸爸出轨了，且那个女人怀孕了。

妈妈闹过之后，冷静地提出离婚，两人自始至终都没有问过他的意见，也没有考虑过他的感受。

陆嘉言无忧无虑的生活和他心目中还算和谐的家庭都终止于那一天，好似梦醒了一般。而那天，他书包里还有没来得及拿出来的江城数学奥赛全市一等奖的获奖证书。

妈妈走之前甚至看都没看他一眼，只是看着爸爸，笑得意味深长："你以为你有多了不起？只不过是个帮别人养小孩的慈善家而已。"

爸爸当时那种震惊、疏离、嫌弃糅杂在一起的眼神，陆嘉言到现在还记得。

妈妈走后第二天，爸爸就带他去医院做了亲子鉴定，鉴定结果显示父子关系的概率为99%。

陆嘉言松了一口气。但让他感到难过的是，爸爸不信，非拉着他去另外一所医院重新鉴定。

第三次鉴定完后，陆嘉言已经麻木了。

虽然每次结果显示他跟爸爸是亲生父子关系，但从那以后，他和爸爸之间就产生了隔阂，这层隔阂随着继母的到来越来越厚，直到现在他还不明白，为什么妈妈要那样说？

为什么要害他？

丢下他不管就算了，为什么还要撒个谎来害他？

陆嘉言回到教室的时候,正好下课铃声响了。

龚思维认真刷了一个小时题,觉得自己需要放松一下。

他拿起手机转身敲了敲岑姜的桌子:"下节晚自习换一下位置?"

岑姜呆呆地抬起头:"跟我说话吗?"

"你说呢?"龚思维又敲了敲她桌子,"不然我敲你桌子干吗?"

"不可以。"岑姜摇摇头。

"为什么不可以?"龚思维不解。

"不可以换座位。"岑姜又重复一遍。

她的拒绝是龚思维没想到的,他问:"为什么啊?我想跟阿言玩一把游戏。"

"陆嘉言是我同桌又不是你同桌。"岑姜说。

陆嘉言心情不怎么好,本来没关注他俩的交流,听到这话还是没忍住抬起了头。

龚思维嘴角轻扯:"我只是换一会儿。"

"不可以。"岑姜又一次摇摇头,像个小学生似的一本正经地道,"刘老师说了不可以私下换座位。"

龚思维眉心一紧,怎么以前没发现岑姜这么奇葩啊?

陆嘉言终于意识到了不对劲,岑姜这模样,明显不正常。

他微微偏过头,语气很随意:"你怎么了?"

岑姜抬起头冲他一笑:"你放心,我不会换座位的。"

"……你有没有哪里不舒服?"陆嘉言眼皮子跳了下。

"有点头晕。"岑姜突然变得委屈起来,"不知道怎么回事,头晕晕的。"

陆嘉言扫了一眼她的桌面,发现她之前打开的那瓶饮料已经见底,视线回到岑姜脸上,那上面有两抹不正常的红。

陆嘉言随即反应过来是怎么一回事:"这都能醉?"

"什么?"岑姜拍了拍自己的脸,"有点烫,我是不是感冒了啊?"

陆嘉言有些好笑地道:"没感冒。"

"喂！不是吧，"龚思维也猜到了原因，不可置信地瞪大了双眼，"喝饮料都能醉？"

"胡说。"岑姜说，"就是头晕，我喝的饮料呢！"

之后，她开启了碎碎念模式。

没一会儿，上课铃声响，岑姜朝他们比了一个安静的手势："快转过去坐好，上课了。"

龚思维和宋语薇对视一眼，而后齐齐转过身，但都留了一个耳朵听后面的动静。

"陆嘉言，老师怎么还不来?"

"陆嘉言，这节课是什么课啊?"

"陆嘉言，我——"

"停！"陆嘉言小声打断她，"数学课，现在是上课时间，禁止交头接耳。"

岑姜也学着他压低了嗓音："好，那我不说了。"

然而没过一分钟，旁边又传来她软软的嗓音："陆嘉言，这道数学题我不会解，你教教我行吗?"

陆嘉言看着前面忍笑的两人，耐着性子凑过去："哪道题?"

岑姜往试卷上指了指："这个。"

陆嘉言叹口气拿出草稿本和笔，给她演算了一遍。

教室里，少年微微颔首，神情十分认真，眉间那颗痣看起来越发乖巧，岑姜好想去摸一下。

这么想着手已经伸了出去，离那颗痣还有不到两厘米的距离时，她的手被人给抓住了。岑姜慢半拍地抬眼，霎时对上一双漂亮的眸子。

少年声音很轻："你想干吗?"

"我想摸一下你的痣。"岑姜老老实实地说，说完又想往前伸，奈何手被攥住，没办法动弹，她皱着眉挣扎了下，"你别拉着我呀！"

陆嘉言没放开，教室里还算安静，不止前面两人在笑，其他同学也注意到了这边。他烦躁地闭了闭眼睛，好生劝说："如果你不想明天醒来后悔的话，现在乖乖听话、保持安静，可以吗？"

岑姜重重地点了一个头："嗯。"

"那现在坐直身子，好好做试卷，上课不许问问题，下课再问。"陆嘉言像是在哄小孩一般。

岑姜又点了点头。

她这个样子简直乖巧到不行，让人忍不住想揉揉她的脑袋。陆嘉言指尖动了动，在确定她不会乱动之后，松开了她的手——没过一秒，自己的眉心就被人轻轻触碰一下，接踵而来是一道开心的嗓音："呀，摸到了！"

陆嘉言看着笑得一脸得意的小姑娘，太阳穴突突直跳。

什么乖巧，都是装的。

真后悔没给她录下来。

陆嘉言今晚不怎么开心，搁平时，还可能陪她玩会儿。但现在他耐心已经耗尽，他气得转过身，不再理她。

过了一会儿，校服衣摆被人扯了下，陆嘉言没动，不知道她又想做什么。

隔了两秒，衣服又被扯了下，陆嘉言还是没动，他觉得自己没把她手拍开，算是给足了她面子。

就在这时，一只握拳的白皙小手伸到陆嘉言眼前，正当他好奇她又想做什么的时候，她松开五指，一根裹着粉色糖衣的棒棒糖落了下来。

陆嘉言愣了愣，缓缓偏身。只见刚刚笑得一脸得意的人，这会儿可怜兮兮地望着他，一副被谁欺负了的模样。

啧，明明耍人的是她！

岑姜不仅可怜地望着他，还委屈地瘪了瘪嘴。

陆嘉言想起她第一次给自己棒棒糖时的情形，大概明白了她现在的行为是什么意思。

陆嘉言叹息一声，终于败下阵来，伸手在她脑袋上拍了拍："乖乖坐好，我没生气。"

岑姜立马眉开眼笑地点头。

之后一直到下晚自习，岑姜都没再说话。下了晚自习，她也乖乖由宋语薇挽着她的手臂离开教室。

回到宿舍洗完澡，岑姜喝完宋语薇给她泡的柠檬水倒头就睡，所以她没看到手机上那条不久前出现的短信：

【一根棒棒糖摸一下，怎么着也是她划算啊。】

一夜好眠，岑姜早上跟宋语薇去食堂的路上，问起她昨晚有没有做什么丢脸的事情。她只记得自己好像一直在说话，具体说了什么记不清了。

"你大概、可能、也许调戏了陆嘉言。"宋语薇非常淡定地说。

"调戏陆嘉言？"岑姜伸手指了指自己，"你说我？"

"可不是。"宋语薇笑了声，"除了你，恐怕也没人敢。"

"我也不敢啊！"岑姜苦笑，"那我不是不清醒嘛！"

岑姜怀着忐忑的心情来到教室，陆嘉言还没来。在这之前，她得想好说辞，是道歉还是装作什么都不知道呢？

稍作思量，岑姜最终选择了后者。

陆嘉言来到教室，发现岑姜在解昨晚上她说不会的那道数学题。

"昨晚不都告诉你了吗？"

"告诉我什么？"岑姜茫然地转过头。

"你不记得了？"陆嘉言问，"昨晚你喝完饮料后的事情都忘了？"

岑姜顺势点头："对，忘了。"

所以请您也忘记吧！

"呵！"陆嘉言发出一声轻嘲，"厉害。"

岑姜想问厉害在哪里，但她不敢，她就这样以沉默结束了这段短暂的对话。

第二节课下课是课间操时间，岑姜被叫去了办公室。

她一路上还在想自己是犯了什么事，班主任一般没事不会找人去。

当走进办公室见到她那很久不见的妈妈时，岑姜一时愣在原地："妈妈，你什么时候回来的？"

她以为妈妈上次说回来找老师聊聊只是随口说说而已，没想到真的回来了。

"今天早上。"岑念示意她站过来一点,"刚刚我还去你们教室看了。"

岑姜"哦"了声,站到她旁边。

"我刚跟刘老师说想让你换个位置。"岑念微不可察地蹙了下眉,"跟男同学同桌总归不好,晚点你听刘老师安排。"

岑姜一点也不意外妈妈的话:"好的。"

刘老师一直在夸奖岑姜,岑念却不以为然:"她以前都是第一名的,来这儿就退步了。"

"没有退步。"刘老师脸上笑容很温和,"是因为她的对手不一样了,我相信她经过努力肯定会比现在更好。"

岑姜耷拉着脑袋没说话,她知道妈妈也懂这个道理,妈妈是个聪明人。妈妈这么说只是在以一种对她来说特别残忍的方式逼她,逼她达到自己心目中的优秀。

妈妈向来如此。

刘老师说到最后都尴尬到不知道说什么好。

岑念说她工作很忙,回去的机票就订在中午,吃个午饭的时间都没有,跟班主任聊完就走了。

回到教室,做操的同学们还没回来。岑姜开始收拾自己的课桌,她将桌兜里的书和学习资料一股脑全搬出来。

做完操回来的陆嘉言见她在整理东西,解校服拉链的手顿了顿:"你这是干什么?"

岑姜弯腰查看桌兜里还有没有留下什么东西,语气很淡:"换座位。"

"为什么?"陆嘉言坐了下来。

岑姜现在情绪很低落,没回应他。

陆嘉言把玩着手机,漫不经心地道:"那你换到哪里去了?"

他话音刚落,前排的龚思维也回来了,龚思维一回到座位也开始收拾自己的东西,边收拾边回头问:"岑姜,你收拾好了吗?"

岑姜点点头。

一旁看着他俩动作的陆嘉言和宋语薇齐声开口:"你们两个换座位?"

"是啊。"龚思维说,"刘老师怕岑姜坐后排看不清黑板,又不好拆散学习小组,只好让我跟她换。"

岑姜沉默地整理自己的试卷,原来刘老师是这么跟他说的,真是给足了她和她妈妈面子。

"让一下。"岑姜搬着课本站起身,示意陆嘉言挪一下椅子。

陆嘉言像是没听到一般,没有要动的意思。

"陆嘉言?"岑姜又叫了一声。

陆嘉言这次懒懒地应了声,还是没动。

岑姜抿了抿唇:"我今天没买棒棒糖。"

闷闷的声音,一听就不怎么高兴。

陆嘉言眸光微变,轻嗤了句:"谁想要你的棒棒糖了?"

他说完站起身,把椅子往前挪,让她过去。

岑姜抱着书往龚思维座位走去。

陆嘉言盯着前面那颗脑袋,脑子里浮现出岑姜紧抿着唇、一脸不开心的样子,忽然又觉得不像是龚思维说的那么回事。

/第四章/
写日记

下午放学后,龚思维拉着陆嘉言一块到篮球场打球。

篮球场已经有一队人在练习,龚思维朝里边看了一眼,挑眉道:"这不是228班的吗?莫绍也在呢。"

"莫绍是谁?"陆嘉言问。

"喏,那儿呢。"龚思维指着球场上一位穿黑色球衣的男子说,"就是在小卖部请岑姜喝水的那位。"

陆嘉言原本只是随口一问,听到后面一句,才认真看过去。

他一眼就认出了那个小寸头。

"他是校篮球队队长,校体训队队长。"龚思维叹口气,"去年篮球赛的冠军就是他们班。"

陆嘉言不以为然地"哦"了声。

"阿言,你就参加一次吧?"说到篮球,龚思维话锋一转,"你不参加搞得我都没瘾了。"

"你不是我们班篮球队队长吗?"陆嘉言揶揄道,"没你不就群龙无首了?"

"喂,山上的笋都被你夺完了吧?"龚思维烦躁地扒拉下头发,"你就不想跟兄弟我并肩作战吗?"

"不想。"陆嘉言走到观众席坐下，语气没有丝毫犹豫。

龚思维很无奈。

等到秦烟他们来了，陆嘉言和龚思维才上场打球。

晚自习后，岑姜独自来到图书馆，她想借一本数学辅导书。二中的图书馆晚上十点才关门，很多同学下了晚自习后会继续来这儿看书。

岑姜找了一圈发现自己要的数学辅导书在最上面那层，她踮起脚才够着一点点。

正在她奋力伸手踮脚够的时候，头顶伸过来一只手，轻轻松松把那本辅导书取了下来。

岑姜微愣，而后回过头："是你啊。"

莫绍把书递到她面前："给。"

岑姜接过："谢谢。"

"不客气。"莫绍轻声问，"你来看书？"

"不是。"岑姜晃了晃手中的书，"我来借书，借完书就走。"

"你还要借什么？我帮你拿。"

"不用了，谢谢。"

莫绍随手在旁边拿了一本书："我也好了，一块走？"

"行。"岑姜率先往借书处走。

两人借好书并肩走出图书馆，步入校园大道。

身后刚打完篮球的陆嘉言几个人，也正往宿舍走。看到突然出现在前面的两人，龚思维手上的球差点儿没拿稳。

龚思维不想让好兄弟看到那一幕，他下意识地想挡在陆嘉言身前。

然而，龚思维刚迈开脚就听到陈启低喊了句："欸，那不是岑姜和莫绍吗？"

闻言，龚思维下意识地看向陆嘉言。

秦烟和陈启也朝陆嘉言看过来。

陆嘉言直接无视他们的目光，只是轻轻抬起眼看了眼前面的两人，表情没有丝毫变化。

见他这样，秦烟意外地挑了下眉。

前面有一个路口，右边是通往学校大门，左边通往宿舍，除了陆嘉言，其余三个都不住校。

"阿言，我们走了。"龚思维跟陆嘉言打了声招呼，"你……好好的。"

陆嘉言没理他，两手插兜继续往前走。

走了一段距离，陆嘉言盯着前面那个小小的背影，突然开口叫了一声："岑姜。"

从图书馆到宿舍的路上需要经过小卖部，路过小卖部的时候，岑姜听到身后有人叫她。

她回过头，发现是陆嘉言："干吗？"

陆嘉言示意小卖部的方向："请我喝饮料。"

他理所当然的语气，就好像叫岑姜请他喝饮料是一件很自然的事情。

虽然觉得奇怪，但岑姜还是一口答应了："行，那你想喝什么？"

陆嘉言晃晃悠悠地走了过来。路灯下，少年双眸深邃，皮肤冷白。他将校服外套搭在肩上，额前的刘海被汗水打湿了几缕，显然是刚运动过。

"矿泉水就行。"陆嘉言说。

"那进去买吧。"岑姜说完才记起旁边还有一个人，她不好意思地朝莫绍笑了笑，"我要去趟小卖部，你想喝什么吗？"

"不用，我先走了。"莫绍回了个微笑，还朝陆嘉言点了点头才走。

"走吧，买水去。"岑姜转身踏上去小卖部的台阶。

陆嘉言真如他所说的那般，只拿了一瓶水。从小卖部出来，两人并排往宿舍方向走。

二中男女宿舍楼都在一个方向，只不过中间隔着一条马路。

"你刚去打球了？"岑姜觉得周围太过安静，想找点话题聊。

陆嘉言"嗯"了声。

这个话题显然没找好，一句就给聊死了。

岑姜白天因为妈妈的到来，心情不是很好，忽略了短信之事。

她仔细想了下,短信每天都在十点左右发到她手机上。那如果这段时间她一直跟陆嘉言在一起的话,会不会就能发现点什么?

现在九点半,离十点还有半个小时。眼看前面不远就是宿舍楼了,岑姜却停下了脚步。

"怎么了?"陆嘉言跟着停下脚步,不解地问。

"你……那个,你饿不饿?"岑姜紧张地抓紧手里的书,一脸期待地看着他。

"不饿。"陆嘉言显然没看懂她的眼神。

"我饿了。"岑姜说。

陆嘉言没说话,立在原地好整以暇地看着她,好像在等她的下文。

"你能陪我去吃点东西吗?"岑姜也不知道要找什么样的借口好,只是觉得吃东西时间或许长一点。

短暂的沉默过后,陆嘉言问:"你想去哪儿吃?"

"去校外?"岑姜犹豫地道。

"校外?"陆嘉言失笑,"你出得去吗?"

今天周五,校门明天放学后才对寄宿生开放。

如果不出去,学校现在唯一能吃东西的地方就只有小卖部,蒸粽子和茶叶蛋二选一。这两样东西五分钟内就能解决,拖不到十点。

"你肯定有办法。"岑姜眼巴巴地望着她。

陆嘉言像是来了兴趣:"那你说说看,我能有什么办法?"

岑姜心里有个答案,不知当讲不当讲。

她怕陆嘉言生气,何况她身上现在又没有棒棒糖。

"不说的话我走了。"陆嘉言长腿一迈作势要离开。

"别啊。"岑姜情急之下拉住他的衣服下摆,讷讷地道,"就是爬围墙。"

陆嘉言扫了一眼岑姜抓住自己衣摆的莹白小手,微哂:"我可不会翻墙。"

岑姜收回了手:"你没翻过墙?我不信。"

陆嘉言气笑了："我为什么要翻墙？"

在岑姜的认知里，翻墙是大佬的必备技能，他居然说不会？

她歪头想了下，问："你平时旷课怎么出去？"

"走校门啊。"陆嘉言说得很理所当然。

岑姜眨了眨眼睛："那你现在能带我从校门出去吗？"

"为什么一定要出去，小卖部不是有卖吃的？"陆嘉言问。

"我不喜欢吃小卖部里面的东西。"岑姜说。

"真的？"陆嘉言微眯着眼睛，明显不信这种话。

岑姜原本就心虚，被他这么盯着，立马就改了口："其、其实我也不是很饿，就是不想那么早回宿舍。"

陆嘉言没说话，联想到她今天不开心的事情，于是有了心软的趋势。

见他不作声，岑姜低头点了点他手中的矿泉水瓶，软软地道："我刚都请你喝水了，你就陪我去吧？"

陆嘉言盯着她的脑袋，不自觉地摸了下自己的耳朵。

他倏地转身往来时的方向走："要去就快点。"

岑姜愣了一秒，反应过来后立马眉开眼笑地跟了上去："谢谢你啊，陆嘉言。"

几分钟后，陆嘉言带她来到不远处的一堵墙下。

她问："来这儿干吗？"

陆嘉言轻描淡写地吐出两个字："翻墙。"

"可你不是说不会翻墙吗？"岑姜的眼里充满了困惑，"你不都是直接走校门的吗？"

陆嘉言忍住暴走的冲动，解释了一句："我以前不寄宿，懂？"

岑姜恍然，但随即她又想到一个问题："但你不说逃课也走——"

"你还出不出去？"陆嘉言不耐烦地打断了她的话。

岑姜乖乖闭了嘴，用点头代替回答。

今晚月色朦胧，就着微弱的月光，岑姜看清了眼下的情况。这堵墙显然是经常有学生爬，墙脚下都被踏平了，寸草不生，墙中间凹下去一小块砖头，方便人落脚借力。

陆嘉言后退两步，然后助跑，眨眼之间，轻轻松松爬上了墙。

"上来。"陆嘉言懒懒地道。

岑姜看了一眼墙的高度，手足无措地站在下面仰头看着他："我上不去。"

陆嘉言两手搭膝盖上在墙上蹲了下来，居高临下地看着她："那你想怎么办？"

"不知道。"岑姜一脸为难。

陆嘉言建议道："要不你告诉我你想吃什么，我去帮你买？"

"不行，我要自己去。"岑姜也学着他后退几步，助跑，结果只是跑到了墙脚下，脚都没往墙上抬。

沉默半晌，陆嘉言"啧"了声："你先把手伸上来。"

岑姜忙踮起脚尖把手伸过去，陆嘉言倾身拉住她的手，另一手握住围墙上一个凸起的砖块稳住身子："你抬起右脚去够那个凹下去的位置。"

岑姜乖乖照做，脚抬起的瞬间，陆嘉言也用力将她往上提。

脚踩上去之后，她的另一只手也抓到了墙面，通过借力和陆嘉言的帮助，她终于爬上了墙。几乎是她刚站稳，陆嘉言就跳了下去。

另一边其实不高，下面是个花坛，但陆嘉言越过花坛直接跳到了路面上。岑姜可不敢，她看准了花坛边缘的位置，眼睛一闭就往下跳。

陆嘉言在她起跳的那一刻，下意识上前一步。紧接着，一个软软的身子扑在他身上。

力道不重，因为岑姜落在了花坛边缘，没站稳才往前扑。

耳畔是少女不稳的呼吸声，陆嘉言不自在地偏过头："再不走等下店铺都关门了。"

"对不起，对不起。"岑姜脸上一热，立马站直身子。

"想吃什么？"陆嘉言率先往路口走。

"蛋糕。"岑姜追上去，"菠萝街有家叫一甜烘焙坊的店铺，里面的蛋糕特别好吃。"

陆嘉言"嗯"了声。

不久后，到了菠萝街她所说的那家店铺外，陆嘉言停了下来："你去吧，我在外面等你。"

岑姜走进烘焙坊磨磨蹭蹭地买了几块蛋糕让服务员包起来，选蛋糕包括付款全程都心不在焉的，眼神一直落在门口的陆嘉言身上，生怕错过什么。

服务员有些好笑地将打包好的蛋糕递给她："给，快去找你同学吧。"

岑姜一阵紧张，她下意识地往门口看去。只见少年正在低头看手机，她瞬间松了口气。

岑姜拎着蛋糕走出门，叫上陆嘉言一起返回学校。

现在已经九点五十分了，信息还没来。

这次翻上墙比较容易，但是跳下去的时候，岑姜有些害怕："你千万要接住我啊。"

"快点。"

陆嘉言稳稳地接住了她，待她站稳后，立马缩回手往前走。

"陆嘉言，你陪我去篮球场坐坐吧？"岑姜叫住了走在前面的人。

陆嘉言诧异地偏头："还不想回宿舍？"

"是、是啊。"岑姜紧紧抓着手里的蛋糕，心虚到不敢看他。

十分钟后，两人坐到了篮球场的观众席上。

岑姜打开蛋糕盒，取出一小块蛋糕递给陆嘉言："你要不要？"

"不要。"陆嘉言掏出了手机，准备玩游戏，才打开屏幕，视线就被挡住了。

"你在看什么？玩游戏吗？"岑姜见他打开手机第一时间凑了过去。

陆嘉言伸出一只手把她那颗脑袋挪开，语气散漫："吃你的蛋糕。"

"我想看你玩游戏。"岑姜脑袋又挪了回来。

浅浅的呼吸洒在陆嘉言的手臂上，存在感强到无法忽略。陆嘉言手指头动了动，干脆关了手机："不玩了。"

岑姜坐直身子,舀了一勺蛋糕放进嘴里,含糊地道:"你玩吧,我不看了。"

陆嘉言的手刚伸进口袋里,余光触及一双偷瞄过来的大眼睛,又缩了回来。

岑姜清了清嗓子:"你想做什么做便是,不用顾忌我,我不看。"

她一本正经的样子把陆嘉言给逗乐了,源源不断的笑声从喉间蹦出,胸膛也随之起伏。

岑姜也没太在意,继续问:"那你为什么不参加篮球赛?"

"不想参加。"

"你参加啊,我去给你加油。"岑姜听郭艺洁说过,陆嘉言篮球打得非常好,二中现在的篮球队队长也没他厉害。

"你给我加油?"陆嘉言轻抬眉梢,"拿棒棒糖?"

岑姜:"你喜欢的话也可以。"

"不要。"陆嘉言见她小口吃着蛋糕,终是打开手机开启了一局游戏。

果不其然,那颗毛茸茸的脑袋又凑了过来:"这是什么游戏?"

"吃鸡。"陆嘉言边说边往旁边挪了一下。

"噢。"岑姜听过,但没玩过,也看不懂。为了不错过他任何奇怪的举动,她决定看他玩。

见陆嘉言往那边挪,岑姜也意识到自己靠太近,便拉开点距离,稍稍倾身,眼睛紧紧盯着他的手机屏幕。

十几分钟后,陆嘉言感觉肩膀一沉,一颗脑袋靠了过来。

他身子微僵,手上也停止了动作,视线往下,发现岑姜不知道什么时候睡着了。这就是她所谓的不想这么早回宿舍?想露宿篮球场?

小姑娘呼吸均匀,眼睛紧闭,唇边还有一粒蛋糕屑,睡得毫无防备。

陆嘉言看了几秒,收回视线继续玩游戏。

如果此时有人经过,就会看见篮球场的观众席上坐着一对少男少女。

少年靠坐在椅子上,右腿脚腕搭在左腿膝盖上,两手捧着手机,正在玩游戏。而他的右边肩膀上靠着一个熟睡的女孩,夜风拂过,小姑娘下意识抖了下,少年偏头看了一眼,之后又继续玩游戏。

玩完一局游戏,旁边的人还没醒。陆嘉言保持身子不动,拿过自己放在左边椅子上的书包,从里面掏出日记本和笔。

打开最新那一页,他叹口气,在上面写下一句话:

【如果时间能倒回,我保证不开口。】

陆嘉言收起日记本,看了一眼时间,十点五十分,还有十分钟就要关宿舍门了。

正当他打算叫醒岑姜时,他手机响了,是周女士。

陆嘉言接起来,语气轻松:"周女士想我了?"

"是啊!"陆奶奶嗓音里带着浓浓的笑意,"想言言喽,就知道你还没睡。"

"我也不是每天都晚睡。"陆嘉言说。

"没事,年轻人嘛。"陆奶奶笑呵呵地说完,停了一下,再开口时语气变得小心翼翼,"言言,后天是你弟弟一岁生日,奶奶到不了现场,你帮我捎份礼过去行吗?"

陆嘉言抬眸看向虚空中的某点,没回话。

"他怎么说也是我孙子啊。"陆奶奶好声劝说,"我们不能没礼貌不是?"

没等他回话,陆奶奶忽地笑起来:"你放心,我永远最喜欢言言。"

陆嘉言也笑了:"谁担心这个了?"

他说话的时候不自觉动了动右边的肩膀,岑姜非但没醒还蹭了蹭,陆嘉言像是被电击了下。

他倏地站起身子,害得岑姜往旁边倒去,他适时伸手稳住她的胳膊。

"怎么啦?"刚睡醒的岑姜脑子迷迷糊糊的,还以为自己在宿舍睡觉。

明明睡得好好的,突然床不见了,就好像以前做梦梦到过的那样,整个人直往下坠。

"言言?"远在大洋彼岸的陆奶奶听到电话里传来一个女孩的声音,脸色变得有些复杂,"你现在在哪儿呢?"

"在学校。"陆嘉言说,"我要回宿舍了,晚点打给你。"

陆嘉言的声音让岑姜清醒了几分,她看了眼四周才弄清楚自己身在何处,自己……居然睡着了?

陆嘉言瞥见她茫然的样子,淡定地提醒:"快十一点了。"

"什么?"岑姜这下脑子彻底清醒了,"十一点?完了完了。"

她什么都顾不上了,撒腿就开始往宿舍的方向跑,还不忘回头叫上陆嘉言:"快点,不然要被关在门外了。"

"你不是不急吗?"陆嘉言不慌不忙地拿起书包挂在肩头,还理了理校服外套。

"你别打趣我了,快跑!"岑姜不满他的从容,"你再不快点,我就一个人跑了。"

听着她威胁的话,陆嘉言抬了抬眉梢:"过河拆桥?釜底抽薪?"

"那你快点啊!"岑姜边跑边回头跟他说话,又不敢真的把他丢到后面。

陆嘉言笑了声,突然跑起来,少年手长脚长,几步就越过了她。

"还有两分钟。"这句话被晚风带到了岑姜耳边。

她心里一紧,使出全身力气追了上去。

到达宿舍楼下,陆嘉言往左边那幢走,岑姜远远地跟他说了句:"谢谢。"

陆嘉言回过头,示意她看女生宿舍楼门口。岑姜视线一转,发现宿管阿姨正在关门。

"欸欸欸,别关!"岑姜跑过去,一只手卡在了门缝处,"阿姨,让我进去一下。"

宿管阿姨扫了她一眼,摇了摇头:"下次不要这么晚。"

"谢谢阿姨。"

回到宿舍脑子一放松,岑姜终于想起被自己忽略的事情,忙掏出手机看了一眼,赫然发现那条没有发件人的短信已经出现了:

【如果时间能倒回,我保证不开口。】

什、什么意思?

没等她多想，宋语薇和郭艺洁见她回来，异口同声地问："你刚跟莫绍散步回来？"

"莫绍是谁？"这是她今晚第二次听到这个名字了。

"你不知道？"宋语薇表情稍显诧异，"龚思维说他离校之前看见你跟莫绍从图书馆走出来，见你这么晚还没回来，我本来想给你打电话，听他这么说，就没打了。"

"原来他叫莫绍啊，"岑姜没细想她话里的意思，一门心思扑在短信这件事上。

顶不住两人的好奇，她简单地解释了一下刚刚去干了什么。

"陆嘉言居然带你翻围墙出去买蛋糕？"郭艺洁一脸的不可置信，"他什么时候这么好说话了？"

宋语薇倒没表现出多大震惊。

岑姜洗漱完躺在床上，开始分析短信的事。她手机开着振动，来消息一般能听到，这就证明这条消息大概是在她睡着的时候发过来的。

那这期间陆嘉言做了什么？

岑姜懊恼地拍了拍自己的头，怎么就睡着了呢？

她睡着之前陆嘉言的确是在玩游戏，岑凡也玩这款游戏，有次舅妈叫他吃饭，他非得玩完一局才下来，差不多用了半个小时。

如果她猜得没错的话，她应该是靠在陆嘉言肩膀上睡着的，她醒来前陆嘉言刚站起身，她才有一种往下坠的感觉。

这就说明他没有离开过。

岑姜越来越糊涂了，这到底是怎么一回事？

真不是陆嘉言？

周六上完课，岑姜照例回了舅舅家。晚上用餐的时候，舅妈说她明天休息，打算带岑姜和岑凡两个人去置办冬装。

岑姜没什么意见，对舅妈，她除了感激还是感激。岑凡是有意见也不敢提。

于是第二天吃过早饭，舅妈带着两人开车来到市中心的一个商场，逛了整整一上午。就在岑凡耗尽最后一丝耐心的时候，舅妈终于提出结束购物，带两人去吃大餐。

舅妈说的大餐，一点也不夸张。三人来到一家富丽堂皇的大酒店，服务员将他们领进电梯带到六楼一个环境优雅的西餐厅。

"点吧，千万不要跟我客气。"舅妈说。

"谁会跟你客气？"岑凡没好气地道。他一个大男生逛了一上午街，心情好不到哪里去。

"给你买衣服还委屈你了？"舅妈忍不住白了他一眼。

"你不让我陪着我会更爱你。"岑凡懒懒地道。

"不知好歹！"舅妈笑了声，语气里是满满的宠溺。

岑姜看着斗嘴的两人，眼睛有点发酸，那种打心底的羡慕油然而生。曾几何时，她跟爸爸、妈妈这样说过话？她甚至都不曾对父母撒娇过，对爷爷、奶奶撒娇那是弟弟的权利，她没有。

"岑凡你点好了没有，给妹妹点！"心思细腻的舅妈许是察觉到了她的情绪，"妹妹"两个字让她的心间一颤。

岑姜把涌上喉间的酸涩强压下去，绽开一抹笑："没事，表哥帮我点也可以。"

微微发颤的嗓音还是泄露了她的委屈，岑凡抬起头，状似不满地把菜单递给她："衣服买得比我多也就算了，还不许我先点餐了！"

没等岑姜开口，舅妈先一步替她辩解："姜姜是女孩子，当然得多买点，你一男孩子，买两套轮流换就可以了。"

岑姜心里的委屈全化作了感动。

这顿大餐足足吃了有一个小时，从餐厅出来，三人走到电梯间等电梯。没一会儿，右边电梯门打开，岑姜抬眼，恰好见到一个熟悉的身影。少年站在电梯的角落，人群中，岑姜还是一眼就看到了他。

电梯里双眸微垂的陆嘉言不经意一个抬头，视线对上了正欲开口打招呼的岑姜。下一秒，他像是见到陌生人一般，无声地错开了视线。

"算了，人多，我们等下一趟。"岑姜被舅妈拉着往后退了一步。

电梯门慢慢合上，陆嘉言的身影消失在眼前，岑姜还没从刚刚看到的画面中回过神来。少年眼眶微红，神情悲伤又落寞。

除了那晚在便利店，这是岑姜第一次见到这副模样的陆嘉言。不知道他发生了什么事，来不及多想，岑姜他们很快上了另一部电梯。

"嗯，我会安慰他的。"岑姜身后传来一个女孩打电话的声音，"那些人太过分了，说他是野种，说他根本不是叔叔的儿子。"

岑姜觉得这个声音有点耳熟，便偷偷回头看了眼。这不是……陆嘉言的堂姐吗？

即便陆莹的嗓音很低，岑姜还是听了个大概。

"最过分的是叔叔都没解释，阿言气得差点跟人动手，他还呵斥阿言的不是。

"嗯，没吃饭，你也别自责了，奶奶。

"我知道，我这就去找他。"

…………

一楼到了，岑姜挽着舅妈走出电梯。后面的陆莹挂断电话急匆匆往酒店外走，压根儿没注意到她。

岑姜坐上舅妈的车还在想陆莹的话，她口中的阿言无疑是陆嘉言。

野种？岑姜蹙了下眉，很难想象他被这种难听的词骂时，该有多难过。

今天天气很好，阳光灿烂，很适合出游。

路过一个公园，岑姜偏头看向窗外，在一个个笑容满面的游客中，她看到了独自坐在休息椅上的陆嘉言。少年仰面朝天，屈着两条大长腿，一动不动。

画面不断后退，眼看就要看不见，岑姜下意识喊了一声："舅妈，麻烦在路边停一下。"

"怎么了？"舅妈随即将车停在路边。

"我看到一个朋友了，我想去找朋友玩一会儿。"岑姜说。

"这样啊，那行。"舅妈笑了笑，"去吧。"

还好舅妈没有多问，岑姜下车后，看到车子启动才沿着人行道往公园走去。

她走到刚刚见到陆嘉言的地方，发现他还坐在那儿，连姿势都没变，跟他身后花坛上方的雕塑有得一拼。

岑姜两手背在身后，轻快地走过去："陆嘉言。"

听到这个声音，陆嘉言身躯一震。

就在他不知道如何反应的时候，她的声音越来越近："你这样盯着太阳看眼睛不坏掉才怪，我看看，肯定红了，搞不好还会流眼泪。"

陆嘉言睁开微眯着的眼，映入眼帘的是岑姜漂亮的小脸，小姑娘盯着他的眼睛，小声嘀咕："真的红了，不过还好。"

说完，她伸出一只手在他眼睛上方晃了晃："你现在是不是眼前一团黑？是不是看不见我？"

"嗯。"陆嘉言拂开她的手，声音微哑，"所以你是谁？"

岑姜在他旁边坐下来："你同桌。"

陆嘉言面无表情地纠正："是前同桌。"

岑姜张了张嘴："前同桌就前同桌吧。"

"你怎么在这儿？"半晌，陆嘉言问。

"我刚在车上看到你坐在这里，正好不想回家写作业就下来了。"岑姜说。

陆嘉言"哦"了声，之后便是沉默。

"哎，陆嘉言，我们去那边玩一下吧？"岑姜指了指游乐场的方向。

"不想去。"陆嘉言说。

岑姜看着他耷拉着脑袋的样子，莫名像看一只需要被顺毛的哈士奇。她想了想，站起身往前面走去。

陆嘉言抬起眼皮盯着她的背影看了一眼，接着又若无其事地收回视线，只不过微微蹙起的眉头显示出他此刻心情不爽到了极致。

过了几分钟，一道阴影伴随着脚步声接近，下一秒，他眼前出现一根棒棒糖，然后是少女染着笑意的嗓音："给，这是我在棒棒糖机里面夹的。"

陆嘉言缓缓抬起头,视线从棒棒糖上移至岑姜脸上,她脸上的微笑跟今天的阳光一样耀眼,耀眼到不敢直视。

"拿着啊。"岑姜见他没动,直接拉起他的手把棒棒糖塞在他手心,"我夹了两根,我们一人一根。"

岑姜说完重新坐回椅子上,认真撕开棒棒糖塞进嘴里。陆嘉言也照做。

秋天正午的太阳也挺晒,才坐下没多久,岑姜便觉得有些热,她尝试着开口:"陆嘉言。"

"嗯?"

"我们找个阴凉的地方坐吧?"

陆嘉言瞥见岑姜晒红的脸,随手将她外套帽子往上一罩,问:"你想去哪儿?"

岑姜都忘记自己还有个帽子了,帽子遮住了太阳,脸上舒服了很多。之前有人说过,她脸一晒就红这个毛病属于紫外线过敏,她也没多在意,只不过如果晒久了真的会脱皮。

突然想起陆莹那句"没吃饭",岑姜说:"要不去吃东西?"

怕他拒绝,她又补充了一句:"上次不是欠你一顿饭吗?择日不如撞日,就现在吧。"

陆嘉言含着棒棒糖,懒懒地道:"你不是才吃完饭?"

"现在是下午茶时间啊。"一阵"嗡嗡嗡"的声音响起,岑姜循着声音看向陆嘉言的裤子口袋,"你电话响了。"

陆嘉言"嗯"了声,但没动。

岑姜舔了舔唇,小声问:"你不接吗?"

"不想接。"少年手肘搭在椅背上,说这话时有点小任性。

"嗡嗡嗡"的声音响了一会儿停了,没隔两秒,又响起来。

陆嘉言"啧"了声,还是从口袋里掏出手机,按下接听键。

"没事。

"我跟朋友在一起。

"嗯。

"挂了。"

短暂的通话结束，陆嘉言站起身看向岑姜："走吧。"

他说完就往游乐场的方向走去，岑姜不解地跟了上去。

到了游乐场，陆嘉言停下脚步："你先站这里，我去买票。"

"你想玩这些？"岑姜看着面前的旋转木马、摇头飞椅和太空漫步，脸上的表情一言难尽。

"难道不是你想玩？"陆嘉言反问。

她之前只是见他不开心，随口那么一提，外面这么晒，她也不太想玩。她说："我们还是直接去吃东西吧！"

陆嘉言静静地看了她两秒，然后转身往马路边走。

两人一前一后走到马路对面的一家商场前，商场一楼有家咖啡馆，陆嘉言下巴抬了抬："吃这个行吗？"

"行，我都可以。"反正她不饿。

进去之后，陆嘉言让她找个位置坐下，他去点单。

"说好了我请你的，你去坐，我来点。"见岑姜往收银台走，陆嘉言也没再坚持，而是找了个靠窗的位子坐下。

陆嘉言出色的颜值和修长的身材，走到哪里都能吸引人的眼球。

这不，刚坐下没多久，就有两个小姑娘互相推搡着走到他面前，其中一个扎着高马尾的女孩鼓起勇气开口："帅哥，我跟朋友玩真心话大冒险输了，可以加一下你的微信吗？"

"不可以。"陆嘉言正低头回微信，听到声音也没有要抬起头看一眼的意思。

"那个……我不会骚扰你的。"女孩再一次开口。

陆嘉言回完微信抬起头，视线直接越过她们扫向收银台的方向。见岑姜正好走过来，他这才分了个眼神给眼前的两个女孩："你们还站这儿干什么？走开！"

少年冰冷的语气将两个女孩吓了一跳，两人对视一眼，灰溜溜地走了。陆嘉言竟然有一种松了口气的感觉。

岑姜走过来坐到他对面,好奇地问:"刚刚那两人是你朋友?"

"嗯?"陆嘉言问,"什么人?"

"就刚刚站在这里的啊。"岑姜指了指桌子旁边,提醒他。

陆嘉言"啊"了声:"不认识,搞推销的吧。"

"哦。"岑姜还真信了。

岑姜买了两杯咖啡和几样点心,结果陆嘉言只喝了咖啡,其他东西都没动。

"你不吃这些吗?"岑姜问。

"不喜欢吃。"陆嘉言本来就不太喜欢吃甜食,何况他现在吃不下。

"那我点多了,要不你帮我分担一点吧。"

陆嘉言最后还是吃了一小块蛋糕。岑姜看他吃东西的样子,也猜到他是不喜欢吃,便没有再勉强。

两人吃完东西很有默契地来到公交车站搭乘公交车回家。公交车上,陆嘉言拿出了随身携带的 MP3,分了一只耳机给岑姜。

岑姜犹豫了一秒,她想,这人不会幼稚到同样的玩笑开两次吧?

事实证明,她想错了,陆嘉言就是有这么幼稚!

听到"速度七十迈"这几个字,岑姜差点儿跳起来:"陆嘉言,你真是够了!"

"哦,不好意思,我换一首。"少年脸上得意的笑跟他淡淡的嗓音形成鲜明的对比,分明就是故意的!

岑姜也没真生气,反而暗暗舒了一口气。这才是陆嘉言嘛!

他就应该这样,嚣张、傲娇、"中二"都行,就是不能是那副像被人遗弃的小可怜模样,不适合他。

两人回到兴苑花园,各回各家。

当天晚上,做完作业的岑姜又收到一条短信:

【以前心情好转至少需要三天,现在只需要一根棒棒糖,还挺神奇。】

又是棒棒糖?

信息里三次提到棒棒糖,恰好这三次她都有给陆嘉言棒棒糖。巧合是不可能巧合成这样的。

几乎是立刻,岑姜给陆嘉言拨了个电话过去。

电话响了两声被接通,那边传来陆嘉言带着不确定的嗓音:"岑姜?"

"你现在在哪儿啊?"岑姜问。

"在家。"陆嘉言说。

"在家干什么?"

陆嘉言怔了下,而后老老实实地道:"做作业。"

"那你……就是我打电话之前你在干什么?"岑姜连续问了几个问题后,也意识到自己这么问有些不妥,"我、我的意思是你有没有出去玩。"

"没出去。"陆嘉言说。

岑姜问得很小心翼翼:"那你刚刚在想什么?"

陆嘉言已经满头雾水了,想什么也要问?他们还没到这种地步吧?

"在想质量为1.5kg的小球A在光滑的水平面上与静止的小球B发生碰撞,碰撞后A球以1.5m/s的速度继续运行,B球以2.5m/s的速度也向右运行,B球的质量是多少?"

岑姜"哦"了声:"再见。"

周一早上下起了小雨,校园里没一处干地方,就连教室外的走廊都到处是水迹。

岑姜到教室的时候,陆嘉言还没来,甚至早自习都没见着人。

也不知道他什么时候来的,第一节课下课后,岑姜根据英语老师的吩咐开始收作业,转身就看到陆嘉言坐在位置上。

旁边的龚思维搂住他肩膀一脸吃惊地问:"哇哦,真的吗?"

陆嘉言把他的手拍开:"拿开,免得我后悔。"

"好,好,我不碰你。"龚思维举起两只手做投降状,满脸惊喜,"你答应了就不能反悔啊,从今天起,我们早晚自习都去篮球场训练。"

岑姜听了这只言片语,颇为意外地看向陆嘉言:"你决定参加篮球赛了?"

龚思维在陆嘉言开口之前抢先一步回答:"对啊,你是不是很失望?"

他看岑姜的眼神,突然变得不那么友善了,就好像一夜之间从朋友变成了陌生人。

岑姜皱了下眉表示不解:"我为什么要失望?"

"这样莫绍就多了一个劲敌啊。"龚思维阴阳怪气地道。

"这关他什么事?不对……"岑姜又说,"这关我什么事?"

"他脑残。"陆嘉言单手撑着下巴,朝她挥了挥手,"去收你的作业,别管他。"

岑姜"哦"了声,带着一丝困惑离开了座位。

她走后,龚思维叹口气,重重地拍了下陆嘉言的肩膀,以示安慰。陆嘉言一个轻飘飘的眼神看过去,他就讪讪地缩回了手。

岑姜收完其他组的作业回到座位上,转身朝她身后的两人伸出手。陆嘉言先是愣了一下,而后也学着她以前的动作,把手放在她掌心上。

岑姜反手拍了他一下:"我是问你作业。"

"岑姜,你完了。"陆嘉言嚣张地挑了下眉,"居然敢打我?怎么解决?"

岑姜干脆反着坐下来:"别闹了,交作业。"

陆嘉言吊儿郎当地道:"谁跟你闹了?"

岑姜抿了抿唇,转身从桌兜里掏出一根棒棒糖递给他:"给!"

陆嘉言自然而然地接过棒棒糖,剥开糖纸放进嘴里。

岑姜又朝她伸出手:"这下可以交作业了吧?"

"没做。"陆嘉言说得很坦然。

"那你倒是快做啊!"岑姜说完没再理他,转而去问龚思维,"你的呢?"

"我也想吃棒棒糖。"龚思维说。

岑姜挤出一个假笑:"没有。"

"你哄阿言,就不能哄哄我吗?"龚思维一副受了打击的模样。

话音未落,桌上被丢过来一颗大白兔奶糖。龚思维开心地捡起,随即用脚蹭了蹭前面宋语薇的椅子:"谢谢你啊班长,还是你好。"

"你吵到我做作业了。"宋语薇头也不回地说。

"行,那我不吵了。"龚思维把糖放嘴里,朝岑姜勾勾手,"给我一份作业看看呗!"

岑姜给他递了一份作业,又拿了一份给陆嘉言:"给,你也快写。"

"不抄。"陆嘉言看也没看那张试卷,"我就没抄过作业!"

听着这话,岑姜隐隐感觉很熟悉,跟之前收到过的短信内容很相似,语气一模一样,很"中二"。

想到这里,岑姜趴在陆嘉言桌上,小声问:"昨天晚上我打电话给你之前你真的在做作业?"

"什么意思?"陆嘉言盯着她,眉心蹙了下,"你昨晚不都问过了吗?"

还有没有信任可言了?

"我知道,我就是怕你漏掉了什么。"岑姜解释。

陆嘉言"啧"了声:"洗澡、运动这种也要说?"

"不、不是。你还是快点做作业吧!"岑姜讪讪地转过身子,恰好对上龚思维意味深长的目光。

"你们昨晚干什么了?"龚思维也学着他们压低嗓音问。

岑姜没理他,转过身以沉默结束这段对话。

龚思维转而打算问陆嘉言:"你们昨晚——"

"关你什么事!"陆嘉言直接打断了他的话。

龚思维碰一鼻子灰,只好继续写作业。

没过多久,岑姜收到龚思维递过来的两张试卷,一张是他自己的,另外一张是陆嘉言的,他仍旧只是做了选择题。

岑姜叹口气,转身把试卷交到了办公室。

之后几天的早晚自习时间,陆嘉言和龚思维都不在,包括班里其他参加篮球赛的同学,他们在抓紧训练。作为队长的龚思维别说有多积极了,还制订了详细的训练计划。

每天第一节课陆嘉言都比他们几个要迟来几分钟，要不踩着上课铃声进来，要不迟到几分钟。他来的时候往往顶着一头微湿的头发，身上的沐浴露香连前排的岑姜都能闻到。

十一月初，高二年级篮球赛如约而至。球赛主要是利用放学后至晚自习前的这段时间进行。

第一场就是冠军大热门队228班对226班，岑姜被宋语薇拉着去看了比赛。篮球场周围围满了人，不仅观众席坐满了，连围网外面都站着密密麻麻的人。

观众席上很多人都叫着莫绍的名字，岑姜也一眼就看到了他，主要是他太打眼了，总是在进球得分。

一场比赛下来，228班以一个大比分差打败了226班。

"岑姜。"身后突然传来龚思维悠悠的嗓音，"注意点形象，眼睛都看直了。"

岑姜尴尬地回头，见到身后不远的四个人正往教学楼的方向走，除了陆嘉言，其余三个边走边打量她。

那眼神，活像她做了对不起他们的事情！难不成是因为她看了别班的篮球赛？

第二天，223班迎来了他们的第一场小组赛，上完最后一节课，全班同学跟着刘老师一起跑到了篮球场。

今天篮球场周围的人比昨天还要多，里里外外围了好几层。岑姜隐隐约约听到人群里传来议论纷纷的声音——

"听说223班陆嘉言参加了耶！"

"真的吗？好想看他打篮球啊！"

"是真的，我听他们班人说的。"

"我初中跟他一个学校，他打篮球超帅！"

岑姜终于知道今天为什么这么多人了，感情都是冲着陆嘉言来的呀。

他们这场比赛是对221班，听宋语薇介绍，对方也是一个比较强的队伍，是去年高一篮球赛第三名。按照他们班去年的水平，这场球赛稳输。

今年可就不一定了!

宋语薇是这么说的,他们班同学也都这么觉得。

此时篮球场上两组球员开始进场,223班队员身穿黑色球衣,221班球员身穿红色球衣。身着黑色球衣的陆嘉言右手手腕上戴有一个红色护腕,晃晃悠悠地走在223班队伍最末。

少年不像其他队员一样精神抖擞斗志昂扬,他像是没睡醒一般,耷拉着眼皮,一脸困倦。但他上场后还是引起了周围观众的尖叫声,其中以女生居多。

很多人在叫他名字,少年却充耳不闻。

球赛的裁判是高二年级体育老师。

双方队员打完招呼后,体育老师站在边界线中间开始吹哨发球,223班派出去跳球的是龚思维,他还骚气地朝周围挥了挥手,但是他这一跳并没有把球拿到手,球被拍到了221班队员手里。

但他立马以最快的速度冲到对方带球队员前去防守,龚思维防守比较厉害,对方没法带球越过去,只好将球传给另外一个队员。

这个队员是221班的小前锋,挡在他前面的是陆嘉言。陆嘉言一改适才困倦的模样,整个人张扬又自信,微微弓着身子,深邃的眸子紧紧地盯着眼前的……球。

那人尝试着从陆嘉言左右两边过去,都没能成功,无奈他只好将球传给其他队员,可球离开他手的下一秒,陆嘉言直接将球勾了过来。

篮球到达陆嘉言手中,全场响起一阵尖叫。特别是岑姜周围,这一块都是他们班同学。

场上的龚思维兴奋地吹起了口哨。

只见陆嘉言带球连过两人直冲篮下,两手托起球轻轻松松地往上一投,篮球进筐。

一阵热烈的掌声和尖叫声中,223班拿下了这场篮球赛第一个得分。

岑姜看不懂篮球赛,也不懂规则。但看着陆嘉言在球场上奔跑跳跃,她也有了一种想和所有人一起尽情为他呐喊的冲动。

是真的帅!

陆嘉言连续进了几个球后,223班士气高涨。无论是观众还是球员一个个都处于亢奋状态。

没有任何悬念,223班以黑马姿态赢得了第一场小组赛,之后又连胜了两场。

为了不影响同学们准备期中考试,篮球赛是连续进行的小组赛比完之后就是半决赛。

半决赛是227班对去年的冠军队伍228班,223班对225班。

因为陆嘉言的强势加入,223班横空突围半决赛,将与去年亚军227班进行决赛。

对于这个结果,高二年级大部分人都大感意外,他们没想到校篮球队队长莫绍所在的228班会输,亦没想到去年一轮游的223班会突围。

刘老师整个笑得合不拢嘴,她承诺不管决赛结果怎么样,结束后由她私人掏腰包带篮球队的成员出去撮一顿。

球赛结束,篮球场周围的人群渐渐散去,岑姜和宋语薇也打算离开。

"岑姜。"

转身之际听到程婧的声音,岑姜忙转过身:"咦,你不是说你要训练吗?"

"对啊,已经训练完了。"这么冷的天,程婧只穿一件单薄的校服外套,并且拉链都没拉,"走,跟我们一起出去吃饭。"

岑姜看了一眼宋语薇:"我又不能出去,我跟语薇去食堂好了。"

"这个好办,我有请假条。"程婧说完又转向宋语薇,"语薇也跟我们一起吧?"

"我就不去了,岑姜你跟他们去吧!"宋语薇跟程婧不是很熟,而且她还想回教室写作业。

岑姜有些犹豫,这时几个体训队的人走了过来,其中包括刚刚在球场打球的莫绍。

"去吧,都是几个熟人。"

"对啊对啊,这顿饭主要是安慰我们的莫绍队长,你也一起来呗!"其他队员也加入劝说的行列。

盛情难却,岑姜跟宋语薇说了声便跟他们一起往校外走。

"岑姜,你们班好厉害啊,特别是陆嘉言,我都要路转粉了。"程婧挽着她的手,边走边说。

"莫绍本来还想跟他一较高下。"体训队其中唯一的矮个子男生说到这里,有些替莫绍感到不值,"刚刚227班明显耍阴招好不好,故意堵莫绍!"

走在最左侧的莫绍无所谓地笑了笑,并未发表意见。

"他们今天倒是嚣张,看他们决赛敢不敢堵陆嘉言!"程婧愤愤地说。

而站在某个角落的龚思维看着一群人离去的背影,颇为遗憾地摇了摇头:"岑姜又跟莫绍走在一块了。"说完又转向倚在墙边的陆嘉言,"这事你怎么看?"

陆嘉言视线往岑姜离开的方向瞟了一眼,之后又若无其事地收回来。

龚思维想了想又觉得不对劲,说:"岑姜前两天还拿棒棒糖哄你呢,玩你呢?"

"有毛病?"陆嘉言眼神霎时冷了下来。少年眉眼深邃,被这么冷眼盯着还挺瘆人。

龚思维闭了嘴,默默掏出手机在三人群里发消息。

龚思维收起手机,拍了拍陆嘉言的肩膀:"走,吃烤肉去!"

陆嘉言拂开龚思维的手,直接往前走:"你先去,我回宿舍洗个澡。"

"你们有洁癖的人是不是不洗澡吃不下饭啊?"龚思维追上他,"那你快点,我跟你一起上去。"

"怎么突然想起请客?"陆嘉言问。

龚思维随口胡诌:"我上次不是考试进步了吗?我妈说肯定是你的原因,让我好好请你吃顿饭感谢感谢你。"

他这话倒是不假,他妈确实说过。

"我的原因?"陆嘉言笑了声,"你没告诉她我现在的成绩吗?"

"说了。"龚思维说,"但我妈说相信你,你那么聪明,以后肯定能考一个好大学。"

陆嘉言沉默了,半晌,他自嘲地笑了声:"是吗?"

他声音太小,龚思维压根儿没听清:"你说什么?"

"我说,今天你请客是吧?"陆嘉言懒懒地看了一眼对面走过来的秦烟和陈启,"带够钱了没?"

"当然啊,我现在生活费每个月涨了两百块!"龚思维笑,"下次期中考试我要能考进前二百五十名,我妈说还加!"

陆嘉言笑了笑没说话。

因为秦烟和陈启的到来,龚思维没跟着他一块上去,而是在宿舍楼下等。等到一身清清爽爽的陆嘉言下来,他们开始往校外走。

几人到了酒窝烤肉,楼下已经满了,老板示意他们上楼。楼上座位不多,他们上去时只剩下一张四人桌,正好够他们坐下。

右边是这家烤肉店唯一的大圆桌,仅用一堵屏风隔着。

龚思维和陈启在点菜品,陆嘉言低头看手机。

突然,屏风内传来一个熟悉的名字。

"对了,岑姜。"一个男生问,"你和你们班的陆嘉言是怎么回事啊?我看论坛上有人讨论你们呢?"

岑姜的声音听起来有几分不自在:"都是他们瞎说的。"

"我就说嘛!"那个男声又说,"你跟陆嘉言怎么可能,说莫绍我还会相信。"

话说到这里,里面其他人发出几声暧昧的笑。岑姜没回话,她不知道怎么面对这种情况。

"别乱说,我们姜姜可是乖宝宝。"程婧瞪了一眼刚刚开玩笑的男子,"吃饭就好好吃饭。"

一直没出声的莫绍也乜斜了那人一眼:"你就是这么安慰我的?"

男生呵呵一笑,话题终于转了过去。

龚思维点好菜,看了眼屏风的方向,不满地嘀咕:"怎么就不可能了?

我觉得很可能！"

秦烟看了眼对面认真玩手机的人，无声地笑了下："我也觉得。"

陈启表示赞同："阿言的温柔他们看不到而已。"

"无不无聊？"陆嘉言收起手机"啧"了声，"点好没？饿死了！"

"点好了，马上就来。"龚思维笑着说："全是荤的，包你满意。"

岑姜他们桌有十来个人，有说有笑的，所以也听不到外面的声音。

吃得差不多的时候，岑姜起身去了洗手间，出来正好碰到迎面走来的莫绍。

擦身而过之际，莫绍叫住了她："岑姜。"

"嗯？"岑姜停住脚步，偏头。

"加个微信吧。"莫绍嘴角噙着笑，不知是热的还是别的什么原因面上有点红，"本来想通过程婧问你的微信，后来觉得这样不好，正好你在，问你本人好了。"

"哦，好。"岑姜没有多想，从口袋掏出手机调出微信二维码。

手刚伸过去，从男洗手间里走出一个人，少年目不斜视地从两人中间走过，岑姜不得不收回手机。

乍一看是熟悉的人，岑姜惊喜地道："陆嘉言？你也在这儿啊？"

"嗯。"陆嘉言两手插兜，头也不回地应了一声。

他经过的地方，空气中还残留着淡淡的空气清新剂的味道。

见岑姜一直盯着少年的背影，莫绍眸光微闪，装作不经意地问："你跟他很熟？"

"啊？"岑姜收回视线，面向他，"对，我们之前是同桌。"

她说完重新将微信二维码递过去，两人加好微信后回了座位。

大家基本上都吃完了在聊天，又坐了几分钟他们才起身离开。岑姜离开时四下看了一眼，没见着哪里有陆嘉言的身影，看来是走了。

他们体训队的成员吃完饭直接去操场进行集训，而岑姜要去上晚自习。

到了岔路口，岑姜跟他们道了别之后往高二年级教学楼走。

走了没几步，她看到前面有两个眼熟的身影，右边那个两手插兜的少年就是刚刚在烤肉店见到的陆嘉言。

岑姜加快速度跑了几步:"陆嘉言!"

龚思维和陆嘉言听到声音齐齐回过头来。

见岑姜小跑过来,龚思维往她身后看了一眼:"那群体训队的人呢?"

"去训练了。"岑姜指了指操场的方向,而后问,"你们刚刚也去吃烤肉了吗?"

"可不是!"龚思维说,"我还听到他们说你和莫绍呢。"

岑姜脸上一热,小声道:"哪有!他们开玩笑的。"

陆嘉言仿佛没听到他们的谈话一般,迈着从容的步伐走在前面。

"岑姜,"龚思维特意放慢脚步,跟岑姜并排走在后面,他看了一眼前面的陆嘉言,语重心长地道,"我觉得你还是要理一理自己的想法。"

岑姜愣愣地"啊"了声:"什么意思?"

"就是莫绍和陆嘉言,你觉得谁更帅?"龚思维不自觉拔高了声调。

岑姜一言难尽地看着他:"你无不无聊?"

龚思维正在组织语言,前面的陆嘉言突然停住脚步转身朝两人走过来。陆嘉言来到岑姜面前,推着她的脑袋,拉着她的手,就往前走:"别理他,他是个呆子。"

"哎哎哎!你慢点,你先放开我!"陆嘉言走得急,岑姜跟不上,情急之下拍了一下他的手。

陆嘉言收回手,语气漫不经心:"最近胆子变大了啊,又打我?"

"谁叫你推我!"岑姜下意识反驳。

"上次收作业一次今天一次,"陆嘉言笑了声,"说吧,怎么解决?"

"陆嘉言,你真是……"岑姜没忍住小声吐槽,"还说我小心眼,也不知道是谁小心眼。"

"你说什么?"陆嘉言稍稍俯身,"不会在骂我吧?"

"没有。"岑姜嘴角绽开一抹笑,"我怎么敢骂你呢?"

"没有就好。"陆嘉言朝她伸出了手,"那打我的事解决一下?"

岑姜猜想对方是想问她要棒棒糖,别说她现在身上没有,有也不想给。

每次都被他吃得死死的,这次偏不想遂了他的愿。

脑子里冒出一个想法,岑姜双眸一亮,忽然朝他勾了勾手:"陆嘉言你过来一点。"

陆嘉言眉梢稍扬,不知道她要做什么,但还是乖乖地将耳朵凑过去。

岑姜踮起脚在他耳边悄声说:"如果你再找我麻烦的话,我就告诉别人你胆小又怕黑。"

少女软软的嗓音伴随着浅浅的呼吸打在耳畔,陆嘉言微微愣了下神,反应过来她话里的意思后,轻笑了声,尾音上扬:"威胁我?"

"嗯哼。"岑姜仰着小脸,一副得意的模样。

"我不会说出去的。"岑姜从他的左边绕到他右边,"我一定会帮你保守秘密的。"

陆嘉言无奈地笑了。

上完第一节晚自习,利用课间休息时间,宋语薇召开了第三次小组大会。

"这次篮球赛结束,过不了多久就是期中考试,我们组不说一定获取第几名,至少每个人都争取进步一点。"宋语薇手里拿着小本本,边说边做会议记录,"我是这样想的,我们设立一帮一责任制学习小组,我跟龚思维一组,岑姜跟陆嘉言一组。互相督促互相进步,你们看行吗?"

其实她说互相进步已经很给陆嘉言和龚思维面子了,实际上就是由她们两个成绩好的帮扶两个成绩差一点的。

龚思维当然第一个赞成:"当然可以啊。"

陆嘉言看了一眼前面的岑姜,耸了耸肩,表示无所谓。

"那就这么定了。"宋语薇说,"我和岑姜可能会制定一些学习计划,到时候希望你们遵守。"

"没问题。"龚思维说。

"有劳了。"陆嘉言冲岑姜笑了声。

"一起加油。"不知道为什么,岑姜对于帮助陆嘉言提高成绩这件事,内心有一点点虚。说得通俗一点，就是有种"我不配"的感觉。

她潜意识里觉得陆嘉言不像他表面看起来的那么成绩不好，哪有人能随随便便把数学选择题都蒙对啊！

晚上回到宿舍，直到十点半手机上才跳出那条短信：

【呵！小兔子还挺受欢迎！】

又是小兔子！

岑姜感觉耳根子有点发烫，上次看到这三个字只觉得尴尬和"中二"，没什么其他感觉。

今天看到这几个字，她莫名品出了一丝亲昵的味道，好似被人无形之中撩了一下。

肯定是错觉，文字很容易揣测出很多种意思，说不定对方想表达的是对她的不屑呢？毕竟今天自己还威胁他来着。

通过这段时间看到的信息内容，岑姜现在基本已经可以确定这个人就是陆嘉言，但又没有直接的证据。不知道他是做了什么，或者通过什么样的方式才让消息传递到她手机上的。

岑姜睡觉前突然想到，如果要确定的话，自己是不是可以做出一些非比寻常的事情？

篮球决赛这天是周六。天空中下起了小雨，比赛地点由室外转到了室内。

二中室内篮球场挺大，天气好的时候这里一般不开放，此时里面座无虚席。

岑姜和宋语薇作为223班的后勤人员坐到了前排。

场上两组球员在互相打招呼，所有人中要数陆嘉言最没精神，少年神情慵懒，连打招呼都很敷衍，像是没骨头一般。

要不是看过他打篮球时的模样，大家会以为他是那种空有身高的半吊子。

很快，裁判吹哨，球赛开始。

227班实力很强，配合也很好，而223班有陆嘉言在，拿了好几个三分球。

上半场，两个班分数跟得很紧，几乎没有落差。

场上的观众除223班和227班同学无比紧张，其他人都看得很过瘾。

岑姜今天带了相机，宋语薇说她之后要为篮球赛写一篇稿子，需要点素材，那天无意中知道岑姜有相机后，便叫她把相机带了过来。

岑姜对着场上223班每人都拍了一张，之后基本上都在拍陆嘉言，主要是少年的动作每一帧都很帅气。

人类对于好看的东西最是没有抵抗力的。

忽然，四周响起了一阵尖叫神，岑姜从镜头里看见陆嘉言单手运球直抵篮下，一个飞跃，篮球被他扣进篮筐。篮球落下去后，他一只手还抓在篮筐上，之后才慢悠悠地跳下来。

少年嘴角挂着一抹骄傲的笑，岑姜按下快门将这一幕定格在相机里。

陆嘉言连续进了几个球后，227班队长叫了一次暂停。

这次叫停开始后，明显感觉到227班的布局有所改变，陆嘉言两边永远站着两个人，这两人的任务不为别的，就是防止他拿球。

陆嘉言好不容易拿了球，这两人也形影不离地挡在他面前，阻止他移动。有时候还会在裁判看不到的地方搞一些小动作，为了不让陆嘉言进球甚至不惜犯规。

他们就是故意的，连岑姜都看出来了。

这样的结果导致陆嘉言要么别想拿球，要么拿了球也只能投出去给别人。

这样几次之后，陆嘉言开始不爽了。

在227班一个人的手不小心碰了他脖子后，他忍了多时的怒气霎时爆发，他阴沉着一张脸用右边肩膀狠狠地朝那人顶过去。

那人后退两步后直接躺在了地上，还捂着自己被撞的地方痛苦呻吟，裁判当即判了陆嘉言犯规。

之后又发生了两次同样的事情，在陆嘉言第三次犯规后，龚思维叫了暂停。

离球赛结束只剩不到十分钟，龚思维觉得自己再不叫停，陆嘉言就要忍不住发飙了。

"阿言，你怎么样？"龚思维的手还没碰到陆嘉言的胳膊就被他给拍开了。

陆嘉言面无表情地走到休息区坐下，眉宇间皆是不爽。他接过龚思维递过来的一瓶水，猛灌了几口，还是无法平息内心的火气。

要不是在心里时刻提醒自己这是集体活动，哪能允许那两个人猖狂到现在！

岑姜和程婧作为班上的后勤人员，占据了一个好位置，就在队员休息区后方。

岑姜的视线一直落在前面的陆嘉言身上，少年的暴躁和不爽她都看在眼里，她也看得出对方已经在尽力压制自己的脾气了。

不知道为什么，岑姜替他感到憋屈。她右手伸进校服口袋里，摸到一根棒棒糖，那是中午去小卖部买的。

岑姜看了一眼周围的人群，又看了一眼正在跟陆嘉言说话的龚思维，寻思着要不要把棒棒糖拿出来。

"现在我们两个班比分只差2分，我们还是很有希望拿冠军的。"作为队长的龚思维免不了要说两句，"其他人还是按照之前的打法，阿言，我懂你的心情，但是，再忍一下行吗？"

龚思维冷冷扫了那边一眼："大不了比赛后我们再收拾那两人！"

陆嘉言没应声，他喝完水随手把空水瓶往右边一扔，水瓶不偏不倚地落入了垃圾桶。脖子上传来微微的刺痛感，陆嘉言伸手摸了一下，眼里戾气横生。

龚思维才注意到，陆嘉言的脖子被划了一道血痕，心里暗道不妙，怪不得他生这么大气。

正想多说几句安慰的话，余光瞟到了某个人的动作，他偏过头装作跟其他人聊天。

"陆嘉言。"

陆嘉言感觉自己的肩膀被人轻轻拍了一下，随之而来的是一道轻软的嗓音："你不要回头，把手伸过来。"

正要回头的他身子顿住，鬼使神差地，他听话地往后伸出一只手，几乎是下一秒，他手心里落入一个东西。

陆嘉言握着感受了一下，是根棒棒糖，糖纸表面还留着主人的余温。

他收回手的同时，岑姜的声音再次响起："别气了啊，还有八分钟，坚持一下。"

周围环境嘈杂，岑姜的话一字不落地落在了陆嘉言的耳朵里，顷刻间平息了他胸腔里多到快要爆炸的火气。

陆嘉言盯着手里的棒棒糖，偏头不自在地笑了声，怎么感觉在把他当小孩哄呢！

他撕开糖纸将棒棒糖塞进嘴里，然后冲旁边装作在看别处的龚思维抬了抬下巴："放心，看我不打败他们！"

他这句话直接给了龚思维一针强心剂，龚思维开心地给岑姜递过去一个感激的眼神。

岑姜脸上一热，下意识地别开视线。

一个转头又对上了程婧带笑的目光，程婧问她："你还随身带棒棒糖啊。"

岑姜的脸这下红了个通透。

如果在教室里，岑姜也不会觉得这种行为有什么不好意思，主要是这个场地人太多，而陆嘉言又是一个耀眼的存在，吸引着来自四面八方的目光。她怕直接给又会给学校论坛上的"吃瓜"群众提供新素材，这才选择偷偷给的。

偷偷给没人看到还好，被人看到了，这种行为就比较微妙了。

好在程婧也没多问。

休息时间结束，双方队员重新回到场上。

这次上场后，陆嘉言的状态明显不一样了，他脸上扬起嚣张的笑容，反客为主去逗弄那两个堵着他的人，没一会儿便引得其中一人犯规满五次，被罚下场。

换上来的这个队员防守要弱很多，陆嘉言破防后相继进了几个球。

227班的主力队员也进了好几个球，他们班会打篮球的人多，下半场换了两个人，但是223班会打篮球的就那么几个，从头到尾没换过人，到了这会儿，都已经体力不支。

有的人已经跑不动了，离比赛结束还有一分钟，此时223班还落后2分。

两个班的同学开始不约而同地大声喊加油，一声比一声高。

最后几秒，球终于又落到了陆嘉言手里。

两个防守的人已经顾不上犯规不犯规了，两手高高举起，随时准备拦截。

带球艰难地走了两步后，陆嘉言举起右手朝龚思维示意一下，趁拦在他跟前的两人注意力转移的空当，他立马转身踮起脚直接投篮。

随着裁判哨声的响起，篮球落入筐内。

223班爆发出一阵阵尖叫声，他们挥着校服庆祝这来之不易的冠军。岑姜都激动地抱了一下旁边的宋语薇。

他们班赢了！

岑姜第一次感受到这种强烈的集体荣誉感，非常自豪和骄傲。

球场上双方队员互相击掌以示友好。

当轮到那个堵着他的队员时，陆嘉言嘴角勾起一抹笑，朝对方伸出去的手在碰到对方手的前一秒，快速翻了个面，而后若无其事地插裤兜里。

那个队员脸色顿时难看到不行，但又不敢发脾气，只好微笑地走向下一个。

陆嘉言被他不敢怒也不敢言的样子取悦到了，心情无比舒畅。

岑姜和宋语薇负责发水给队员，回来的队员手上都拿了水。

而陆嘉言和龚思维还没过来，岑姜看到场上有不少女生拿着水犹犹豫豫地想要给陆嘉言，但没一个敢真正上前。

岑姜手里也准备了一瓶水，准备给他们其中一个。

"阿言，你看。"龚思维碰了下陆嘉言的胳膊，示意他看周围，"那几个女孩应该是想来给你送水，你递过去一个眼神，说不定她们就过来了。"

陆嘉言眼皮子都没抬一下。

"我觉得你可以借此试探一下岑姜。"龚思维忽然凑近他耳边说起了悄悄话。

陆嘉言抬头对上了龚思维一副"听我的准没错"的表情，轻嗤了一声，视线一转，他见到了休息区的岑姜，她手里也拿着一瓶水，正看向这边。

陆嘉言稍稍歪头朝她抬了抬眉梢。

见她仍是一脸茫然，陆嘉言干脆微微抬起右手，小幅度朝她勾了勾手指头。

岑姜终于懂了他的意思，是渴了吧！

她没多想，拿着那瓶水就迎了上去："给。"

"喂！"龚思维注意力还在周围那几个女孩身上，这会儿看到岑姜上前，有些震惊，"这么明目张胆的吗？"

这时，宋语薇也上前塞给他一瓶水："给你，废话那么多！"

龚思维当即笑嘻嘻地道："谢谢班长，还是班长对我好。"

球馆内，人群渐渐散去，陆嘉言他们几个还坐在观众席上。

从旁边经过的莫绍见到岑姜，特意过来打招呼："岑姜，恭喜你们班得了冠军。"

"你这话应该对我们几个说。"龚思维的视线在前排队员面前一一扫过。

"恭喜。"莫绍依言说。

"谢谢……"龚思维反倒显得不自在了。

岑姜正在整理没喝完的矿泉水，见到莫绍，她顺势递了瓶水过去："要喝水吗？"

"不用……"

"我还要。"跟莫绍的声音同时响起的还有陆嘉言的声音,他直接抽走岑姜手里的水拧开瓶盖灌了几口。

少年的喉结随着吞咽的东西上下滑动,头发微湿,还有汗水顺着脸颊流下。

岑姜莫名红了脸,她快速别开视线继续整理矿泉水,连莫绍什么时候走的都不知道。

"你今天作为后勤人员表现一点也不好。"陆嘉言单手搭在椅背上,侧过身子对她说。

"我怎么表现不好了?"岑姜想起刚刚的画面,都没敢抬头看他。

"你……"陆嘉言突然不知道该怎么说,于是随口瞎扯,"这水是我们班的公共财产,你私下拿去送人不觉得有问题?"

岑姜一时竟无法反驳:"那别人也没要啊?"

"得多亏我救了你。"陆嘉言说:"不然你就是私吞公物。"

有那么严重吗?岑姜被他说得一愣一愣的。

然而更无语的是晚上十点收到的那条短信内容:

【小兔子肯定崇拜我!】

手机都差点儿被岑姜丢了出去。

她做了什么让他产生了这样的错觉?

不可能是因为那根棒棒糖啊!她又不是第一次给他送棒棒糖了,难不成是因为那瓶水?

她作为后勤人员给他送水不是很正常的吗?何况还是他自己伸手要的呢!

不行,这个误会太大了,明天得去解释一下。

于是第二天,第一节课上课之前,岑姜在做了很久的思想准备后缓缓转过身子,敲了敲陆嘉言的桌子:"陆嘉言。"

"嗯?"

在对方抬眸看过来的时候,她认真地说:"我昨天给你送水是因为怕你渴你知道吗?"

"知道啊。"陆嘉言说。

"就是……"岑姜一时不知道该怎么开口,支支吾吾地道,"就是……我没有别的意思,只是单纯送瓶水给你解渴,而且当时你们不是赢了比赛嘛!"

陆嘉言静静地看着她,觉得她别扭又不自在的样子特别好玩。

"我没有觉得你有别的意思啊。"陆嘉言凑过去一些,嗓音低沉,"还是你想我觉得有什么别的意思?"

"不是,不是。"岑姜忙摆摆手,"我是怕你多想。"

"多想什么?"陆嘉言单手撑着下巴回望她,眼神带着抹玩味。

"哎呀!"岑姜干脆挑明了说,"总之不是别有所图那种意思。"

一个女孩子解释这种问题,总归会不好意思,岑姜觉得有股热意渐渐往脸上蔓延。

陆嘉言就这么跟她对视着,瞥见她脸上的两抹绯色,心里像是被什么东西挠了一下,痒痒的。

他清了清嗓子正要说话,旁边传来一声咳嗽,接下来是龚思维压低的嗓音:"上课了,注意点形象,这可是在教室。"

他这句话像是在岑姜身上按了一个开关,岑姜立马转过身去。

面对陆嘉言看过来的视线,龚思维满脸不赞同:"你也不看看你们俩脸都红成什么样了!"

陆嘉言突然笑了:"是不是觉得最近我脾气变好了?"

龚思维终于意识到自己多少有点得意忘形了,没想到恼羞成怒这种情绪能出现在阿言身上,他立马怕了:"没、没,你还是我大哥!"

上课上到一半,陆嘉言面前出现一张字条。

陆嘉言顺着字条飞过来的轨迹看向龚思维,递了个"你是不是有病"的眼神给他。龚思维摇摇头,示意他看字条。

陆嘉言觉得自己是疯了才会陪他玩这种传递小字条的游戏,打算将字条挥过去，视线触及到上面一个眼熟的名字，他目光顿了顿。

最后，他装作勉为其难地拿过来看了一眼。

龚思维的字是真丑，真的很丑，跟小学生的字不相上下。

【女孩面子薄，岑姜这么说肯定是不好意思，你不要往心里去！】

陆嘉言看完将小字条团成一团丢给他，心道，我还不知道吗？

脸皮薄就脸皮薄吧！还怪可爱的！

篮球赛之后，班上所有同学都开始投入到期中考试的复习中。

岑姜他们组按照之前宋语薇的安排进行一帮一学习制，所以每天晚自习岑姜又换回到了原来的位置。

在这个过程中，岑姜更加坚定了自己的猜测，陆嘉言根本就是学霸！

尤其是数学和物理，有些选择题，岑姜通常都要在草稿纸上算很久，他看完题就可以得出答案。

主要他还经常拿一道看起来很简单的题来问岑姜，每当岑姜想戳破他的时候，他就要赖："你不跟我讲，我告诉组长了啊！"

关于短信这件事，岑姜那天解释过后，她最近收到的内容中就再没有出现"小兔子"这个昵称，而且这几天晚上的信息内容都大致相同：

【离周女士回家还有十天。】

【离周女士回家还有九天。】

…………

每天都在倒数，基于上次岑姜已经问过他关于周女士的问题，再加上他看起来跟家里关系不是很好，岑姜便不好再当面问他周女士是谁。

但从短短的文字里可以看出这个周女士肯定对陆嘉言很重要，所以对方如果回来，应该会过来看他吧？或许到那时候就会得到答案。

又是一周周六，岑姜回了舅舅家。

她洗完澡出来差不多晚上十点，还没走近书桌就听到手机发出"嗡"的一声。

看都不用看，岑姜知道今天的消息肯定是"离周女士回家还有四天"。

忽然想到什么，岑姜擦头发的手一顿，她忙走过去拿起手机发了个微信视频邀请给陆嘉言。

那边接得很快，屏幕上霎时出现少年帅气的脸庞，他没说话，显然在等岑姜开口。

隔着屏幕对视两秒，岑姜舔了舔唇："那个……你刚刚——"

"没出去玩，在家里做作业，在想'云无心以出岫'的下一句是什么。"岑姜问到一半，陆嘉言就连续说了一串，还连带地拿摄像头扫了一下书桌上的语文试卷。

"鸟倦飞而知还。"岑姜顺口接下，之后才感觉到不自在。

上次打电话的时候还没察觉到，就刚刚她自己都意识到了不对劲。

自己这么问在他眼里像不像变态啊？

"开心了？"陆嘉言的声音将岑姜跑远的思绪拉了回来。

"啊？"

陆嘉言"啧"了声："行了，你赶紧去吹头发。"

"哦，好。"为了不显得奇怪，挂断之前，岑姜绞尽脑汁憋出一个借口，"我有道数学题不会做，刚刚想问你来着，等会儿我拍照发你微信上啊。"

"嗯。"屏幕里，陆嘉言的眼神有点飘忽，似乎是不敢看她，又像是不好意思看她。

"那挂了。"岑姜说。

"嗯。"

岑姜带着一丝困惑来到洗手间吹头发，站到镜子前的一刹那，她终于知道陆嘉言为什么不看她了。

她刚刚洗完澡穿了一套白色棉质睡衣，现在两肩下方的位置被头发打湿，那一块布料呈现透明状，里面浅绿色的内衣肩带清晰可见。

岑姜的脸瞬间像是被火烧了一般。

他肯定看见了！

岑姜陷入无限尴尬又羞赧的情绪中，以至于陆嘉言发微信问她哪道题不会，她都没回。

那天过后，又过了三天，周三晚上，岑姜收到一条信息：

【11月28号，晴，周女士终于回来了！：）】

岑姜看到这条消息，愣了愣。

这是信息里第一次出现日期和天气这两样元素，该不会是陆嘉言写的日记吧？

岑姜越想越觉得像，除了日期和天气还有一个微笑表情，看来他今天很开心。

不过据她观察，陆嘉言最近一段时间心情都还不错。想到这或许是陆嘉言的日记本内容，岑姜觉得有些好笑，大佬的日记也太简单了吧？

每天就一句话？

更令她惊讶的是，陆嘉言居然还写日记？

在没有得到验证之前这都是她的猜测，不过她对自己的猜测已经有五成以上的把握。

第二天课间，岑姜为了不表现得太明显，她把前后左右的同学都问了一遍，问他们写不写日记。

最后，她才转过身来问陆嘉言："欸，你平时写日记吗？"

"你问这个干什么？"陆嘉言挑了下眉，淡淡地反问。

"没什么，就是好奇啊！"岑姜傻笑两声。

陆嘉言忽然往前凑了点，嗓音慵懒："就这么好奇？"

岑姜不懂他为什么这么盯着她看，这不是一个很寻常的问题吗？难不成被他看出什么来了？

不应该啊！

想了想，岑姜还是老老实实地点了点头。

"这样啊。"陆嘉言眉眼弯成一弯月，"那你猜我写不写？"

"我猜你写。"岑姜边说边注意他眼神的变化。

陆嘉言重新坐直身子，语气充满不屑："我像是会写日记的人？"

"像啊。"岑姜歪着头一本正经地道。

陆嘉言面上稍微露出了点不自在:"像就像吧,你转过去,别影响我学习。"

岑姜仍然不死心:"不是,你到底写不写嘛?"

少女软软的嗓音像是在撒娇,陆嘉言耳根子都红了:"写写写。"

说着,他将她的脑袋转了回去。

被转回去的岑姜又回过头来,眼里染着笑:"我就知道!"

也许是受到她好心情的感染,陆嘉言也笑了:"知道我写日记就这么开心?"

"是啊。"可算解开困扰她许久的难题了。

陆嘉言一下子不知道该说什么,嘴角抑制不住地想上扬。他微微偏过头,霎时对上龚思维那双似笑非笑的眼睛。陆嘉言敛起嘴角的笑,硬邦邦地道:"笑什么,快点做作业!"

岑姜再一次回头:"嗯?"

"不是说你。"陆嘉言不自觉放低了音量,"不过你也别说话了,转过去好好做作业。"

龚思维见证了这大型双标现场,伤害值达到最顶端。他哭丧着一张脸敲了敲宋语薇的桌子:"班长,他们欺负我。"

宋语薇转过身来,一脸淡定:"这不是很正常吗?"

第四节课是体育课,今天天气不错,阳光很暖但不晒人。

集体跑了两圈后,体育老师宣布让大家自由活动。

他说完,全班响起了一阵叫好声和掌声,之后便一窝蜂地散了。

宋语薇想返回教学楼复习,岑姜原本想陪她一起,但龚思维在边上一个劲地劝她俩:"体育课要珍惜啊,尤其是这种自由活动的体育课,一起去玩玩呗。"

宋语薇有点被说动,龚思维见状继续说:"要不我教你们打篮球?"

"行吧。"宋语薇终于松了口。

岑姜倒是无所谓,不过她对学打篮球没兴趣。

"阿言，接着。"龚思维抽出插在裤子口袋里那本卷成圆柱形的书，随手扔给站在球场边的陆嘉言，"帮我保管好，这可是我好不容易借来的。"

陆嘉言轻松接住，看到封面后没忍住轻嗤一声："啥玩意儿。"

在龚思维教宋语薇打篮球的时候，岑姜想找个地方当观众。放眼看过去，就见到了那个站在篮球场边上的修长身影，岑姜走过去站在他身边。

陆嘉言见她过来，下意识地卷起手里的书："你干吗？"

"没干吗啊！"岑姜朝球场方向抬了抬下巴，"看语薇学打球呢。"

"喂，你想不想学？"陆嘉言突然问。

岑姜正要拒绝，又听到他说："虽然我从不教别人，但同桌一场，也不是不可以破个例。"

"千万别破例！"岑姜说，"我不想学。"

陆嘉言懒懒地站起一旁，眼里闪过一抹不自然："那算了！"

"你不去打篮球吗？"岑姜问。

"不想去。"陆嘉言说。

他们所在的地点是室外篮球场，身后就是一条可以通往学校正门的大道。

陆嘉言站了会儿，有些不耐烦。他无聊地四下看了一眼，视线触及到某个方向时目光一顿，随即手忙脚乱地把手里的书强塞到岑姜手里。

岑姜压根儿就没弄清楚是个什么情况，等她抬起头想问原因的时候，就见陆嘉言转身向后走去："奶奶，你怎么来了？"

岑姜茫然转过身，毫无心理准备地见到了他们学校的教导主任以及他旁边那位慈祥又有气质的老奶奶。

教导主任的眼神从陆嘉言身上慢慢移至岑姜的……手上。

而此时岑姜手里那本书慢慢摊开来，封面上那穿着清凉的模特出现在阳光下。眼看教导主任的眼神渐渐变得不赞同，岑姜才反应过来陆嘉言刚刚干了什么。

一时间，在场四人表情各异，还是教导主任先开的口："岑姜啊，这种课外书最好少看。"

"好的，于主任。"岑姜闷声解释，"这是我刚刚在那边捡的，也不知道谁扔的，我这就去丢掉。"

教导主任"嗯"了声，岑姜乖巧的模样很有说服力，他脸上表情瞬间缓和了许多。

岑姜转身之前还冲陆嘉言的奶奶点了点头，她往右走了几步，把手里的书重重地往垃圾桶里一砸，而后头也不回地走向教学楼。

始作俑者陆嘉言看着岑姜离去的背影，暗道糟糕。

她好像生气了！

从书被扔在桶里的声音来判断，火气似乎还不小。

"言言，你看什么呢？"陆奶奶好笑地盯着自己孙子，"刚刚那小姑娘是你同学？"

"嗯。"陆嘉言被奶奶的声音拉回了视线。

"你不用送我了。"陆奶奶笑着对于主任说，"我正好跟言言聊聊天。"

"那行。"于主任的态度很恭敬，"哪天我去您家里拜访。"

"说什么拜访，来吃饭就行。"陆奶奶说，"老师还能给你露两手。"

陆奶奶是于主任研究生时期的导师，陆嘉言也是才知道。他说："周女士你可以啊，有这层关系，我岂不是可以在学校横行霸道了！"

"你还不够横行霸道吗？"陆奶奶没好气地道，"刚刚那小姑娘手上的东西是你的吧？"

"嗯？"陆嘉言眼皮子跳了下，装作没听清，"你说什么？"

"我说你小小年纪不学好。"陆奶奶表情严肃了几分，"言言，别的我不管你，千万不要变成自己不喜欢的样子。"

"我知道。"陆嘉言与她错开视线，嗓音低哑，"你现在回来了，我都听你的。"

见他这个样子，陆奶奶喉间微微发涩。她努力咽下苦涩，拍了拍陆嘉言的脑袋："言言乖，我刚找你们于主任要了张请假条，中午带你去吃饭，你可以叫上龚思维他们一起。"

"行。"

陆嘉言跟龚思维提的时候顺便敲了他一记脑袋,后者莫名其妙:"你干吗打我?我的书呢?"

"在那儿。"陆嘉言指了指垃圾桶,"自己去翻。"

"不是,过分了吧!"龚思维边指责他,边往垃圾桶跑去。

离下课还有一段时间,陆嘉言陪奶奶在学校里逛了一会儿。

陆奶奶明显发现了他的心不在焉,她无声地笑了下:"你跟刚刚那个小姑娘很熟吗?"

陆嘉言不自在地"嗯"了声:"我们之前是同桌。"

"那你等会儿也把她叫上。"陆奶奶走到一处休息椅前坐下,"我在这儿坐会儿。"

"那你在这儿等我。"陆嘉言说完开始往回走。他越过篮球场正在打篮球的龚思维,直接往小卖部的方向跑去。

此时223班的教室里,只有少数几个人在做作业,岑姜就是其中一个。

少女额前的刘海染着窗外细碎的阳光,手里握着支笔在演算一道数学题,神情无比认真,只不过紧紧抿着的唇,彰显出主人现在心情不是很好。

过了两分钟,陆嘉言从前门走进教室,路过岑姜身边的时候从口袋里掏出一包刚买的开心果丢她桌上,又若无其事地坐回自己的位置上。

岑姜手上的动作一顿,看见开心果的那一刻,几乎是没有任何思考,她拿起来反手往后一扔。

可能是因为生气,力道没控制好,开心果被扔在了陆嘉言的脸上。

陆嘉言接住从脸上滑下来的开心果,伸出长腿踢了下岑姜的椅子。

"喂。"

岑姜把自己椅子往前移了些。

陆嘉言清了清嗓子,悠悠地道:"你打到我的脸了。"

陆嘉言盯着她的背影看了一会儿，忽地从裤子口袋里掏出另外一包开心果，两包一起丢在了岑姜的桌子上。

没隔几秒，开心果又被扔了回来，这次打在他胸口。

"嘶……"陆嘉言夸张地喊了声，"岑姜你又打到我了。"

这次岑姜终于开了口，声音寡淡："那你别再扔过来了。"

陆嘉言意识到她真的生气了，反思了一下自己刚刚的行为，要是换成是龚思维，那这都不是事。

主要是岑姜太乖了，估计从小到大都没在老师面前做过什么出格的事情，她觉得难堪，所以才会生气。

陆嘉言叹口气，准备道歉，视线扫到教室里其他几个同学，到嘴边的对不起又咽了回去。

稍作思量，他从龚思维那里撕下一张便利贴，在上面写下五个字：

【岑姜对不起。】

然后，他团成一团往她桌上丢过去。

哪知岑姜都没打开，直接给他丢了回来。

陆嘉言摸了一把鼻子："你知不知道你刚刚丢了那本书我要赔的。"

"难道不是你硬塞给我的吗？"岑姜硬邦邦地说。

"我又没让你丢掉。"陆嘉言说。

"那你也没说不让丢。"岑姜说。

见她愿意说话，陆嘉言起身走过去坐在岑姜前面的空位上，看着她的眼睛说："我原谅你了。"

"跟我没关系。"岑姜头也没抬地说。

"岑姜，你够了啊。"陆嘉言拖长尾音道。

"你能不能别打扰我写作业了？"岑姜皱了下眉，嗓音里的认真让陆嘉言怔了一下。

静坐了一会儿，陆嘉言倏地站起身往教室外走，走到门口脚步一顿，又返回到岑姜桌前丢下两包开心果才走。

岑姜确实很生气,她看到教导主任盯着她手上的书时,第一反应是完了,会不会要叫家长?如果妈妈知道了该怎么办?

要真那样,后果她都不敢想。她在撒谎和把陆嘉言抖出来之间选择了撒谎,做出这个选择的主要原因是想着他奶奶在场。

现在回想起来,陆嘉言极有可能怕的是他奶奶,不然以前也没见他在学校收敛啊!

离下课还有十分钟,龚思维回到了教室,叩了叩岑姜的课桌:"走,我们出去吃饭。"

岑姜抬起头,面上带着不解:"叫我?"

"阿言奶奶来了。"龚思维从岑姜桌上抽了张纸擦了擦汗,"陆奶奶说请我们几个出去吃饭,假都请好了。"

"我们几个?"岑姜更加不解了,"为什么?"

"就是秦烟、陈启,再加上我们组的人,我们都是阿言的朋友啊。"龚思维说着还抽走了她手中的笔,"快点,他们都在楼下等。"

岑姜没动,她刚还在生陆嘉言的气,这个状态去吃饭会不会不好?

"欸,岑姜,你是不是跟阿言吵架了?"龚思维的眼神变得意味深长起来,"怪不得他说他来叫你,你估计不会去,非得让我上来叫你。"

龚思维冲她挑了下眉:"去吧,人家奶奶也是一片好心。他奶奶很开明很好的。"

岑姜合上试卷和笔盖,既然奶奶都开了口,她也不好拿乔。

岑姜收拾好课桌跟龚思维一块来到篮球场。

陆奶奶和宋语薇他们在聊天,而陆嘉言面无表情地站一旁不知道在想什么,总之看起来不怎么开心。

呵!他还不开心了?

"岑姜来了,可以走了。"龚思维走过去喊了一声。

一时间所有人的视线集中在岑姜身上,包括陆嘉言,少年眼里划过一抹意外。

岑姜迎上陆奶奶的目光,硬着头皮打招呼:"陆奶奶好。"

"哎,你好。"陆奶奶笑着看向陆嘉言,"阿言,你们班上的小姑娘怎么都这么漂亮!"

闻言,岑姜和宋语薇齐齐红了脸。

陆奶奶特意走慢一些,等到跟岑姜并排。

"小姑娘你叫什么名字?"陆奶奶拉着她的手,笑容慈祥,"刚刚言言欺负你了吧,我已经说他了,你不要放在心上啊。"

"没、没关系,我叫岑姜。"岑姜跟自己奶奶都没这么拉过手,她觉得浑身不自在,都不会走路了。

好在陆奶奶很快松了手:"你们都是好孩子。"

陆奶奶为了不影响他们午休,吃饭的地点就选在学校对面一家餐馆。

秦烟、龚思维他们看起来跟陆奶奶很熟悉,话题不断。反倒是陆嘉言没怎么说话。

"奶奶在这里谢谢各位小朋友对我们言言的照顾。"陆奶奶扫了一圈所有人,视线最后停在陆嘉言身上,"我们家言言什么都好,就是脾气不怎么好,还请你们多担待点。"

"我什么时候脾气不好了?"陆嘉言"啧"了声,"周女士,你别造谣好不好?"

"好好好,你脾气好。"陆奶奶嗓音里是满满的宠溺。

原来他日记里的周女士就是他奶奶,岑姜稍早的猜测现在得到了证实。

"奶奶,阿言很好,用不着我们担待。"秦烟说。

"是啊是啊。"陈启也点头附和。

"陆奶奶,我跟你讲,阿言最近脾气有变好很多。"龚思维笑得一脸灿烂,"起床气都没了。"

"是吗?"陆奶奶撑着下巴,似乎非常感兴趣。

"是啊。"龚思维指了指岑姜,"这个小姑娘是我们班这学期新转来的,人家第一天来就被阿言打了。"

龚思维说完"哈哈"大笑。

岑姜觉得神情窘迫，干脆不听不回应，只埋头吃饭。

陆嘉言轻飘飘地扫了龚思维一眼，语气冰冷："很好笑吗？"

人家本来就在生气，你还提这茬！

"啊？"龚思维笑容瞬间僵在脸上，"好像，是不怎么好笑。"

陆奶奶看出了陆嘉言的不爽，没继续问这件事。

吃完饭，岑姜和宋语薇回了宿舍。

"你跟陆嘉言吵架了？"宋语薇突然问。

正打算睡觉的岑姜眨了眨眼睛，龚思维也问了同样的问题，岑姜总觉得"吵架"这两个字用得不准确。

"你们吃饭的时候都没有眼神交流。"宋语薇想想觉得不对，"也不是，是你单方面跟他没有眼神交流。"

岑姜叹口气，把体育课发生的事情跟她说了一遍："你说气不气人？"

宋语薇难得大笑起来："哈哈哈，那确实应该生气。"

岑姜现在回想起来也觉得挺搞笑，这人到底怎么想的？陆奶奶还不是发现了？不然也不会说出陆嘉言欺负她这种话了。

下午下了第一节课，岑姜利用课间时间收英语作业本。

跟往常一样，她先收完其他组的再返回来收自己组，宋语薇已经给了她，只剩下陆嘉言和龚思维两人。

岑姜刚转身，陆嘉言就把本子递了过来，还提醒旁边正在抓紧写作业的龚思维："快点！"

"快了快了！"龚思维奋笔疾书，一分钟后，他合上本子恭恭敬敬地呈给岑姜，"给，没耽误你吧？"

"没。"岑姜的眼神自始至终都没在陆嘉言身上停留，她收完作业本直接送去了办公室。

到了晚上上晚自习，岑姜意外地发现龚思维和陆嘉言居然比她早到。

龚思维坐在她的位置上，看起来像是在认真写作业。她走过去敲了敲桌面。

龚思维眼皮抬起:"干吗,不是说好了晚自习换座位?"

"我拿东西。"岑姜两手一摊,"不然我写什么?"

"行行行,你拿。"龚思维起身让出位置,他将手背在身后比了个"OK"的手势。

陆嘉言都快乐傻了。

"让一下。"岑姜拿完作业走到陆嘉言桌旁。

陆嘉言脸上的笑容还未散尽,少年那种发自内心的笑很容易感染人。岑姜极力绷住自己才没跟他一起笑。

对视两秒,陆嘉言脸上的笑意一点点消失,他收回视线移开椅子让出一条道给岑姜过去。

按照宋语薇的计划,今天是要给陆嘉言他们布置额外作业,岑姜带了张在书店买来的试卷。

她拿出试卷,犹豫了一下,开口:"陆嘉言。"

"嗯?"陆嘉言快速偏头。

"今天晚自习把这张试卷做好。"岑姜把试卷递给了他。

"噢。"陆嘉言点头。

第一节晚自习上完,陆嘉言就把试卷做好了:"做完了,你看看。"

岑姜没想到他那么快,这次不仅选择题,连后面的大题都做完了。可岑姜自己还没做完。于是,她说:"先放这儿吧,我过会儿再看。"

"随你。"陆嘉言丢下这一句就往桌上一趴。

之后一直到晚自习结束,两人都没再说话。

晚上躺在床上,快十点的时候,岑姜拿着手机等消息,没一会儿信息进来了,这次有两句话:

【小兔子胆子越来越大了,还敢对我发脾气了!】

【烦!小姑娘怎么这么难哄啊!】

其实岑姜的气早就消了,晚上没说话是因为不知道说什么。而且她上午还那么生气,感觉需要一个过渡期来给自己个台阶下。

晚上看他一副无所谓的样子,还以为他早忘了这事,没想到还记在心里呢。

"哄"这个字莫名给人一种很暧昧的感觉,岑姜脸上火辣辣的,视线都不敢停在那上面。

正想着,屏幕上跳出来一条微信消息,来自陆嘉言。

对方给她发来条链接,链接内容是一则社会新闻,新闻标题为:【××大学一对情侣吵架,由于女朋友生气太久,男朋友转身投湖!】

岑姜看到这个标题,震惊的同时又觉得莫名其妙。

女朋友生气就要投湖?

为什么陆嘉言会发给她?

跟她有什么关系?

她拿起手机走进阳台,给陆嘉言发了个语音通话过去。对方接通,她就开始解释:"我刚跟你开玩笑呢!"她边说边笑了几声,"你刚发的那个链接我看了下,太搞笑了。"

陆嘉言"哦"了声:"那你还生气吗?"

岑姜不自在地道:"不气了。"

"你说什么?"陆嘉言说,"我没听清。"

少年的嗓音带着隐隐的笑,岑姜脸上一热:"陆嘉言,你要再笑,我就生气了。"

"我没笑,你哪只眼睛看见我笑了?"陆嘉言语气欠欠的,"管你气不气,谁惯着你了!"

"那你打电话给我干吗?"岑姜不由得在心里翻了个白眼。

"不是你打给我的?"

岑姜说:"是你先发微信给我的。"

"我不是说了我点错了吗?"

"挂了……"

"明天见。"陆嘉言嗓音听起来相当愉悦。

岑姜直接掐断了通话。

既然知道短信是陆嘉言的日记内容,岑姜觉得一直这样窥探他人隐私不大好。

　　她觉得有必要告诉陆嘉言一声，不知道他知道了后会怎么想，回想起之前的有些内容，她都忍不住替他感到尴尬。

　　这么荒唐的事情肯定需要一点时间消化，岑姜决定把告诉他这件事推迟到期中考试之后。

　　第二天早自习，岑姜先把自己昨晚做的那张物理试卷拿出来对了下答案，她错了一道选择题和最后一道大题的第二问。

　　这张试卷相较于上次小考，要容易一点，但她没想到陆嘉言居然全对。

　　"陆嘉言，你好厉害啊。"岑姜拿着试卷转过身，"你全对，满分。"

　　陆嘉言神色有点不自然，他抽过自己的试卷，轻描淡写地道："你这哪儿找来的试卷，太容易了，而且网上都有答案。"

　　"我不信。"岑姜盯着他的眼睛，"我不信你是看的答案。"

　　宋语薇也回头看过来："陆嘉言，我知道你初中成绩很好，这次一定能考个好成绩。"

　　"都看着我干什么？"陆嘉言甩了甩手，"转过去。"

　　期中考试安排在下周一周二两天，周日照常放假，岑姜周六下午回了舅舅家。

　　晚上十点，陆嘉言的日记按时发了过来：

　　【如果这次考试考太好会不会影响我的形象？感觉学霸没有大佬威风，苦恼！】

　　"扑哧！"岑姜实在没忍住笑出了声。

　　他是认真的吗？

　　如果不是确定他不知道短信之事，岑姜都要怀疑这人是在故意耍她。

　　也太逗了吧！难不成他之前故意不做完试卷是怕影响他形象？

　　岑姜将手机丢在一旁继续复习。

　　妈妈前两天打来电话，问她什么时候期中考试。岑姜接完妈妈的电话后，压力倍增。

这种压力不是那种积极的促进你进步的压力，是会让你喘不过气来的那种压力。

她突然羡慕起陆嘉言来，至少他没有这方面的压力。

做完一张试卷，岑姜重新拿起手机，在某论坛上搜索了关键词为"大佬"的内容，找了很久找到一条合适的帖子，她复制链接发给了陆嘉言。

就在隔着几百米距离的某幢别墅内，陆嘉言点开岑姜发过来的链接，是条某著名论坛主题讨论帖：【知道现在为什么校园男主都是大佬兼学霸吗？因为太有魅力了！】

陆嘉言一愣，她发这个给他什么意思？

她崇拜这种？让他朝这方面靠拢？

陆嘉言给她回了条：【？？？】

很快那边便撤回了消息，接踵而来是一条文字信息：【不好意思，点错了。】

这个对话有点熟悉。

那边的岑姜回完消息，开开心心地收起试卷去睡觉。

周一来学校直接进入考场，考试两天过得很快。

考完当天晚上晚自习，宋语薇又召开了一次小组会议："都说说自己这次考得怎样吧，我先来，我觉得跟上次差不多，正常水平。"

岑姜说："我觉得应该会比上次要好一点点，算是有进步吧！"

"龚思维，你捂着嘴干什么？"宋语薇好奇地问。

岑姜也觉得奇怪，这人打从进教室起就捂着嘴，不知道是不是磕破嘴皮子了。

陆嘉言嘴角轻扯了下，似乎见怪不怪了。

"我怕我会笑很大声影响别人上晚自习。"龚思维终于拿开了手，"我考得太好了，应该能进前二百五十名。"

他说着说着，嘴角越咧越开，最后又用手捂住了嘴："不行了，我忍不住了。"接着就有闷笑声从他指尖溢出。

岑姜和宋语薇一愣。

陆嘉言："呆子！"

等龚思维笑完，三人都看向陆嘉言。

陆嘉言左手撑着下巴，右手转着笔，语气相当欠："考砸了，应该拿不到第一名。"

岑姜和宋语薇又是一愣。

龚思维："过分！"

陆嘉言的这个回答，就好像有人问你月薪多少，你回答"不到100万"是一个意思。也许在别人眼里，你只有3000块左右。

但你万万想不到陆嘉言的"不到100万"真的就是99万。

期中考试成绩出来的那天，龚思维第一时间把他们组成员的成绩都看了一遍。

回到教室，在岑姜和宋语薇紧张期待以及陆嘉言"爱讲不讲"的眼神中，龚思维开始逐一宣布几人的分数和成绩："宋语薇，682分，年级第二十八名，有进步！"

宋语薇松了一口气。

"岑姜，702分，年级第六名！"龚思维冲她眨了下眼睛，"可以啊，进步很大！"

岑姜吊着的一颗心终于放下。

"陆嘉言同学。"龚思维故作神秘地笑了笑，"要不你自己预测一下？"

"预测什么？"陆嘉言转而拿出手机开始玩游戏，"我不想知道。"

龚思维讨了个没趣，决定不卖关子了："718分，年级第二名。"

"天啊，真的吗？"宋语薇跟岑姜对视一眼，震惊地瞪大了眼睛，"718分？也太厉害了吧！"

陆嘉言本人倒是很淡定："一般般，这里面有岑姜同学的一份功劳。"

"没没没。"岑姜赶紧摆手，这份功劳她可不敢领。

"喂,你们就不好奇我的吗?"龚思维不满地道。

陆嘉言:"不好奇。"

岑姜笑笑不语。

宋语薇笑了声:"说吧。"

"跟我预测的一样,哈哈哈,二百五十名!"龚思维说,"我又可以涨生活费了。"

岑姜忍着笑道:"恭喜。"

宋语薇不断抿唇,以防笑出声:"恭喜。"

陆嘉言一通乐,肩膀抖得游戏都玩不下去。

陆嘉言考高分这件事,他们组的成员意外的同时又觉得理所当然。可别人却不这么认为。

期中考试分数出来的第二天晚上,二中论坛上又出现一个火热的帖子,主题为:【大家对陆嘉言考年级第二名这件事就不好奇吗?】

点进去还有内容:

我没有别的意思,纯属好奇,以前都是三百名左右吧?突然一下考这么高分?我知道学校有领导跟他爸认识,好奇存不存在什么地下操作?

1楼:你这还叫没别的意思?一股子"绿茶味"!

2楼:我是LJY初中同学,他初三以前一直是学校第一名,后来就突然变差了,他突然变好也没什么奇怪的。

3楼:倒也没必要这么阴阳怪气!我听说他以前做题都只做选择题,人家只做选择题都可以在三百名左右,做完为什么不能是第二名?

…………

下面的跟帖人基本上都向着陆嘉言,楼主被喷得没多久就申请删了帖子。

考完试成绩出来，岑姜也该进行她之前的计划，打算跟陆嘉言坦白她能看到对方短信这件事。

因为事情比较特殊，岑姜怕被别人听了去，所以周五这天第四节课上课前，她给陆嘉言发了一条微信：【等下下课别急着去食堂，到天台去，我有话对你说。】

陆嘉言看到这条消息时，目光一顿。

她要说什么？为什么要去天台？还得趁没人的时候？

忽然想到什么，陆嘉言心跳突然加快了几分。

他盯着前面的背影，眼神有一丝挣扎。

/ 第五章 /
心跳加速

第四节课下课铃声一响，教室内发出阵阵椅子与地板摩擦的声音。陈老师还没宣布下课，大家已经迫不及待地迈开腿准备起跑。

陈老师正在写板书，听到身后的动静，无奈地朝大家挥挥手："去吧，吃饭要紧。"

得到指令的同学们蜂拥往教室外跑。这样的场景几乎每天都会上演。

岑姜留在原地坐了一会儿，等人走得差不多时才起身离开教室，一个人来到天台。

她有点紧张，她怕陆嘉言知道这件事之后恼羞成怒，从而导致两人关系尴尬。

已经进入十二月份，气温持续下降，呼出来的气体遇到冷空气凝结成白色水雾。

岑姜今天在校服里穿了一件连帽卫衣，觉得冷，她便把卫衣帽子拎起来戴在头上。

不一会儿，身后的老旧木门传来"吱呀"一声，岑姜回头，只见陆嘉言两手插兜，漫不经心地走了上来。

岑姜冲他露出一抹微笑，然后走过去将没关严实的门关紧。

陆嘉言见状，眼皮子跳了一下。

这么小心翼翼?

岑姜关好门走过来在陆嘉言面前站定,她深吸了一口气才开口:"我等下要跟你讲的事情,你要先做好心理准备。"

陆嘉言盯着她明亮中带着一丝小心翼翼的眼神,不自在地偏过头,小声嘀咕:"我还没做好心理准备。"

"什么?"岑姜没听清。

难不成他知道自己要跟他说什么?

"没什么。"陆嘉言眼神有些飘忽,"你想说就说吧!"

岑姜"哦"了声:"我先跟你说好,我也是身不由己。"

陆嘉言的心跳该死地又加快了几分,他仍是强装淡定地"嗯"了声。

感情这种事情确实身不由己,他虽然不懂,但能理解。

"我……你……"岑姜说着说着眼睛睁大了几分,因为她发现她的声音根本发不出来。

但凡是跟她能看见日记本这些相关的字眼,她说出来像是被消音了似的。

"什么?"陆嘉言插在口袋里的手指动了动,心跳频率越来越快。

岑姜舔舔唇,打算再说一次:"我……你……"

就在岑姜支支吾吾说不出来的时候,陆嘉言红着脸打断她:"你要不还是先别说了,我也没准备好。"

岑姜还没从为什么自己说不出来的疑惑中回过神来,听到他这句话,脑子当场宕机:"没准备好什么?"

陆嘉言睨了她一眼,那模样好似在说"别跟我装傻"。

岑姜没继续纠结他的莫名其妙,而是掏出手机来:"要不我跟你发微信吧。"

陆嘉言看着她的眼神变得有些复杂,这么执着?

都不好意思成这样了,还不放弃?

就不怕我拒绝吗?

他胡思乱想的时候,岑姜发现打字也不行,打出的字就好像那发不出去的短信，直接消失不见。

当她尝试第二次打字的时候，脑袋突然传来一阵顿痛，她没忍住痛呼出声。

"怎么了？"陆嘉言见她摁着脑袋，紧张地问。

岑姜脑子一片空白，刚刚那一瞬是真的很痛，就像被人当头打了一棒，痛感很强烈，强烈到她再也不想承受第二次。

"你……怎么了？"陆嘉言声音多了几分慌乱，因为他看见了岑姜眼里渐渐涌起的水雾。

痛感就是一秒的事，过后便不痛了。

看见陆嘉言小心翼翼的模样，岑姜终于回过神来，她吸了吸鼻子："没事，刚刚头发被扯到了。"

岑姜仔细想了下，每当她想说短信的事情就会出现状况，无形之中像是有个人在阻止她，刚刚那一阵头痛像是警告，警告她不能把这件事说出去。

经过几次尝试，岑姜也接受了这个事实。

她仰头，对上陆嘉言复杂的眼神，讪讪一笑："陆嘉言。"

"嗯？"

"我其实想说的是——"

陆嘉言放在口袋里的手悄悄握紧。

岑姜卷翘的睫毛上沾有水渍，隐在帽檐下的眼里染着笑："你可不可以——"

陆嘉言握紧的拳头里掌心开始出汗。

"帮我补习数学啊？"

"什么？"陆嘉言不可置信地看向她，"你说什么？"

"我说，你可不可以帮我补习数学。"岑姜说，"我每次考试都是数学丢分最多，你这次数学又是满分。"

这是岑姜临时想起的一件事，也是她内心所想。

陆嘉言眉心微蹙："你搁这儿支支吾吾半天就是为了说这事？"

当然不是!

岑姜讷讷地道:"是啊,我这不是怕你不答应嘛!"

"你怕我不答应这个?"陆嘉言表情都有点失控了,"你确定?不是怕我不答应别的?"

"不答应什么?"岑姜原本还有点心虚,听到这句脸上秒变茫然。

"不答应……"陆嘉言"啧"了声。他定定地盯着岑姜的眼睛,想从里面看出点什么,但是这双黑亮的眸子里只有茫然和不解。

真是自己想多了?

陆嘉言顿时不爽了,他看向岑姜的眼神里多了一丝幽怨:"不行。"

岑姜"啊"了声。

"我没空!"陆嘉言瞪了她一眼,而后转身走向天台门,嗓音里有一股咬牙切齿的意味。

怎么突然就生气了?

岑姜眨了眨眼睛,追了上去:"就利用晚自习的时间啊。"

"不可以。"

"那我之前不是也帮你补习了吗?"

"我那还不是为了给你面子?"

扎心了。

岑姜也知道他其实根本不需要自己补习,但是——

"不管怎么样我还是花了时间的。"

下到五楼,陆嘉言突然停下了脚步,他转过身,硬邦邦地道:"你现在别跟我说话。"

"哦……"

他好像真的生气了。

陆嘉言打算转身下楼,忽地想到什么,又问:"你开始说身不由己是什么意思?"

忘记还有这茬了,岑姜歪头,绞尽脑汁想出一个理由:"因为我妈妈对我成绩要求非常高,我没办法,必须想办法提高数学成绩才行。"

听到这个答案,陆嘉言冷笑了一声:"别跟着我。"

岑姜站在原地,等他下到四楼见不着人影,才叹口气往下走。

他好像有点失望,会不会是自己支支吾吾半天,还特意约他去天台,导致他以为是很重要的事情,然后乍一听到这个借口,所以觉得浪费他时间?

肯定是这样!

她也觉得这样小题大做了。

能看到别人日记本这件事已经让她觉得很不可思议了,居然还不能告诉当事人!

那可不可以告诉别人?

下午放学后,她跟程婧约了一起吃晚饭,吃饭的时候她试着把这件事告诉程婧,结果跟中午一样,她说不出来,并且脑子又遭受了一下重击。

所以这件事不仅仅是不能告诉陆嘉言,是谁都不能告诉。

非得她独自守着这个秘密!

那天之后,陆嘉言接连几天低气压。

这几天信息里面的内容也很奇怪:

【呵呵。】

【可以,很好!】

【耍我是吧?】

这些该不会是针对她的吧?

她顶多也就是犯了一个小题大做的罪,倒也没必要这样阴阳怪气吧?

你不答应给我补习我也没怪你啊!

这周程婧不回家,周六放学后岑姜一个人往校门口走。走着走着,身边突然多出一个人。

少年右肩挎着书包,左手插兜,从容地走在她右手边。

岑姜歪头:"你现在也回家吗?"

"当然，不回家干吗？"陆嘉言没好气地道。

这辈子都不可能好好聊天了。

岑姜决定不理他了，又不是什么大事，至于还生气吗？

两人并肩走出校门。

校门口停了一辆黑色加长型轿车，见陆嘉言出来，后座车门打开，走下来一个中年男子叫住正打算过马路的少年："阿言。"

陆嘉言身子一僵，之后看也没看身后一眼，若无其事地继续等红绿灯。

陆爸爸气急败坏地喊了声："陆嘉言。"

少年像没听见一般，面无表情地盯着红绿灯。

岑姜察觉到了什么，小心翼翼地看了一眼陆嘉言，本来想提醒他有人在叫他，后来想想算了，也许他听到了只不过是不想应而已。

此时对面的红灯变绿，岑姜正要迈开脚，就听到身后又传来陆爸爸的声音："陆嘉言，你过来一下，我有几句话想跟你说。"

"我没有话要跟您说。"陆嘉言说。

"你这是什么态度？我是你爸爸。"陆爸爸走近拉住陆嘉言的手，不让他走。

"我什么态度？我现在要回家，放开！"陆嘉言蹙眉甩开他的手要走，却被陆爸爸下面的话给绊住了脚。

"你知道为什么你奶奶之前一直在国外吗？她年纪这么大你真以为是工作？她是在国外疗养，她生病了，如果得不到好的治疗，随时可能发生生命危险！"陆爸爸说，"难道要为了你的任性，让奶奶随时处于危险之中吗？"

陆嘉言喉间一紧，声音低哑："谢谢您告诉我这些。"

他趁红绿灯的最后几秒过了马路，陆爸爸没再追上来。

岑姜就在他前面两步远，她特意放慢脚步，等他一起上了同一辆公交车。

这个点上车的人很多，岑姜见后排还有座位便扯了扯陆嘉言的衣服下摆，示意他去后排坐。

陆嘉言顺势走过去坐下，岑姜坐在他旁边。她微微偏头，视线里是陆嘉言冷峻的侧脸，少年下颚线紧绷，看起来心情很不好。

岑姜刚刚听到了一点他们的谈话，知道那人是陆嘉言的爸爸。她不知道说些什么，不了解事情原委，不敢乱安慰。不知道为什么，看着少年不高兴的样子，她的心情也闷闷的。

岑姜从书包里掏出一根棒棒糖，轻轻戳了一下陆嘉言的手臂。

陆嘉言转过身，眼皮子轻轻掀了一下："什么事？"

岑姜把棒棒糖伸到他眼前："给。"

陆嘉言没接："干什么？"

这人每次都是这样，给他棒棒糖都要问理由。

"还不是因为你这几天不理我。"岑姜装作不满地嘟囔，"我不过是让你帮我补习一下数学，这有什么好气的？"

陆嘉言眸光微动，之后一把接过棒棒糖，语气很不屑："谁跟你生气了？"

"行，你没生气。"岑姜眉眼弯了弯，"是我错怪你了。"

陆嘉言终于不再闷闷不乐，他撕开糖纸将棒棒糖塞进嘴里。

过了半晌，在岑姜以为他不会讲话的时候，他开口了："不是让我教你数学？从明天开始吧。"

"真的吗？"岑姜双眸晶亮，嘴角染笑，"谢谢！"

陆嘉言轻哂："有这么开心？"说着仿佛被她感染了一样，嘴角也扬了起来。

"当然开心啊。"岑姜说，"你这么厉害，你教我我肯定会进步。"

"别捧杀我啊，我可不吃这一套。"陆嘉言悠悠道。

"我知道。"岑姜轻笑了一声，"你只吃棒棒糖。"

陆嘉言的语气略显嫌弃："太甜了！"

岑姜"哦"了声："那我下次不给了。"

"喂，你还想不想让我补习了？"陆嘉言稍稍挑眉，模样还挺嚣张。

"你说不喜欢啊？"岑姜说。

"我有说不喜欢吗?"陆嘉言说,"我只说太甜了。"

岑姜嘴角轻轻抽了下,还真奇葩。

下了车,两人往小区门口走。

前面就是分岔路口,陆嘉言清了清嗓子:"岑姜。"

"嗯?"

"你最近为什么没给我打电话了?"陆嘉言说这话的时候眼睛没看她,好像在跟旁边的樱花树对话,语气满不在乎又极其别扭。

岑姜呆呆地"啊"了声:"我为什么要给你打电话?"

"没什么!"陆嘉言脸色顿时沉了下来,他忍着爆粗的冲动头也不回地走了。

"不是,"岑姜追着问了句,"你还没说清楚呢!"

"闭嘴!"少年脚步越来越快,语气又沉又凶。

回到舅舅家,岑姜发现客厅里多了一位眼熟的人。

"陆奶奶?"岑姜讷讷地叫了一声。

"是你啊,小姑娘。"坐在舅妈旁边的陆奶奶笑着说,"你就是小芬的外甥女?"

岑姜的舅妈叫余芬。

"周姨,您认识她?"舅妈很诧异。

"她是我们家言言的同学。"陆奶奶说着站起了身,"既然姜姜回来了,那言言也该回来了,我要回家喽。"

"那您慢走。"舅妈将她送到门口,"多来坐坐。"

"行。"陆奶奶说。

舅妈回到客厅随口问起岑姜怎么认识陆奶奶的事,岑姜把陆奶奶去学校看陆嘉言,并请他们吃饭的事情说了一下。

"原来她孙子跟你是同班同学啊。"舅妈叹口气,"这孩子也可怜。"

正打算上楼的岑姜听到这句话,心口微微一颤。她转而坐下来,好奇地问:"他怎么了?"

"他爸妈两年前离婚了。也不知道出于什么心理,"舅妈蹙起眉头,语气很是不赞同,"他妈临走前撒了个谎,大概意思是他不是他爸亲生的。之后他爸拉着他到处去医院验DNA,验出是自己儿子还不信。这一做法不仅伤了孩子,还让很多人误会了孩子不是他亲生的。"

岑姜听了大为震惊,怪不得那天在酒店遇到他,他看起来那么难过。从陆莹的话中基本可以判断出那天他又被人误会了。明明是亲生儿子却被说成野种,而且造成这种误会的始作俑者就是他的亲爸亲妈。

这换谁谁不难过?那么傲娇的一个人,眼眶都红了。

岑姜突然觉得心里很不是滋味。

舅妈还说陆嘉言从小到大就是那种"别人家的孩子",各方面很优秀。早年间陆奶奶住这儿的时候经常夸他。

岑姜心想他现在也很优秀啊,会打篮球成绩也很好。

聊了会儿,舅妈去了厨房,岑姜上了楼。

晚上,岑姜做完作业又一次收到那条短信:

【希望周女士长命百岁。】

岑姜也在心里默默地念了一遍:希望陆奶奶长命百岁。

陆奶奶现在算是陆嘉言最亲近的人了,希望她可以一直陪着陆嘉言长大。

岑姜躺在床上,迷迷糊糊之际忽然想起下午陆嘉言的问题。

该不会是她之前为了确定短信之事是否跟他有关系给他打过两个电话,从而给他造成了什么错觉?

才两天就习惯了?以为自己每天会给他电话?

她又不是他奶奶!

陆嘉言说话算话,从那以后每天晚自习都会帮岑姜补习数学,他还整理出一些知识要点给她,总之相当负责任。

周五晚上是平安夜,教室里热热闹闹的,都在互相送苹果。

陆嘉言和龚思维两人踩着上课铃声走进来,后者径直走到岑姜的位置上坐下。

待陆嘉言坐下后,岑姜把事先准备好的苹果拿出来快速放在他课桌上。

盯着眼前的苹果,陆嘉言缓缓偏头:"什么意思?"

不送棒棒糖改送苹果了?又是玩的哪一出?

"给你啊。"岑姜说完在他带着探究的眼神下又拿出一个苹果,敲了敲龚思维的椅子,把苹果递给他,"给。"

"为什么他也有?"陆嘉言不高兴了。

没等岑姜回答,宋语薇也在陆嘉言桌上放了一个苹果,笑着说道:"都有。"

"哦!今天平安夜啊!"龚思维拍了下自己的脑袋,"我都忘了,没买苹果。"

"没关系,"宋语薇指了指自己的桌兜,"我们有。"

龚思维顺着她手指的方向看过去,看见里面有不少苹果,有的还用精致的包装盒装着:"这都是别人送的?"

宋语薇点点头:"对啊。"

她也送了别人很多。

闻言,陆嘉言下意识倾身扫了一眼岑姜的桌兜,发现里面的苹果比宋语薇的还要多。他内心顿时生出一丝不爽的情绪来,这都谁送的啊?

"元旦那天是我生日,要不我请你们去迪士尼乐园玩?"龚思维得意地冲大家抬了眉梢,"最近生活费有点多呢。"

陆嘉言嗤笑一声。

宋语薇犹豫地道:"那个好像很贵。"

岑姜提议:"要不我们AA也可以。"

"我过生日请你们去玩还AA?"龚思维夸张地笑了声,"那我面子往哪儿搁啊?不用跟我客气,我可以买到打折票。"

见大家都没再作声,龚思维立马拿出手机开始订票。

"就这么说定了啊!"

第一节晚自习下课后，程婧来到他们班窗外，手里拎着个精致的小盒子往岑姜面前一放："给你。"

"你不是给过我了吗？"下午放学后就给了。

"这是莫绍托我带给你的。"程婧忽然附在岑姜耳边悄声说了句什么。

"你可别乱说！"岑姜脸都红了。

"你不信就算了。"程婧原本还想说点什么，但她察觉到陆嘉言往这边瞥了一眼，眼里的不耐烦像是在赶她走。

程婧没敢再待下去，转身回了自己教室。

她走后，陆嘉言盯着她带来的那个苹果，觉得特别不顺眼。

"岑姜。"陆嘉言开口。

"嗯？"

"我想吃那个苹果。"陆嘉言用笔指了指程婧带过来的那个苹果。

"为什么？"岑姜单纯想知道原因。

"那个好看。"陆嘉言瞎扯。

"可这是别人送的呀。"岑姜有些为难，毕竟是别人送的东西，转送给其他人不大好。

"这有什么关系？"陆嘉言干脆把苹果抢了过来，"我跟你换一个。"

是因为包装漂亮吗？

陆嘉言把苹果放桌兜里，又听到岑姜说："那我等下把这个给莫绍。"

陆嘉言伸手把那个苹果也抢了过来："不行，你都送给我了，为什么还送给别人？"

岑姜无语："你不是都跟我换了一个吗？"

"我两个都要。"陆嘉言表情跩跩的，语气相当理所当然。

幼不幼稚！

想起程婧的话，岑姜最后还是决定不回送苹果给莫绍，只在微信上给他道了声谢。

对于陆嘉言没送她苹果这件事,岑姜压根儿没觉得有什么,只是没想到晚上还会收到他送的苹果。

下了晚自习回到宿舍,岑姜正打算去洗漱之际收到了陆嘉言的信息,对方让她下去一趟。

岑姜问他什么事他也不说,只说让她快点下去。

两分钟后,岑姜走出宿舍楼,远远看见靠近男生宿舍的那棵榕树下站着一位身材修长的少年,少年手里拎着一个装有苹果的袋子,面对路过行人有意无意的打量目光,显得有些不耐烦。

岑姜眉眼弯了弯,小跑了过去。

"怎么这么慢?"

还没走近就听到这么一句抱怨,岑姜加快脚步来到他面前:"我已经很快了。"

陆嘉言把袋子递给她:"给你。"

岑姜接过:"谢谢。"

"又不是给你的。"陆嘉言低笑了声,"这个给宋语薇。"

岑姜一噎,不满地道:"那你为什么不让她下来拿?"

不是给她的还好意思嫌弃她动作慢,岑姜越想越气,说完就要走。

然而步子还没迈开,手腕就被人抓住了。

"急什么?又不是不给你。"

少年的嗓音带着隐隐的笑,裹着夜风钻进岑姜耳朵里,她耳根开始发烫。

岑姜轻轻挣脱开,不自在地理了理自己的头发:"谁稀罕啊。"

耳边又是一声轻笑,紧接着,一只手伸到她面前摊开,掌心躺着一个小苹果:"给你。"

这颗苹果又红又圆,形状很漂亮。

"这可是我精心挑选的。"陆嘉言傲娇地说。

岑姜余光注意到有人看着这边窃窃私语,她心下一慌,忙拿过他手上的苹果,丢下一句"谢谢",就转身往宿舍楼跑。

她觉得自己再多站一秒,明天学校论坛上很有可能就会出现两人在树下的合照。

跑什么?陆嘉言尴尬地缩回手。

他正要转身,目光扫到不远处有两人挨得很近,女生霎时推开男生捂着脸就跑了。

见到这个画面,陆嘉言忽然明白了什么。

他看着女生宿舍楼的方向,开心地挑了下眉。

岑姜回到宿舍把苹果给宋语薇,两人聊了会儿准备睡觉。

她刚爬上床,陆嘉言的日记内容就发了过来:

【呵,小兔子害羞了。】

看到这行字,岑姜手抖了下。

她害羞?她只不过是害怕传绯闻好不好?

岑姜觉得应该解释一下,于是打开微信,开始编辑消息。她打了删删了改,感觉怎么解释都过于刻意,最后干脆放弃了。

很快到了元旦,学校放假三天,岑姜没回去。

中午,龚思维请他们在学校附近吃饭,一直到下午四点,一群人打车来到迪士尼乐园。

龚思维买的是夜场票,据说今天晚上有烟花秀。

游乐场里面人超级多。基本上每个项目都要排队,即使这样,岑姜和宋语薇也很开心。两人头戴米奇头饰,到处拍照,玩得不亦乐乎。

天气很冷,特别是到了傍晚,气温已经降至零下。每个人脸上都是开心的笑容,仿佛一点都不受冷空气影响。

岑姜今天穿了一件白色面包羽绒服,头发软软地搭在肩头,再配上米奇头饰,整个人俏皮又可爱。

陆嘉言的眼神一直在她身上,旁边的秦烟和龚思维捕捉到这一幕,互相对视一眼,都露出心照不宣的笑容。

龚思维偷偷拿出手机,打开拍照功能,将这一画面定格在他的相机里。

少年身穿米色夹克羽绒服搭一条牛仔裤，双手插兜，眼睛盯着前面女孩的背影，嘴角噙着笑，笑容里有他自己都没有察觉到的宠溺。

"丑死了。"见岑姜抱着路边一个娃娃在拍照，陆嘉言吐槽了一句。

"你说谁丑呢！"岑姜顿时不高兴了。

"你这么激动做什么？"陆嘉言语气欠欠的，"我说的是你抱的娃娃。"

意识到自己误会了，岑姜脸上一热，她拉上宋语薇就去往下一个景点拍照。

陆嘉言瞥见她脸上那两抹悄悄冒上来的红晕，不自在地摸了一下耳朵，抬起眼皮的那一刻，正好撞上龚思维的"吃瓜"脸，陆嘉言眉尾一扬："看什么看？"

"嘿嘿，'嗑糖'呢！"

"呆子！"

下午六点，天已经完全黑了。

烟花秀晚上八点才开始，现在时间尚早，他们几个都懒得排队，干脆在里边瞎逛。正中间的城堡前坪有很多人在拍照，岑姜他们等在一边，也想去拍几张。

此时走上去一家三口，男士手上抱着一个两岁左右的女孩，旁边女士手里拿着一个小玩具，边走边逗得小女孩"咯咯咯"笑个不停。

岑姜只觉得他们一家好幸福。

而她没注意站在她身后不远处的陆嘉言看到这一幕，整个人僵在原地，表情由最开始的震惊到平静到现在的冷漠，仅仅几秒钟。

"不会吧！"龚思维买完奶茶回来，视线触及人群里那个逗孩子的女士时，他倒吸了一口气，"那不是阿言的——"

话还没说完就被身侧的秦烟捅了一下背，龚思维下意识看向陆嘉言，只见陆嘉言的视线也停在那里，昏暗的灯光下，少年的表情看不真切。

龚思维拿出一杯奶茶笑嘻嘻地递给陆嘉言："给，热的，暖暖身。"

"不要。"陆嘉言终于收回了视线。

那边陈启被岑姜和宋语薇拉着帮忙拍照,摆弄手机的时候,余光瞥见一个熟悉的身影,他下意识叫了声:"顾阿姨?"

顾青回头,见到他,脸上霎时出现一丝慌乱。她没应声,而是往周围看了一眼。

当看到不远处的陆嘉言时,顾青脸上的慌乱顷刻间被心虚取代。

"妈妈,妈妈,快点。"而此时被爸爸抱着的小女孩发现妈妈没跟上,奶声奶气地喊她。

"哎,来了。"顾青收起慌乱笑着朝小女孩走去,再没多看陆嘉言一眼。

陆嘉言垂下眼睑,嘴角勾起一抹轻嘲。

两秒后,他倏地转身朝那一家三口走过去,在离对方大概两米远的地方,他喊了一声:"妈妈。"

周围嘈杂的声音并没有影响声音的传递。

顾青身躯一震,她停下脚步,偏头跟丈夫说了句什么。她丈夫点点头,抱着女孩继续往前走,她则缓缓转过身。

四目相对,陆嘉言双眸含笑:"妈妈,好久不见。"

陆嘉言的眼睛太过干净明亮,顾青狼狈地错开视线,她带头往一个安静的地方走去。

陆嘉言默默跟了上去。

游乐场某个偏僻的角落,陆嘉言跟妈妈相视而立。

短暂的沉默过后,顾青轻声问:"你这两年过——"

"不说这个。"陆嘉言淡淡地打断她,"我不想打扰你们一家三口游玩,我就问一个问题,问完就走。"

"你问。"

"你当年为什么要谎称我不是我爸亲生的?你丢下我就算了,为什么要害我?"

陆嘉言眼眶渐渐泛红,最后几个字几乎是吼出来的。

"我……"顾青低下头,"对不起,我那是气话。"

"气话?"陆嘉言气极反笑,"就因为你的一句气话毁了我所有的亲情?就因为你恨我爸,想在他心里种根刺就要毁了我?"

"对不起。"顾青语带哽咽,"对不起,言言。"

"别这么叫我。"陆嘉言嗓音喑哑,"刚刚是我最后一次叫你妈妈了,你去吧。"

陆嘉言说完头也不回地走了。他觉得好难受,内心深处的某个地方一下子被挖空,仅存的那点幻想也随之消失。

"陆嘉言。"岑姜的声音由远及近,"你去哪儿了?我找了你好久。"

陆嘉言眼睑微合,声音很轻:"干什么?"

"我们去玩创极速光轮吧!"岑姜说。

"不去。"陆嘉言回答得很干脆。

"你该不会是怕吧?"岑姜歪头,揶揄道,"你除了怕黑胆小还恐高?"

少女俏皮的模样让陆嘉言的表情缓和了几分:"笑话,谁怕了?"

"那你为什么不去?"周围人太多,岑姜被迫跟陆嘉言隔开了一截距离。

陆嘉言提着她的帽子将她拉了回来:"不想排队。"

"欸欸欸,陆嘉言,你这拎人帽子的习惯要改改啊!"岑姜不满地抱怨,"这样勒脖子懂不懂?"

"那你说我拎你哪儿?"陆嘉言好笑地问。

"你当时在密室怎么不拎我帽子而是直接抓我的手?"岑姜反问。

"那会儿是夏天,你有帽子吗?"陆嘉言意味深长地看了她一眼,"还是你希望我拉你手?"

"我不是这个意思……"岑姜话锋一转,"你不想去的话,我们去玩别的?你想玩什么?"

"什么都不想玩。"陆嘉言现在只想回家睡觉。他不想待在这个地方,这里到处都有妈妈一家三口其乐融融的身影。

"要不我帮你拍照?"岑姜在他拒绝之前赶紧一顿自夸,"我拍照很好看的,虽然没有单反,手机也能拍出大片,一般人我可不帮他拍。"

陆嘉言微哂："这么说，我不是一般人？"

"你是帅哥啊。"少女的笑容跟她的话一样直白。

陆嘉言感觉自己的心尖被撩拨了一下，内心的烦闷被一种莫名的情愫所取代。

"我帅我知道。"陆嘉言移开目光看向另一边。

岑姜眼里的笑意更甚，傲娇少年又回来了。

岑姜来找陆嘉言之前，已经从陈启的口中知道了他妈妈的事情。

她的第一反应是，少年又该难过了。

果不其然，岑姜找到他的时候，他失落的身影跟周围快乐的人群格格不入，仿佛处在另一个世界中。

"来，你就站那儿。"岑姜开始发挥摄影师的职责，指挥陆嘉言站位。陆嘉言半推半就地让她拍了几张照片。

岑姜低头查看自己刚拍的照片，越看越满意，抬头想要分享，但陆嘉言此刻的模样让她怔在原地。

少年斜靠在灯柱上，眼神没有焦距地看着远方，给人的感觉寂寞又无望。

岑姜收起手机，换上一副笑脸走过去："陆嘉言，我们还是去玩创极速光轮吧？"

"嗯？"陆嘉言没注意她说了什么。

"我说去玩创极速光轮，听说那个很解压。"岑姜说。

"你压力很大吗？"陆嘉言站直身子随口问。

"大啊。"岑姜叹口气，"无论我考多少分，我妈妈总是不满意，非得第一名才行，但第一名哪那么容易啊。"

"这么奇葩？"陆嘉言的这句话脱口而出，很快又意识到不对，开始解释，"不是，我的意思是要求这么严格？"

岑姜"嗯"了声："她一向如此。"

"所以你那天晚上哭是因为你妈妈说了你？"陆嘉言问。

岑姜反应了两秒才想起陆嘉言说的是哪天晚上,她不好意思地点点头:"对。"

"那走吧。"陆嘉言迈开步子往创极速光轮方向走。

岑姜跟了上去。

"你……你已经很优秀了。"路上,陆嘉言忽然来了这么一句看似别扭实则发自内心的话。

"我知道啊。"岑姜眉眼弯了弯。

接下来的路程,沉默又不失和谐,他们到目的地时,龚思维几个已经排在了队伍的最前面。见两人过来,他和宋语薇两人像看到救星一样朝他们挥挥手。

岑姜走过去好奇地问:"怎么了?"

"你和陆嘉言站这里,我不玩,我怕。"宋语薇还指了指龚思维,"他也怕,腿抖很久了。"

岑姜看向陆嘉言无声地询问他的意见。

"可以啊。"不用排队当然好。

于是,岑姜跟队伍后方的人解释了一下,把龚思维和宋语薇换了出来。等了没十分钟便轮到了他们。

岑姜带着一点隐隐的兴奋,坐到了陆嘉言前面。上去之后,她全程尖叫,刺激是一方面,真的好冷。飕飕的冷风像刀子一样刮得人脸生疼。

陆嘉言一开始在笑,觉得岑姜的反应特别可爱,最后干脆也叫出了声。吼完几声,心里仅存的那点不开心也暂时消失了。

下来后,岑姜的脸色发白,鼻头通红。

陆嘉言微微弯腰与她平视,面露担忧:"还好吧?"

岑姜吸了吸鼻子:"没事,就是冷。"

她的脸都冻僵了。

陆嘉言左右看了一眼,发现不远处有个咖啡厅,他想拉一下岑姜的帽子,手伸到一半转了个方向改拍了拍她的脑袋:"走,去那边坐坐。"

其余四人原本想过来关心一下岑姜的状况,见两人往咖啡厅走,都默契地没有去打扰。

咖啡厅内开了暖气,岑姜进去后觉得舒服多了,僵硬的脸也慢慢有了知觉。

陆嘉言点了两杯咖啡,两人坐了会儿,听到外面传来一阵"噼里啪啦"的响声和尖叫声才出去。

看完烟花秀回到家,岑姜果然感冒了

她在家里睡了一天也没见好,第二天要去上学被舅妈给制止了:"你这种情况还去上什么学,打电话跟老师请一天假,我带你去医院。"

岑姜脑袋昏昏沉沉,时冷时热,浑身乏力。

自己这个状态去上课确实起不了什么作用,她听从了舅妈的意见给刘老师打电话请了一天假,同时发微信给宋语薇说了下。

陆嘉言早自习没见着岑姜,还以为她被英语老师叫去了办公室。

直到第一节课上课铃声响都没见岑姜进来,他才感觉到不正常,犹豫要不要发个微信问她的时候,龚思维也发现了这个问题。

他敲了敲宋语薇的椅子:"岑姜呢,怎么还没来?"

"她请了病假。"宋雨薇回头,"前天回去就感冒了。"

"啊?"龚思维问,"严重吗?"

以岑姜爱学习的性子,肯定不会轻易请假。

"听说昨天发烧一天还没好,今天去医院了。"宋雨薇如实告知。

龚思维没回话而是看向陆嘉言。

陆嘉言一愣:"你看我干吗?"

龚思维理所当然地道:"你没把人家照顾好啊。"

第一节课是语文课,刘老师已经走进教室,陆嘉言拿出语文课本做出一副"你别打扰我"的姿态,让龚思维闭了嘴。

龚思维意外地抬了抬眉梢,心道看你能装到什么时候。还没等他收回视线,就见到陆嘉言从桌兜里拿出手机在编辑信息。

从宋语薇口中得知岑姜病了的消息,陆嘉言心里有点浮躁,怎么也静不下来，脑子里一直浮现的是那晚从创极速光轮下来后岑姜的样子，怪可怜的。

隔了几秒，陆嘉言偷偷拿出手机给岑姜编辑微信消息：【你怎么没来上课？】

不行，明知道她生病了还这样问，不好。

他删掉重新打：【你好些了没？】

这样会不会太明显了？不行。

他又删掉重新打：【听说你生……】

"陆嘉言！"陆嘉言还没打完，头顶传来一道熟悉的嗓音。

他手一抖，不小心按了发送键，消息发了出去。

"手机给我。"刘老师语气严肃了几分。

看着眼前伸出的手，陆嘉言面无表情地把手机递了过去。

屏幕熄灭前，陆嘉言瞄了一眼对话框里面的内容，这一眼让他眼睛顿时瞪大了几分，随即准备收回手，但是刘老师先他一步握住了手机。

两人暗暗较劲一番，在刘老师即将发飙的前一秒，陆嘉言终于松了手。

"下课来我办公室一趟。"刘老师丢下这句话回到讲台继续上课。

陆嘉言已经无心上课了，他不知道岑姜看到信息会是什么样的表情，他烦躁地扒拉下头发，暗骂了一句。

一般上语文课，班上没人敢把手机拿出来，陆嘉言平时也很注意，只不过刚刚太过担心，忘了这一点。

某个医院正在挂水的岑姜，听到手机发出"叮"的一声，她拿过来一看是条微信消息，随即点开。

LJY：【听说你生了】

看到这条消息，岑姜一下子弹坐起来，不同于刚刚有气无力的样子，她现在感觉把那个造谣的人大卸八块的力气都有了。

生了？是她以为的那个"生了"吗？谁那么缺德造谣她？

岑姜气得脸红脖子粗，她用力编辑几个字回过去：【谁跟你说的？】

等了很久，没见对方回消息。

岑姜等不及又发了一条过去:【这你也信?】

岑姜呼吸频率都急促了不少,忽然想到什么,她退出微信打开学校论坛,想看看上面有没有类似的谣言。

看完之后,她松了一口气,还好没有。

陆嘉言不回消息,岑姜原本想发微信问宋语薇,但考虑到现在是上课时间,她硬生生地忍住了。

等到下课时间,岑姜刚拿起手机就进来一个电话,是龚思维打来的。

岑姜接起,但电话那头传来的是陆嘉言略显焦急的声音:"你怎么样?"

"母子平安。"岑姜气鼓鼓地道。

"什么?"陆嘉言反应过来后连忙解释,"不是,我刚信息发到一半手机被刘老师收走了。"

见她没出声,陆嘉言急了:"我真不知道怎么发出去的。"

"噢。"原来是这样。

陆嘉言清了清嗓子,懒懒地问:"你好些没?"

"托你的福,气得我病都好了大半。"

少女埋怨的话带着浓浓的鼻音,陆嘉言心口一软:"你现在在哪个医院?我去给你送吃的?"

"不用,有人给我送吃的。"岑姜笑了声,"你赶紧去拿回你的手机吧!"

"那你……"陆嘉言说,"好好养病。"

"知道了。"岑姜笑着说。

岑姜挂了电话后,又收到其他几位同学的问候消息,其中包括龚思维。宋语薇还说帮她记了笔记,岑姜很感动。她一点也不想待在这个冰冷的地方,想回到那个充满欢声笑语的教室去。

岑姜感觉身体轻松了许多,不顾舅妈的反对,下午挂完最后一瓶水她坚持来到了学校,正好赶上最后一节课。

放学后,宋语薇让岑姜去宿舍休息,她帮忙打饭带回宿舍。

晚自习照旧换座位,岑姜感冒还没完全好,趴在桌上恹恹地做作业。

陆嘉言今天比平时早到了一些,他一来就往岑姜桌上丢了一个包装袋。

岑姜慢半拍地抬起头,纯白色的包装袋上"甜一烘焙坊"这几个字很醒目,她看向陆嘉言:"给我买的?"

陆嘉言"嗯"了声,漫不经心地道:"出去吃饭顺路买的。"

"谢谢。"岑姜还在吃药,嘴里苦苦的,所以没什么胃口,晚饭也没吃什么,正好留着晚点填肚子。

"你这身体素质不行啊。"陆嘉言语气欠欠的,"我们都没感冒,就你一个人生病了。"

"还不是因为你!"岑姜顺口接下话。

"因为我?"陆嘉言身子僵了下,"什么意思?"

"没、没什么。"岑姜佯装摸额头,自言自语道,"还在发烧呢?"

"还发烧?"陆嘉言的注意力被转移了过去,"那你不好好在家休息来学校干什么?"

"没事,好多了。"岑姜讪讪一笑。

"有退烧药吗?"陆嘉言问。

"有,医生给我开了。"岑姜指了指桌兜里的药。

"噢,记得吃。"陆嘉言说,"快点好起来。"

岑姜心里一暖,还没开口道谢,听到他下一句话又凉了。

"免得传染给我们。"

下了晚自习,陆嘉言回到宿舍回想起稍前岑姜下意识说出的那句话,总感觉很奇怪。

他想了想,打开微信,在"彩虹少年团"里发了一条消息:【前天你们是不是跟岑姜说了我妈妈的事?】

飞机:【不是我。】

秦烟:【不是我。】

陈启:【是我……】

虽然事先已经猜到,但得到验证的这一刻,陆嘉言还是有一种被人窥探了不堪的难受感。

回忆起那晚岑姜的所作所为，他后知后觉地反应过来，少女其实一整晚都在安慰他，逗他开心。
　　心间划过一道暖流，难受渐渐消失，取而代之的是满满的感动。
　　陆嘉言拿过自己的日记本，在上面写下一行字：
　　【有喜欢的人好像也不是不可以，小兔子快快好起来！】
　　然而已经熟睡的岑姜没有看到这条信息。

　　时光飞逝，一个学期很快过去，岑姜他们迎来了期末考试。
　　这次期末考试，陆嘉言考了年级第一名，岑姜是第三名。除了两位当事人，最高兴的莫过于刘老师了。
　　对于陆嘉言考第一名这件事，最不觉得意外的就是岑姜。这段时间陆嘉言给她补习的过程中，她才真正看到对方的实力，他的那些解题思路，有时候比老师的还要简单易懂。
　　岑姜当时还问过他为什么不参加数学竞赛，对方直接回了她两个字："麻烦。"
　　岑姜从第二十七名到第三名，她的进步并没有得到妈妈的肯定。只要不是第一名，妈妈就觉得她还不够优秀。岑姜对这些已经麻木了。
　　难过是难过，但是难过的情绪不会持续很久。
　　放假的前两天，岑姜打了个电话给妈妈："放假我能去你那里吗？"
　　她有点想妈妈，最主要的原因是她不想假期也待在舅妈这里，舅妈有自己的事情要忙，如果待在这里会给舅妈添麻烦。
　　"可是我工作很忙，没有时间照顾你。"岑念说出这句话一点犹豫也没有。
　　"没关系，我可以照顾自己。"岑姜说。
　　电话那头的人沉默了几秒，才开口："要不我帮你在那边报个补习班？"
　　岑姜盯着窗外的夜色，没应声。
　　这几天外面温度很低，看天气预报说是会下雪。玻璃窗上凝结了一层白色的雾，窗外是朦朦胧胧一片黑。

"姜姜，别任性。"妈妈的语气严肃了几分，"妈妈真没空，你来这边我也是给你报补习班，我答应你过年回去陪你，行吗？"

"好。"岑姜应下。

不然她还能说什么呢？就算她闹着去了又怎么样？那样两人都不开心。

妈妈的效率很高，第二天就把报好的补习班地址发给了岑姜。

放假后，岑姜每天白天忙着上补习班，晚上回舅舅家做作业，很少出门。

这天晚上上完补习班出来，岑姜在电梯里碰到了很久没见过的莫绍。

"你怎么会在这里？"岑姜笑着问。

莫绍的眼睛里有着不易察觉的惊喜："我也在这楼里补习，你在哪个教育机构？"

岑姜说了她们教育机构的名字。

"我在你们楼上。"莫绍说。

岑姜"哦"了声，两人出了电梯走出大楼。迎面吹来的冷风让岑姜打了个哆嗦，她又退回大堂，从书包里拿出围巾系上才重新出门。

过程中，莫绍一直在她左右："你住哪儿？"

"兴苑花园。"岑姜说。

"我就在你后面一站。"莫绍说。

"这么巧？"岑姜感觉很意外，"以前没碰到过你啊。"

"我很少回家。"莫绍说。

两人一起走到公交车站，没一会儿，他们等的公交车进站，两人上车坐好。

车上，莫绍问了岑姜一些关于学习的问题，岑姜都一一作答。

岑姜下车的时候，莫绍也跟着下了车，她反应过来时车子已经开走了。

"你下车干吗？"

莫绍温和地笑了声："你一个女孩子这么晚回家不安全，我送你到小区门口就走。"

"没关系。"岑姜说,"我每天都是一个人回来,这里治安挺好的。"

莫绍坚持把她送到了小区门口才离开。岑姜心里很过意不去,在他转身之前特意嘱咐了一句:"路上注意安全啊。"

莫绍朝她挥了挥手:"知道。"

这一幕看在别人眼里,就像在依依不舍地告别。

这个别人正是陆嘉言,他今天跟龚思维几个出去玩了一下午,刚刚才回来。

看着慢慢走过来的岑姜,陆嘉言冷漠地站在原地等她。哪知低着头的岑姜直接无视他,从他旁边经过。

陆嘉言喊住了她:"喂!"

岑姜听到熟悉的声音忙转过头来:"陆嘉言?你怎么在这儿?"

"我住这里,我不在这儿我在哪儿?"陆嘉言语气相当不善。

岑姜说:"我的意思是你怎么现在才回来?"

"我现在回来跟你有什么关系?"陆嘉言仿佛和谁置气一般。

岑姜觉得他这样讲话句句带刺很莫名其妙,正想怼回去,忽然想起他会不会是因为家里的事心情不好?

盯着他的眼睛,她软声问:"你怎么了?"

"没怎么。"陆嘉言语气很冲。

岑姜叹口气,从口袋里掏出一根棒棒糖递给他:"给,这是一根吃了会变开心的魔法棒棒糖。"

陆嘉言没接,而是问:"刚刚莫绍送你回来的?"

"嗯?你看见了?"岑姜表情很诧异。

"怎么?"陆嘉言闲闲地道,"不想让我看到?"

总觉得他话里有话,岑姜本能地解释:"他也报了补习班,就在我们楼上,他觉得我一个女孩子这么晚回家不安全就送了我一下。"

"那他怎么不送别人?"陆嘉言轻哂。

"这我哪知道!"岑姜蹙眉,"你很关心他?"

"我关心他干吗!"陆嘉言没好气地道。

"你……"岑姜忍着怼人的冲动,轻声道,"你别不开心了,吃根棒棒糖。"

见他不为所动,岑姜索性把棒棒糖放他口袋里:"早点回家,陆奶奶还在等你呢。"

天气很冷,安静的小区内都能听到"呼呼"的风声,岑姜说话的时候忍不住搓了搓手。

陆嘉言见她脸颊冻得通红,回想起上次她生病时恹恹的模样,脸色缓了缓。他把岑姜的围巾拉紧了点:"冷死了,走了。"

"咳咳,陆嘉言,你想谋杀我啊!"岑姜看着陆嘉言离去的背影喊了句。

陆嘉言头也没回地道:"谋杀你,谁给我棒棒糖啊。"

岑姜回到舅舅家,先是洗了个热水澡,洗完便打算睡觉。

她这段时间都没去特别留意陆嘉言的日记本内容,但今天突发奇想想看一眼,于是她拿过手机摁亮屏幕,上面有一条两分钟之前发过来的短信:

【哼,小兔子居然用棒棒糖吊着我!】

吊着他?就他这个形容,怎么感觉自己像个渣女?

岑姜打开跟陆嘉言的微信对话框,打算解释一下,还没编辑文字,对方就发了条消息过来:【你报了什么培训班?】

岑姜:【数理化都报了。】

LJY:【……我是问你培训学校的名字。】

岑姜:【金榜教育。】

LJY:【噢。】

岑姜不懂他问这个做什么,见他没再回复,她又发了一条过去:【你知道刚刚我为什么给你棒棒糖吗?】

LJY:【知道。】

岑姜:【为什么?】

LJY:【怕我生气。】

这个回答有点微妙，说得更准确一点应该是以为他在生气，而不是怕他生气。

岑姜解释：【我以为你在因为什么事不高兴，所以想让你开心一点。】

LJY：【嗯。】

岑姜：【我没有别的意思。】

岑姜发完这条消息，冷不丁想起那次篮球赛自己给他送了瓶水，第二天解释的话好像跟这个如出一辙。

难不成他还在误会自己对他有别的意思？

不行，得找个机会说清楚才行。

翌日一大早，岑姜来到培训机构上课，第二节课是物理课，她除了数学报的一对一教学，其余的课程都是班课。大概六七个人一个班。

今天培训老师走进来，身后还跟着一个晃晃悠悠的少年。见到少年的那一刻，岑姜以为自己出现了幻觉。

"这是我们班新来的同学。"培训老师简单地介绍完随手指了指岑姜后面的位置，示意少年过去。

陆嘉言见到岑姜脸上惊讶的表情，眉尾稍扬，看起来心情颇好，路过岑姜的时候，对她询问的目光视而不见，坐下后也没有要理她的意思。

讲桌上，培训老师开始上课。培训学校的课程为一个小时一节课。

下课后，岑姜第一时间回过头："你怎么来了？"

"我为什么不能来？"陆嘉言手里忙着玩游戏，闻言，稍稍抬了下眼睑。

岑姜无奈。

/ 第六章 /
你要好好的

岑念今年回了江城陪岑姜过年。

"姜姜？"

环境幽雅的高级餐厅，岑念看着对面拿小勺子不停戳蛋糕的女儿，微微蹙了下眉，不知道女儿在想什么，叫了几声都没应。

"岑姜？"岑念这次拔高了音调，语气明显不悦。

"啊？"岑姜抬起头，"怎么了？"

"在想什么？"岑念扫了一眼她的蛋糕，"这蛋糕跟你有仇还是怎么了，不好吃？"

"没有，好吃。"像是为了验证自己的话，岑姜舀了一勺被她戳得不成样子的蛋糕放进嘴里。

"怎么心不在焉的，还怪妈妈呢？"

岑念的声音将岑姜从回忆中拉了出来，岑姜忙说："没有啊，我吃饱了。"

早在岑念出去接电话那段时间，岑姜就吃得差不多了，没放下餐具是因为礼貌。

岑姜说不清对妈妈是什么感情，两人用餐的场景她期盼过也憧憬过，但是在妈妈一次次因为忙碌而拒绝后，这些热情逐渐减弱。

回去的路上，岑念突然说："我那边暂时已经稳定下来，你要是实在不愿意待在这里，要不你转学去我那儿？"

"我没有不想待在这儿。"岑姜看向窗外不断后退的夜景，没什么情绪地说，"我去了你不照样忙吗？"

"那你就别对我甩脸色。"岑念面色一沉，"我好不容易回来一趟，一个笑脸都没有，我欠了你的？"

岑姜抿着唇，没出声。

就这样，一路无言到了家里。就因为她是妈妈，自己连生气的资格都没有了吗？妈妈好像从来没想过她也会生气、会难过、会不开心。

岑姜回到家就开始写作业。

窗外能清楚地听见小孩打闹的声音，有家长在旁边陪着，不时提醒他们小心点别伤着自己。

岑姜眼睛鼻头开始发酸，喉间阵阵发紧，眼泪模糊了视线，她干脆放下笔趴在桌上。

呜咽的哭声从臂弯内传出，像是在发泄。几分钟后，哭声变成断断续续的哽咽。

放在一旁的手机发出"嗡嗡嗡"的振动声响，岑姜缓缓抬头，拿过手机看了一眼。

手机上显示的是陆嘉言的名字，她吸了吸鼻子，按下接听键。

"有事吗？"

"没事，我打错了。"

岑姜情绪低落，没去质疑他这话的真假，只是低低地"哦"了声："那挂了。"

"等等。"陆嘉言听出了她声音里的不对劲，轻声问，"你怎么了？"

"没事啊。"岑姜尽量让自己的声音显得轻快一点。

"你在家吗？"陆嘉言又问了另外一个问题。

"在家。"岑姜说，"没事那我挂了。"

挂断电话，岑姜又在桌上趴了一会儿才开始写作业。

大概过了一刻钟，岑姜的电话再一次响起，又是陆嘉言。

她叹口气接起："陆嘉言？"

"你现在方便下来吗？"陆嘉言应该在外面，耳边还能听到"呼呼"的风声从听筒传来。

"干吗？"岑姜没来由地握紧手机，失落的心情莫名被紧张所取代。

"给你个新年礼物，我快到你楼下了。"陆嘉言说完停顿了一秒，继而漫不经心地道，"你要是不方便也没关系，下次给你便是。"

岑姜有些犹豫。

"方便吗？"陆嘉言又问。

"可是我没给你准备礼物。"岑姜都没想到过这点。

"没关系。"陆嘉言的语气听起来丝毫不在意，"我也是刚刚路过商店随便买的。"

岑姜只好道："那你等我一下，马上下来。"

岑姜挂断电话，走出房门，走廊和客厅里都没有妈妈的身影，看来在房间。她轻手轻脚下楼，走出大门。

岑姜左右看了一眼，陆嘉言并没有等在院子外。她低头正准备打电话，右边路口传来一个口哨声。

岑姜循着声音看过去，陆嘉言晃晃悠悠地从一棵大树后走了出来。少年手里拎着个四四方方的盒子，看起来礼物还不小。

岑姜迎了上去。

"给。"陆嘉言停在她面前将盒子递给她。

岑姜接过，她也从口袋里掏出一根棒棒糖给他："这个给你。"

这是她下来前从书桌上顺手拿的，想着不能空手，家里也没有别的东西。

陆嘉言接过棒棒糖放在手心把玩："不是说没有礼物吗？"

他盯着岑姜的脸，岑姜盯着手中的盒子。自见面起到交换完礼物，整个过程两人都没有对视。

"棒棒糖不算礼物。"岑姜的视线从盒子上收回来，慢慢上移。

视线撞上的那一刹那,他们不约而同地错开,一个往左看,一个往右看。一种无形的尴尬充斥在两人之间。

岑姜率先打破这种尴尬:"我妈妈在家,我得上去了,谢谢。"

"客气。"陆嘉言朝她晃了晃手中的棒棒糖,"也谢谢你。"

互相道完谢,岑姜拎着盒子回到房间,一路上也没碰到妈妈。

盒子还挺沉,她挺想知道是什么。

岑姜回房第一件事就是把盒子打开来,看到里面的东西,她神色微愣。

好家伙!整整一大罐开心果。

岑姜把开心果抱出来,发现里面还有张卡片。上面的字一看就是陆嘉言的,他的字很好看,像是特意练过的行书,苍劲有力:

【祝岑姜新年快乐,天天开心。】

岑姜有一种直觉,他是不是在电话里听到自己的声音不对劲特意去买的开心果?

还有,他为什么会执着地以为吃了开心果就会变开心啊?

吃开心果会不会变开心,岑姜不知道,但是收到开心果的她心情确实有好转。

正月初二,舅舅、舅妈从象州回来。因为舅舅、舅妈在,岑姜跟妈妈的关系也有所缓和。

可惜妈妈只有四天假期,初五早上就要离开,岑姜把她送到机场才回来。

春节过完,天气回暖,学校也开学了。开学后没多久,便迎来了陆嘉言的十八岁生日。

3月5日这天,龚思维看起来比谁都兴奋,不知道的还以为寿星是他。这人从开学第一天就开始倒数,上次见到别人倒数还是陆嘉言盼着他奶奶回来那次。

因为是周四,寄宿生不能出去,龚思维不知道以什么理由去找刘老师要了张请假条,说是晚上一起出去吃饭。

陆嘉言的目光不自觉地移向前面那个纤细的背影，岑姜的头发长长了许多，今天扎了个高马尾，露出一截白皙脖颈，白得晃眼。

"生日快乐。"一个精致的礼品袋伴随着少女带笑的嗓音递到陆嘉言面前。

陆嘉言嘴角抑制不住地上扬，单手撑着下巴微微抬眼："是什么？"

岑姜展颜一笑："你打开看看不就知道了。"

礼品袋里面是一个纯黑色很有质感的盒子，陆嘉言揭开盒子，躺在里面的是一个黑色皮面日记本和一支黑色签字笔。

陆嘉言愉快地收起礼物，脚下轻轻踢了一下岑姜的椅子，语气里透出一股不正经："欸，你怎么知道我日记本快写完了？"

"我不知道。"岑姜把椅子往前移了一点。

陆嘉言还想逗逗她，此时右边的龚思维神秘兮兮地从桌兜里掏出一个礼物，拍了拍他："他们都送完了？轮到我了。"

前面的岑姜和宋语薇闻言齐齐回过头来，特别想知道龚思维的礼物是什么。

看见龚思维脸上那意味深长的笑，陆嘉言太阳穴突突直跳，直觉不会是什么好东西。

他微笑着拒绝："今年生日不收礼了，谢谢。"

"别啊，这份礼你一定要收。"龚思维压根儿不给他第二次拒绝的机会，把手上的礼物往他桌上一扔，"欢迎加入我们成年人的行列。"

听到这句话，陆嘉言看都不用看就知道是什么了，相较之下，更好奇的是岑姜和宋语薇，两人慢慢凑近，想看清楚是什么。

龚思维很敷衍，没有用包装袋，就一个塑料袋装着。

"别看。"陆嘉言靠在椅子上，悠悠地提醒她们，"真是见不得人的礼物。"

陆嘉言的话让岑姜更好奇了，她直接拿过那个袋子，同时宋语薇也靠了过来。

陆嘉言没料到她会拿过去，伸手要去抢，但岑姜身子往后避开了他的手。但看清礼物时,她直接石化,宋语薇眨了眨眼睛,一秒后,仿佛懂了,脸上瞬间爬上两抹红。

岑姜慢半拍反应过来,激动得手一扬,把东西甩了出去。

东西掉在过道,被正好路过的一个男同学捡起,他看了看手中的东西,又看了看岑姜,脸都红了:"你、你的?"

"我的。"陆嘉言一把抢过来,眼神却落在岑姜的脸上,只见少女脸色涨得通红,眼里全是不知所措。

旁边的男生还没走,他一脸蒙地看着岑姜和陆嘉言,渐渐复杂的脸色看得出内心肯定在播一出大戏。

陆嘉言偏头"啧"了声:"看什么看?还不走?"

"哦。"男生本来就有点怕陆嘉言,被这么一吼,直接跑了。

陆嘉言重新看向岑姜,张了张嘴:"我说——"

"你现在别跟我说话!"岑姜立马转过身坐好,把椅子往前带了一截,距离远到中间还能放下一把椅子。

龚思维快要笑死了。

听到他不加掩饰的笑声,陆嘉言把手上的东西往他身上一砸:"滚,留给你自己用!"

陆嘉言说完,宋语薇也把椅子往前拖了一截。

晚上回到宿舍,手机响了一声,岑姜猜是陆嘉言的日记内容,她忙拿过来一看:

【还有四个月。】

岑姜眨了眨眼睛,什么意思?

这是又在等谁回来?还是等四个月她就满十八岁了?

想到这里,岑姜的心跳越来越快,这段时间埋在心底深处某个虚无缥缈的猜测渐渐变得清晰起来。

第二天早自习期间,岑姜感觉椅子被人踢了一下。

她稍稍侧身:"干吗?"

陆嘉言没说话,朝她伸出一只手。岑姜没理他,回身继续早读。

隔了没多久,她的椅子又被踢了一下。在一片早读声中,她听到陆嘉言懒懒的声音从身后传来:"**棒棒糖。**"

岑姜叹口气,从桌兜里掏出一根棒棒糖反手往后一扔。

陆嘉言笑着接过,还不忘踢一下她椅子表示感谢。

这么一个幼稚的人,为什么会有人觉得他凶?岑姜摇摇头表示想不通。

第二节课下课,做完课间操回到教室的陆嘉言发现手机上有十几个未接来电,分别来自家里的保姆和爸爸。

他心里突然生出一种强烈的不安,当即回了个电话。

电话接通没多久,这种不安得到了证实,陆嘉言的脸色一变,他一声不吭地挂断电话转身就往外跑,连龚思维叫他都没应。

陆嘉言上午走后,当天没再来上课。

不知道为什么,岑姜觉得心里发慌,上午她余光扫到陆嘉言离开时的侧脸,少年脸上是从未有过的慌乱,估计是出了什么事。

龚思维说打了好几个电话过去没人接,其他人也联系不上他。

而此时,他们联系不上的陆嘉言靠在江城市某私立医院急救室外面的墙上。

少年耷拉着脑袋,长而卷翘的睫毛下,平时深邃明亮的眸子像是蒙上了一层灰暗,眼神没有焦点。他一动不动地靠在那儿,远远看去整个人给人一种绝望和颓丧的感觉。

他对面的长椅上,坐着一对中年男女。

中年男士用看仇人的眼神看着他,半晌,冷冷地吐出几个字:"这下你满意了?"

陆嘉言没应声,仿佛不知道他在跟自己讲话。

"你非得把奶奶逼死才满意是不是?"陆父刻意压低的声音在空旷的走廊里听起来尤为清晰。

陆嘉言垂在身侧的手指动了动,他微微掀起眼皮扫了对面一眼,声音很淡:"闭嘴。"

"你怎么跟我说话的?"陆父怔了一瞬,反应过来后立马站起身朝陆嘉言逼近。

在陆父的手挥过来的时候,陆嘉言动作迅速地抓着对方的手腕,声音依旧很淡:"你不一定打得过我,再说了,这是在医院,我不想跟你一起丢脸。"

陆嘉言面无表情的样子以及他没什么情绪的话让陆父感觉很陌生,同时也产生了一种被儿子教训的羞辱感,陆父气得口不择言:"丢脸?我这辈子最丢脸的事就是生了你这么个儿子!"

陆嘉言微微勾了下唇:"彼此彼此。"

闻言,陆父又想动手,奈何手还被陆嘉言攥着。就在两人僵持之际,急救室顶端的灯光"啪"的一声熄灭了。

陆嘉言甩开陆父的手急切地上前两步,目光紧盯急救室的门。

隔了两分钟,急救室的门从里面打开,一群医生和护士推着病床上的陆奶奶走了出来。

"医生,我奶奶怎么样了?"陆嘉言凑过去看了眼病床上的奶奶,转而问走在侧面的两个医生。

"别担心,病人情况暂时稳定了。"其中年纪稍长一点的医生取下口罩对他说,"大概二十分钟后就会醒。"

"谢谢,辛苦了。"陆嘉言朝他们鞠了一躬,而后跟奶奶一起回了病房。

陆父被叫去办理相关手续,宽敞的病房内,除了静坐在床前的陆嘉言,还有闻讯赶来的大伯一家。

陆莹轻轻拍了下陆嘉言的肩膀以示安慰,陆嘉言没动,视线紧紧盯着奶奶。

如医生所说,正好过了二十分钟的样子,陆奶奶醒了。

其他人纷纷上前问候,只有刚刚一直坐在床前的陆嘉言默默退到了一边,让出位置让医生输液。

"好了好了,就是小毛病,你们该上学的上学,该上班的去上班,我这里有人照顾。"即使身体很虚弱,陆奶奶脸上始终挂着淡淡的笑,越过眼前几人,她看到不远处的孙子,笑容越发灿烂了几分,"言言,过来。"

"奶奶,你只心疼阿言,我可是会吃醋哦。"

陆莹调皮的声音逗得陆奶奶"呵呵"大笑:"你有什么好吃醋的,你可是我带大的。"

"行吧,就把你让给他一会儿。"陆莹凑过去亲了陆奶奶一口,然后催促其他人和自己一块走出病房。

病房里只剩下陆嘉言和陆奶奶两人。

陆嘉言走回到刚刚的位置坐下,自始至终都没开口说话。

陆奶奶伸出那只没打点滴的手轻轻拍了拍他的脑袋:"别担心,奶奶没事。"

陆嘉言低垂着头。

"怎么不说话?"陆奶奶问,"言言是在生我的气吗?"

"没有。"陆嘉言终于开了口,只不过嗓音有些颤。

陆奶奶脸上的笑容渐失,她压下不断往上冒的酸涩,重新换上一副笑脸:"奶奶年纪大了,有些小毛病很正常。"

陆嘉言"嗯"了声,他喉结上下滚动一番,艰难地说:"要不奶奶你还是出国吧?"

陆奶奶眉头微微蹙起:"是不是你爸跟你说了什么?"

"嗯,他说你生病了需要在国外疗养。"陆嘉言说。

"国内就不能治疗了?"陆奶奶低声呵斥道,"别听你爸瞎说,我现在看见他就烦。"

"奶奶,我不需要你陪,我现在只想你好好的。"陆嘉言声音低哑,眼眶泛红,"我只有你了。"

最后一句话轻到几乎听不见,可是陆奶奶听到前面两个字就猜到了内容。

那股不断往上冒的酸涩终于压制不住,冲破喉咙往鼻头和眼睛蔓延。

陆奶奶深吸一口气,缓了缓情绪,拉着陆嘉言的手,不疾不徐地道:

"奶奶知道,为了你,奶奶也会好好爱惜自己的身体,但是……"

陆奶奶停了一秒,目光温和地直视陆嘉言:"人有生老病死,这是大自然的规律,你要记住,万一哪天奶奶走了,也只是换种方式陪你。"

"我不要。"陆嘉言语气很任性,"你一定会好起来。"

"当然。"陆奶奶笑了笑,"我是说万一嘛。"

陆嘉言在病房待了大半天,直到陪陆奶奶吃完晚饭,才被她催着回了学校。

陆嘉言到达学校时,离上晚自习还有几分钟。但是岑姜、宋语薇和龚思维三人已经坐在了位置上。

见他回来,大家都一脸关心地看向他,龚思维迫不及待地问:"发生什么事了,为什么一整天都不接电话?"

陆嘉言从桌兜里拿出自己的试卷和笔开始刷题,对他们关心的眼神视而不见。

就在龚思维着急想再问一遍的时候,他低声道:"我奶奶生病了。"

简简单单的几个字,听起来像是"我今天没做作业"一般淡然,但是其余三人都知道这对陆嘉言来说意味着什么。

龚思维舔了舔唇,又问:"那奶奶现在怎么样了?"

"好了些,在医院。"陆嘉言继续埋头做作业,似乎没有想聊的欲望。

见状,龚思维和宋语薇都坐直了身子。

坐在陆嘉言身边的岑姜,心不在焉地拿笔在纸上瞎画,眼神时不时往他那边瞟一眼。

"我没事。"陆嘉言察觉到她的视线,稍稍抬眸,"你好好做作业,不是要拿第一名吗?"

"我、我不是,我有道题不会做。"岑姜说完把自己的试卷拿过去指着其中一题,"就是这题。"

陆嘉言倾身看了一眼,随即拿过一个笔记本快速在上面写下解题思路,边写还边给她解释。

"谢谢,我懂了。"岑姜犹豫了一秒,又道,"陆嘉言,你奶奶一定会长命百岁的。"

少女的嗓音带着几分小心翼翼,却像一股暖流划过心间。

良久,陆嘉言轻轻"嗯"了一声。

从那天起,陆嘉言有空就往医院跑,有时候一天去几趟。

每天晚上,岑姜都会收到一条内容一成不变的短信:

【希望奶奶长命百岁!】

一个月过去,岑姜都觉得陆嘉言消瘦了不少。

这期间,他们几个去医院看望了陆奶奶一次。陆奶奶笑容跟以往一样温和,但额骨高高凸起,眼窝深陷,脸色也苍白了许多。

当龚思维问是什么病的时候,陆奶奶满不在乎地说是小毛病,仿佛小到不足挂齿。

他们当然知道不是,但都没追问,陆嘉言也没提过此事。

天气一天天变暖,樱花盛开之际,二中迎来了期中考试。

这次考试岑姜终于考了全年级第一,第二名是陆嘉言。岑姜把这个消息告诉妈妈时,终于换来她一句"真棒"。

但她并没有因为妈妈这两个字开心,就算是开心,原因也与妈妈无关。

岑姜真的佩服陆嘉言,这段时间他几乎没来上早晚自习,心情也一天比一天沉重,这样的情况下还能考第二,一般人很难做到。

第二天早自习过后,陆嘉言走进教室,少年双眸微垂,眼下那抹乌青特别明显,看起来像是好几天没睡过觉了。

待他坐下后,岑姜转身往他桌上放下一根棒棒糖:"给。"

"今天为什么给我棒棒糖?"陆嘉言抬了抬眉梢。

"你猜?"岑姜抿唇一笑。

陆嘉言靠在椅子上,定定地看着她,眼神里划过一丝笑意:"你拿了第一。"

他的语气很平,显然是肯定句不是疑问句。

"你怎么知道?"岑姜着实很惊讶,成绩今天才会公布,她还是昨天晚上去办公室交作业偷看到的。

"猜的。"陆嘉言拿过桌上的棒棒糖,放在手心搓了搓,"你把我的位置抢了啊?"

"你第二。"岑姜的下巴搭在椅背上,眼睛笑成一弯月,"承让了。"

陆嘉言笑了:"那这根棒棒糖是安慰我没拿第一,还是庆祝你拿了第一?"

他最近只有在面对岑姜的时候才会笑一下,实属难得。

这一问可把岑姜给难住了,她说庆祝吧,似乎对陆嘉言不友好。说安慰吧,好像也不大行。

于是,她又回头从课桌里拿出一根棒棒糖递给他:"这根是安慰。"

陆嘉言轻笑:"你藏了多少棒棒糖啊?"

"很多。"岑姜歪头状似算了一下,而后说,"可以送到你高三毕业。"

"骗子。"陆嘉言不以为然。

"你别不信啊,我桌兜里有只哆啦A梦。"岑姜同他开玩笑。

"你最好是说话算话。"陆嘉言的话落,上课铃声也响了。

"算话啊!"岑姜笑着转过身去坐好。

过了草长莺飞的五月,天气渐渐变得炎热起来。

周四这天,天刚蒙蒙亮,陆嘉言像往常一样走出宿舍楼,打算去医院陪奶奶吃早餐。然而还没到校门口,他就接到了看护的电话:"阿言,你奶奶快不行了,你快点过来。"

这句话如同一道惊雷劈在陆嘉言头上,劈得他脑子嗡嗡作响。

拿着手机的手无力地垂下,脑子有一瞬间放空,反应过来后,他开始死命往前跑。

这个点校园里没几个人,他速度快得连门卫都没来得及找他要请假条。

陆嘉言在路边拦下一辆出租车坐上去,一路上,他不断催促司机快点,声音都近乎沙哑。

他耳边反复回荡的是看护那句"你奶奶快不行了"。他不敢问"不行了"

是什么意思,他也不敢问具体情况。

开玩笑的吧,昨天晚上回学校之前不还好好的吗?

陆嘉言到的时候,陆父、大伯等人都围在了床前,就连陆嘉言那个不到两岁的弟弟都被抱来了。

见他满头大汗地出现在门口,大家都自觉让出一条道来。

病床上,奶奶虚弱地躺在那儿,眼睛微眯着,似乎没了睁开的力气。但是见到陆嘉言的那一刻,她嘴角动了动,像是在笑,她奋力睁开眼,目光紧紧锁着他。

陆嘉言迈开脚走过去,他也是此刻才意识到自己的手脚都在发抖。

奶奶的目光随着他的身影移动,右手似乎想抬起,但是未果。

"奶奶,我来了。"陆嘉言看出了她有话对自己说,暗暗深呼吸几次尽量让自己声音听起来正常,然后倾身附耳过去。

房间内有断断续续的哭声,但是奶奶气若游丝的声音还是清晰地传到了陆嘉言的耳朵里。

她说:"言言乖,要好好的啊。"

这句话仿佛耗尽了陆奶奶最后一丝力气,就在陆嘉言抬眸看向她的时候,她面带微笑,缓缓闭上了眼睛,同时旁边的心跳检测器发出刺耳的尖叫声,接着就有医生跑过来,周围传来不再压抑的哭声。

陆嘉言一直盯着面前的人,希望她能再睁开眼看自己一眼:"奶奶?周女士你醒醒,吃早餐了。"

他用着平时叫她的语气,试图唤醒她,然而奶奶像是陷入了深度睡眠,怎么叫也叫不醒。

陆嘉言彻底慌了,脑子一片空白。他到现在仍然不敢相信眼前的一切,到底为什么会变成这样?他抖着身子半趴在陆奶奶的床上,薄唇开开合合几次,却说不出一句话。

医生需要对陆奶奶做最后的确认检查,但是一直拉不开他。

不知道过了多久,一股大力把他往旁边一甩:"你走开点,让你奶奶好好走不行吗?"

没有任何防备的，陆嘉言被甩在地上，还是陆莹过来将他扶起，她红着眼眶瞪向陆父："奶奶刚走你就这么对他？不让奶奶好好走的是你才对吧？"

"是他害死了你奶奶！"陆父摸了一把眼睛，指着陆嘉言道。

"你有病！"陆莹不顾自己爸爸不赞同的眼神，直接怼了过去。

陆嘉言压根儿听不见周围的争吵声，他甚至感觉不到疼，眼睛从来没离开过陆奶奶的脸。在医生将一层白布慢慢覆盖上去的时候，他猛地跑过去阻止："不要，不要，不要这样，你们干什么？"

少年的嗓音带着哭腔，听起来无助到了极点。

陆莹用尽全力拉住他，因为他力气太大，陆莹还找来自己妈妈帮忙。

陆奶奶当天上午就被送去了殡仪馆。

这个时候，陆嘉言已经冷静了许多。

少年站在殡仪馆外，身边是来来往往送花圈的人。他仿佛置身在另一个世界中，周围的一切都显得不真实。

裤兜里的手机一直在响，他却好似听不见。

陆嘉言一直都知道奶奶生病了，自从那天爸爸来学校找过他之后，他回家特意去看了奶奶平时吃的药，发现大部分都是护心的。

他知道了奶奶的病跟心脏有关。

只是他下意识选择逃避这个问题，不去问，不去想，以为就会没事。

这段时间看着奶奶日渐消瘦，他当然知道奶奶的病并非她所说的那般轻松，他又不是傻子，就算医生护士都不说，难道他不能从奶奶不被允许出院这点看出来吗？

奶奶没提，他就装不知道。

他知道人有生老病死，可是为什么不能晚点？

他还想奶奶看到他成家立业，看到他有所出息。

陆父那句"是他害死了奶奶"像魔音一样在陆嘉言耳边环绕。

他第一次这么认真地想这句话，真的是因为他吗？

这些天，奶奶跟他待在一起的时候很开心，开心得像个孩子。她还经常把这种开心挂在嘴边,像是在告诉他:你看啊,我很开心。

陆嘉言刚刚才从看护那里得知,后面这几天她身体很疼,特别是到了晚上,疼得根本睡不着,但他每次去找她,她都是一副笑脸,让人看了只觉得她很开心。

陆嘉言也这样觉得。

自责、内疚、难过种种情绪糅杂在一起,陆嘉言胸口闷得厉害,需要大口呼吸才能喘过气。

突然眼前一黑,他后退两步靠在身后的墙上,以缓过这阵突如其来的眩晕感。

岑姜知道陆嘉言奶奶去世的时候,还在午休,她躺在床上没睡着,还想着陆嘉言今天为什么又没来上课。

郭艺洁接了个电话,不知道对方说了什么,她腾地坐起身:"什么?陆嘉言的奶奶去世了?"

她这句话一出,岑姜和同样没睡着的宋语薇齐齐坐起身看向她。

"好的,我知道了,嗯嗯,好。"

挂了电话的郭艺洁抬头,发现另外两人正看着她,她们眼神震惊,想问什么又不敢的样子。

"你们听到了吧。"郭艺洁叹息一声,"刚刚秦烟给我打来电话,说陆嘉言的奶奶去世了。"

岑姜有点蒙,她的第一反应是怎么可能,她前不久才见到那个慈祥可爱的老奶奶,怎么说没就没了?第二反应是,陆嘉言怎么办?

他昨晚还在日记本里写"愿奶奶长命百岁",今天奶奶就去世了。

岑姜想象不到,他该有多伤心啊!

得知陆奶奶去世的第二天,龚思维联系上陆莹问了殡仪馆的地址,晚上他和秦烟、陈启三个人过去了一趟。

回来后据他描述,陆嘉言已经一天一夜不吃不喝不语了。

"那你们劝劝他呀。"岑姜皱着眉,心口骤然收缩了一下。

"没法劝,他根本不说话,像行尸走肉。"龚思维提议,"要不你去试试?"

"我又联系不上他。"岑姜小声道。

"他手机没电了,早说了让你跟我们一起去。"龚思维叹口气。

他们几个跟陆嘉言一块长大,这种场合过去在情理之中,但她过去就不怎么合适了,宋语薇也这么觉得。

虽然她很想见见陆嘉言,但还是理智地没跟着一块去。

"要不你打个电话给他堂姐?"岑姜仍是不放心,"让她督促陆嘉言吃点东西,不然身体怎么扛得住!"

"我打电话你来说行吗?"龚思维拿出手机在上面点了几下,而后抬头用眼神询问岑姜。

岑姜其实想问"为什么要我说",但一想起陆嘉言现下的情况,又觉得不是矫情的时候,于是便答应了:"行,你打。"

随着她话音的落下,龚思维拨通陆莹的电话,随手递给她。

现在是晚自习时间,今天没有老师值班,教室里到处都是交头接耳的声音。但公然在教室打电话岑姜还是不敢,她拿着手机走出教室来到走廊。

城市的另一端,殡仪馆。

陆莹这两天睡眠严重不足,正靠在妈妈身上休息,手机"叮"的一声响,她原本不想理会,隔了两秒,还是拿出来看了眼,是条微信消息。

飞机:【陆莹姐,我等会儿打个电话过来,你去阿言身边接,记得开扩音。】

看完这条消息,迷迷糊糊的陆莹瞬间清醒了几分。还没等她做出任何反应,龚思维的电话就打了进来。

陆莹立马站起身:"妈,我出去接个电话。"

她走出休息室路过灵堂来到外面,果不其然,在右边不远处找到了那个靠在墙上的少年。

他这两天不是站在那儿就是跪在灵堂前。

陆莹快步走过去:"龚思维的电话。"

她说话的同时按下接听键。

"喂?"电话那头传来一个小小的女声,语气带着一丝不确定,"是陆莹姐吗?"

这个声音一出,不仅陆莹愣住了,连旁边面无表情的陆嘉言也下意识偏头看过来。

"喂?"

岑姜的再次出声把陆莹从愣怔中拉了回来,她"啊"了声:"对,请问你是?"

"我是陆嘉言的朋友。"岑姜似乎有些不好意思,说话的声音都低了几分,"就是、就是,我听龚思维说他这两天没怎么吃东西,我们都很担心他,想请你督促他吃点东西。"

岑姜说到最后已经忘记羞涩,只剩下心疼。

女孩轻软的嗓音透过电流传过来,真诚的语气令陆莹都感动了。

她看了一眼陆嘉言,原本想让他自己回复,但又觉得陆嘉言不一定会开口,毕竟他这两天谁的电话都不接,谁的问题都不回答。

正要开口回复对方,陆嘉言意外地"嗯"了声。

少年声音很轻且沙哑。

陆莹猜想对方不一定听到了,就在这时,电话里传来女孩稍显惊讶的嗓音:"陆嘉言?你在听吗?"

陆嘉言又"嗯"了一声。

"陆嘉言,你……"岑姜忽然想哭,她停了两秒,继续道,"你要好好的啊。"

陆嘉言干涩的眼眶听到这句话,渐渐变得湿润。他现在的身体已经没力气应付这些情绪,慢慢在旁边蹲了下来。

"阿言,你没事吧?"陆莹见他跌坐下去,吓了一跳,"你怎么了?"

岑姜听到陆莹的声音,也紧张地问:"陆嘉言怎么了吗?"

陆嘉言将脸埋在臂弯里，缓缓吐出两个字："没事。"

他的声音已经哑得不成调。岑姜听了眼泪直接就流下来了。她捂着自己的嘴巴，生怕泄露一丝异样。

陆莹见陆嘉言这样，跟岑姜说了声便挂了电话。

她半蹲在陆嘉言旁边，轻声问："去吃点东西行吗？"

陆嘉言微微颔首，但是没动。

"你先缓缓，我让我妈去热菜。"陆莹说完走开了。

另一边，岑姜打完电话后，没有马上回到教室，而是站在走廊上吹风。

初夏的风，不燥不凉，很舒适。

可是此刻，岑姜无心感受这种舒适，陆嘉言沙哑的嗓音像根刺扎在她心上，那里泛起阵阵疼痛。

无论对谁，岑姜很少有感同身受的时候，但是刚刚那一瞬间，她好似感觉到少年那种难以承受的情绪，眼泪止不住地往下淌。

他刚刚算是答应了，应该会去好好吃饭吧？

在外面站了会儿，等泪水差不多被风干，岑姜才进去。

这几天晚上，岑姜没收到陆嘉言的日记本内容，应该是没写。

又过了两天，到了周日，这天放假，岑姜回了舅舅家。

已经四天没见着陆嘉言了。

龚思维说今天是陆奶奶出殡的日子。

那陆嘉言下午会回来吗？还是回去他爸那儿呢？毕竟陆奶奶不在了，他一个人住多可怜啊。

岑姜一天没出门，晚饭后，她实在没忍住给陆嘉言打了个电话过去，结果对方的手机依旧处于关机的状态。

是不想别人联系他还是没充电呢？回家没？脑子里一直盘旋着这些问题，岑姜都没法集中精力做作业。

下到一楼，见舅妈还在客厅看电视，岑姜谎称去小卖部买点东西，舅妈不疑有他地点点头。

她去过沿江风光带几次,知道那里有个篮球场,她想着去碰碰运气。

到了沿江风光带,她沿着河畔往上游走了几百米。

视线里已经能看到篮球场,球场上没人打球,透过球场外面的拦网,她隐隐约约能看见地上坐着一个人。

岑姜顿时加快了脚步。她从侧面入口走进篮球场,一眼看到了那个坐在地上的少年。

少年一条腿弯曲,一条腿伸直,头微微后仰,靠在身后的座位上。跟那次在公园里看到的一样,他一动不动,像个雕塑。

岑姜走得近了,才发现他周围一堆易拉罐。

她走到陆嘉言身前站定。少年似有所察,微微掀开眼皮,抬高视线。

四目相对,两人都没有说话。

岑姜扫了一眼周围的易拉罐,叹口气:"你不吃饭,光喝这些饮料怎么行,我知道你现在很难过。"

岑姜说到这里,陆嘉言像是逃避似的,慢慢移开了目光。

岑姜目光追随他的眼睛,声音很轻却很有力:"奶奶定是不愿意看到你这样,奶奶最喜欢你了,你不开心她得多难过啊。"

陆嘉言眼睛发涩,眉头紧蹙,那种无助又痛苦的模样让岑姜红了眼。

不知道过了多久,晚风吹乱了岑姜的头发,她抬手想要去理一理。

她拍了拍陆嘉言的肩膀:"陆嘉言,你看天上,那么多星星,肯定有一颗是奶奶化成的,快笑一笑,让奶奶看到你开开心心的样子。"

陆嘉言听到这句话,忽然想起奶奶住院第一天说过的"只是换一种方式陪你",他眸光微动,仰头看向布满星星的夜空。

"你看那颗,一闪一闪的还在动,好像在跟我们打招呼呢。"在岑姜愉悦的嗓音示意下,陆嘉言也看到了那颗星星。

他扯了扯嘴角,勾起一抹浅笑,薄唇轻启,无声地喊着"奶奶"。

陆嘉言看了看那颗闪闪发亮的星星,又偏头看了眼身边的少女,心情达到了这几个月以来从未有过的轻松。

岑姜陪陆嘉言在便利店买了点吃的,又去药店给他买了些治疗嗓子的药。

两人回到小区,从后门回舅舅家要经过陆嘉言家门口。在他家门口,岑姜嘱咐他要记得吃东西,告诉他怎么用药,看着他进去方才离开。

才走了两步,她又回过头:"你明天会去学校上课吧?"

就着一星半点昏黄的路灯,岑姜看见少年朝她点了点头。

她心满意足地笑了声:"那明天见!"

日子一天天过去,高二下学期期末考试如期而至。

考试前一天,岑姜来了"大姨妈",考虑到第二天会很不舒服,她焦虑到很晚才睡着。

第二天早上,她准备好红糖水和暖宝宝拖着虚弱的身子走进考场。没休息好加上痛经,岑姜第一天考试状态一点都不好。她感觉语文作文那八百个字都是生拼硬凑出来的。

当天晚自习,在宋语薇和陆嘉言的劝说下,岑姜回了宿舍休息。

第二天状态好了许多,考试发挥还算正常。可是语文和数学两门绝对不是她平时的水平。

考完试的那几天,岑姜的情绪一直不是很高,陆嘉言变着法子逗她开心。

成绩出来后,分数比岑姜想象的还要差,678 分,第三十名。第一名是陆嘉言,735 分。

看到这个分数,岑姜感觉就算自己正常发挥也不一定考得过他。

当天晚上,岑姜主动跟妈妈打了个电话过去。反正逃不掉,不如早点儿勇敢面对。

"第三十名。"岑姜说完站在一棵树下等待暴风雨的到来,并小心解释了身体不舒服。

"第三十名?"岑念比第一次知道她名次那回还要震惊,"你上次不是第一名吗?身体不舒服能退步这么多?"

岑姜"嗯"了声,这是事实,没有其他理由。

电话那头的岑念深吸一口气:"行,我知道了。"

挂了电话后,岑姜有些蒙,预想中的暴风雨居然没有来,只落下一道闪电。

"站在这儿干什么?"正想着,岑姜的肩膀被拍了一下,一个熟悉的嗓音从头顶传来。

"你吓了我一跳。"岑姜跳了下脚。

"还在想考试的事?"陆嘉言从口袋里掏出一包开心果给她,"来,吃点这个开心开心。"

岑姜看看手里的开心果,嘴角微扬:"你过年送我的开心果还没吃完呢。"

"为什么?"陆嘉言说,"估计都过期了。"

"因为我很少不开心啊。"岑姜展颜一笑。

"那你现在也要开心心的。"陆嘉言说,"我不想看你不开心。"

少年目光灼热,岑姜第一次没有因为羞涩而错开视线,她直视对方,"嗯"了一声。

"岑姜。"陆嘉言忽地认真喊了她一声。

"嗯?"岑姜眼皮牵扯着睫毛微微颤抖,手也不自觉拧着衣服下摆。

陆嘉言注意到她的小动作,俯身朝她凑近:"你这么紧张做什么?"

"啊?"岑姜眼神开始躲闪,"我没有啊。"

陆嘉言闷笑一声:"别紧张,我现在不说什么,就是想告诉你——"

"嗯?"

"你头发上有一条毛毛虫。"

陆嘉言说完,岑姜愣了下,反应过来后她瞳孔骤缩:"在哪儿呢?"

陆嘉言下巴抬了抬:"就在你头顶呢。"

他不说还没觉得,现在,岑姜觉得自己头顶好像真的有个东西在动。

她身子僵在原地不敢动,屏住呼吸又叫了一声:"陆嘉言。"

少女尾音轻颤,一双灵动的眸里全是害怕。

"怎么了?"陆嘉言觉得自己最近有点变态,总喜欢欺负她,想看她各种各样的表情,也喜欢听她叫自己名字。

"你快帮我拿掉。"岑姜的声音里夹杂着隐隐的哭腔。她最怕这种软体生物,看见都会全身起鸡皮疙瘩。

"想让我帮忙?"陆嘉言说,"那你得答应我一个条件。"

"答应答应。"岑姜忙不迭说,"你快点。"

见她眼里渐渐有水汽氤氲,陆嘉言终是没舍得继续为难她。

他伸出一只手把落在岑姜头上的一片樟树叶拿下来随手仍在地上:"好了,拿掉了。"

岑姜紧绷的身子霎时放松,放松后她立马意识到了不对劲:"你刚刚拿下来的是树叶?"

"树叶上有条虫子。"眼看她要夅毛,陆嘉言作势去捡地上的树叶,"要不我拿给你看一下?"

"算了算了。"岑姜一想到毛毛虫的样子,腿又软了,"快点回教室。"

成绩出来后,刘老师也找她谈过话,岑姜据实以告。那么妈妈找刘老师,得到的答案就会跟她说的一样。妈妈这下应该相信了吧?

几分钟后,她见到了站在校门口等她的妈妈。

岑念带她出去吃了个晚饭,全程没说几句话,而且看上去很严肃。以前一起吃饭,妈妈至少还会寒暄几句。

这让岑姜觉得很奇怪:"妈妈,你是不是不开心啊?"

"你考成这样我怎么开心?"岑念放下餐具,目光紧紧盯着她,"你真的是因为身体原因没考好?"

"是的。"岑姜保证,"我下次一定能考好。"

岑念的目光带着审视、探究、失望,过了很久才移开:"你回学校吧,我会在这里待几天,等你放假再走。"

岑姜稍显失落地"嗯"了声。妈妈说等她放假,压根儿没提她过生日的事。

岑姜压根儿没把妈妈的反常放在心上,吃完饭照常回去上晚自习。

晚上，她回到宿舍不久，又收到那条短信：

【距离小兔子生日还有五天。】

这个人怎么这么喜欢倒数啊？

周六，岑姜回到舅舅家，正好碰到岑念从楼上走下来。

"妈妈。"她叫了声。

岑念没应，而是在沙发上坐下来："刚刚送你回来的男生是谁？"

岑姜心里"咯噔"一下，下意识解释："是我同学。"

妈妈房间的窗户正对着那个路口，显然，妈妈刚刚在房间看到了陆嘉言送她回来的那一幕。

岑念冷笑了一声。

岑姜身子僵在原地，犹如被人泼了一盆冷水，从头凉到脚。诧异、羞耻、不知所措各种情绪交织在一起，她没说出一句话来。

"怎么，不解释一下？"

"我没有。"岑姜忍住快要溢出眼眶的泪水，低声解释。

"岑姜，我已经很给你面子了，我前几天向你们班主任提出帮你转学。"岑念看了她一眼，"我只说是我个人工作地点转移。"

"转学"这两个字让岑姜瞪大了眼睛："又转学？"

"不然呢？"岑念两手环胸，"放任你成绩一落千丈？"

"我都说没有了。"岑姜抽噎着说。

"你还委屈了？"岑念没有软化的迹象，"刚刚你们班主任还打电话来劝我，说高三了换环境对你学习不好，你不想转学也可以。"

岑姜安静地等她说完。

"那你告诉我那个男孩子的名字，我现在打电话给刘老师，让他转学也行。"岑念说。

"我说了不是因为他。"岑姜捂着自己不断流泪的眼睛，声音越来越无力，"我真是服了你了，你凭什么要求别人转学？你是谁啊？"

"我是你妈！"岑念直接吼了出来，"既然你不愿意他转学，现在上楼去收拾行李,转学手续我会帮你办好,过两天放假就跟我回北城。"

岑姜泣不成声。她知道妈妈决定的事情很难动摇,并且妈妈通常认为自己是对的。妈妈所做的一切,都是打着为她好的旗号。

岑姜哭过一场后,开始安安静静地收拾行李。明天她生日,本来约了几个朋友晚上去吃饭唱歌,现在看来是泡汤了。

明天能不能出去还是个问题。

吃晚饭的时候,舅舅、舅妈都在。

饭桌上,岑念提了帮岑姜转学的事情,并且解释了原因,让原本很不能理解的舅舅、舅妈点了头。

岑姜晚上躺在床上,手里握着手机,想跟陆嘉言发消息又不知道发什么。

晚上十点,屏幕上跳出一条消息:

【小兔子马上生日啦,激动。】

看完这条消息,岑姜笑了,可是笑着笑着就哭了。

他才刚刚从失去奶奶的痛苦中走出来啊。

岑姜心口一阵阵收缩,难受得喘不过气来,脑子里全是陆嘉言笑着说"明天早点出来,我有话对你说"的模样。

他眼里期待和憧憬的光芒根本无法掩饰。岑姜一点也不想这种光芒在他眼里消失。

她想,要是自己晚几年遇见陆嘉言是不是就不会发生这样的事情?

岑姜哭累了。

夜里十一点半,外面静悄悄的。她毫无睡意,忽然很想见陆嘉言,想跟他说清楚。

于是,岑姜给陆嘉言发了条微信:【陆嘉言,你等会儿出来一下,我到你家门口来。】

收到信息的陆嘉言正在玩游戏,看到内容后,他直接挂机。

看了一眼时间，他回房间换了身衣服，拿上给岑姜准备的生日礼物就迫不及待地出了门。

岑姜偷偷溜出门，走了一段距离，远远看见那个站在门口双手插兜的少年。

银色的月光下，听到脚步声的陆嘉言稍稍偏头，见到来人，他眼睛笑成一弯月。

岑姜抢先一步喊了出来："我要转学了。"

江城机场。

岑姜跟随妈妈换好登机牌来到候机室，她全程像个木偶娃娃，不笑不语。

今天是暑假的第一天，昨天晚上妈妈就收走了她的手机。原因不言而喻，无非是怕她偷偷跟同学联系。

机场进站广播不绝于耳，岑姜心里闷得慌，她跟妈妈打了声招呼便去了洗手间。

在洗手池前捧了几捧凉水洗了把脸，岑姜走了出来。

周围是来来往往的人群，正值暑假，学生居多，右边走过去一个高个子男生，边走边低头看手机。

岑姜看着他的背影，无论自己怎么刻意去回避，还是没能避免地想到了陆嘉言。

记忆回到那天晚上。

见陆嘉言愣住了，岑姜又重复了一遍："陆嘉言，我要转学了。"

陆嘉言不信，非说她开玩笑。

"我没开玩笑。"岑姜抬起不知何时又开始流泪的眼睛，非常认真地道，"是真的，放假就走。"

她说完，周围陷入了沉默。

她吸了吸鼻子，开始解释："我妈妈误会我这次没考好的原因，帮我转了学。"

陆嘉言眸光微动，嘴角的笑渐渐收敛。

又是一阵冗长的沉默过后，岑姜说："对不起。"

对不起，不能陪你走完这段青春之旅。

陆嘉言没答话，而是拿出手机看了一眼时间，又从另外一个口袋里掏出一个黑色小盒子递给她："十二点了，生日快乐。"

岑姜可能这辈子都不会忘记那一幕。

少年笑容干净纯粹，在岑姜只顾着流眼泪的时候，拉起她的手把礼物塞在她手心："回去吧，我就不送你了。"

说完这句，在她模糊的视线下，他转身走进院子。

陆嘉言的背影跟他的笑完全相反，悲伤又无望。她不知道自己那天是怎么回家的，总之感觉把这辈子的眼泪都流完了。

岑姜收回思绪，从口袋里掏出一条手链，手链是用传统的红绳编织而成，中间串着一个小兔子形状的金饰。

手链编织得很粗糙，有几个地方还有凸出来的结。

看到这个，岑姜基本可以断定，这是出自陆嘉言之手。这条手链便是陆嘉言送给她的生日礼物。

岑姜看着红绳上的结，喉间阵阵发紧。她吞咽几下，压下那股不断往上涌的酸涩，把手链放回口袋里。

岑姜又想起最后那三天，她跟陆嘉言没说过一句话，甚至都没有眼神交流。

龚思维和宋语薇都发现了这点，相继跑过来问她原因。她本来就想找个时间跟他们坦白，于是她说她要转学了。

岑姜没跟他们说原因，只说因为她妈妈在那边上班。

龚思维后来提议在她走之前大家聚一下，但是岑姜根本没时间，这几天她妈妈盯她很紧，所以聚餐终究没聚成。

岑姜觉得自己还有好多话想跟陆嘉言说，还有好多放心不下的东西。

想起她最后看到的那条日记本内容：

【呵呵,我是傻子。】

岑姜难受得不行。

她站在一个过道,看着玻璃窗外的飞机,突然很想给陆嘉言打个电话。

身边路过一个年纪跟自己差不多大的女孩,岑姜鼓起勇气上前拦住她:"同学,我可以借你手机打个电话吗?"

那人下意识往后退了一步,这年头骗子多,人们都谨慎了许多。但当那女孩看见岑姜真诚又泛红的眼睛时,还是把手机借给了她。

"谢谢,我很快的。"

岑姜拿过手机快速拨通了陆嘉言的号码。

电话响了很久才被接通,电话那头的人像是刚睡醒,嗓音沙哑又困倦:"喂?"

岑姜深吸一口气,尽量让自己的声音听起来没有异样:"是我,岑姜。"

她话落,对方呼吸顿了下。

半响,他才"嗯"了声。

"陆嘉言,我现在在机场,马上就要登机了,想跟你说几句话。"岑姜缓缓道,"我们现在还小,还没有能力把控自己的人生,所以我们要变得强大,这样无论是保护我们喜欢的人还是打脸不喜欢我们的人都比较容易,你懂我意思吗?"

岑姜这么说是怕他堕落,就像她来这里之前,明明他那么聪明成绩那么好,考试偏不认真。

她不想他对自己的未来这么不负责任,随意挥霍。

那边一直没有出声,岑姜没时间等,又说:"我这是跟人借的手机,不方便多说,陆嘉言……"

岑姜忽然听到了一声极低的压抑的哽咽,来自电话那边的人。

她努力维持了那么久的冷静差点儿崩溃。

岑姜眨了眨眼睛,缓了缓情绪,继续说:"你要好好的啊,再见。"

不知道是怕自己痛哭出声还是怕听到对方的哭声,几乎是最后一个字话音落下的同时,她就掐断了电话,把手机递给那个好心的女孩:"谢谢你。"

她没去管那个女孩脸上的表情,转身跑回了洗手间。

五分钟后,她红着眼眶走出洗手间,回到候机室。

那个暑假,岑姜离开了江城。

陆嘉言的生活好像没有多大的变化。这个世界,没有谁离开谁会过不下去。

对于陆嘉言来说,只不过是家里少了一个会经常微笑着叫他言言的人。

夏末午后的教室,空调工作的声音嗡嗡作响,窗外蝉鸣鸟叫。陆嘉言趴在课桌上睡觉,再也不会有人拿棒棒糖来哄他了。

英语课代表换了一个人,也是个漂亮爱笑的女生。

宋语薇的同桌换了人,是个男生。

一切都好像又回到了原来的轨迹。

唯一不同的是,陆嘉言高三每次大小考试都稳居年级第一。

最后,陆嘉言以总分 728 分的优异成绩考上了北城的 Q 大。

当所有高中毕业生都在狂欢的时候,岑姜无助地躲在房间内哭。

她高三一年没用过手机,每天拼命学习,想考上北城最高学府 Q 大。这是某天晚自习,她跟陆嘉言之间不怎么正式的一个约定。

万万没想到的是,妈妈居然帮她改了志愿,还给她办理了出国留学的手续:"你不是想学摄影吗?我给你报了 A 国摄影专业很有名的大学。"

岑姜把自己关在房间两天,走出来对岑念说的第一句话是:"这是你最后一次干涉我的人生了。"

岑姜这两天窝在房间里想了很多,她其实可以不听岑念的安排,大不了选择复读。但后来一想,她不能不对自己的人生负责,复读这一年会发生什么谁都不能预料。

而且岑念有一点没说错,她想学摄影,那个学校无疑是最好的选择。

只不过又要经历一次那种失落和难过。

本来想着熬完这一年就可以见到他。

但现在的情况是,你熬完了一年,忽然有人告诉你还有好几个一年,那种感觉很绝望,也很害怕。

可她现在无力改变这种状况。

一个月后,岑姜踏上了留学之路。

/ 第七章 /
好久不见

七年后。

北城。

五月的夜晚,风还带着一点微凉。

岑姜被一通电话铃声吵醒。

她迷迷糊糊地摸到手机按下接听键:"喂?"

"这么早就睡了?"那边传来一道诧异的年轻女声,"我就是提醒你一下明天上午十点,记得去 OA 杂志给锦歆拍照,好好发挥,这可是你在国内崭露头角的机会呢!"

"知道了。"岑姜挂完电话继续在床上眯了会儿,她才回国没几天,时差还没倒回来。

刚刚电话里是她在国外留学时关系要好的学姐,叫刘苗,在国内有自己的摄影工作室,一回来就给她介绍了个大活。

黑暗中,手机屏幕又亮了一下,岑姜双眸微闪,她快速拿起手机点开短信:

【哼!不懂欣赏的傻子,浪费我时间!】

读完内容,岑姜嘴角扬起浅浅的笑,那点懒懒的倦意顷刻间消失殆尽。

这么多年过去了,他还是那个傲娇又"中二"的少年,一点都没改变。

真好，岑姜想。

这是离开江城后第二次收到他的日记本内容，高中毕业后没多久，她就重新买了手机办理了电话卡。

但晚上并没有像从前一样收到那条信息，岑姜还以为是换了卡的原因，可当她想要去补回原来的卡时，被告知那个号码已经被他人注册了。

无奈之下，岑姜只好作罢。

这次回国，岑姜先回江城看了一下舅舅、舅妈，然后才来北城。

来这里的第二天晚上，她又收到了那条久违的短信，她后知后觉地意识到，这个"金手指"好像只有当她跟陆嘉言在一个城市的时候才会触发。

陆嘉言在北城，她当然知道，程婧告诉她的。

程婧跟陆嘉言不熟，只知道他高中毕业后就来了北城念大学，后来一直留在这儿。

岑姜放下手机开灯下床。

她现在住的房子是刘苗的，对方暂时不住这儿。

岑姜不想跟妈妈住，她这些年很少跟妈妈联系，两人关系很僵。她也不太想租房子，所以回国之前她请刘苗帮她看好一套房，昨天去付了首付。

房子是现房，这也是她要求的，她想快点搞完装修住过去。

翌日一早，岑姜吃完早餐打车来到 OA 杂志社。

工作人员得知她是今天的摄影师，很热情地把她带到了休息室。

"岑老师，久仰大名。"一个穿白色西装的中年女士走过来跟她握手，"我是锦歆的经纪人，今天麻烦你了。"

"你好。"岑姜回以微笑，"叫我岑姜就好。"

岑老师什么的感觉很怪，在国外别人都叫她"Jiang"。

岑姜拿出相机开始装镜头，等了几分钟听说模特已经化好妆，她随着工作人员到达摄影棚。

见到那个叫锦歆的大明星时，岑姜诧异地睁大了眼睛："艺洁？"

"岑姜？真的是你啊。"郭艺洁走过来上下打量了她一番，"看到摄影师名字的那一刻，我还以为是同名同姓，你不是出国了吗？"

"刚回来。"岑姜弯了弯唇,"你是大明星了啊。"

两人简单地寒暄了几句,约好拍完照一起出去吃饭。

拍完已经是四个小时后,岑姜和郭艺洁来到附近一家餐厅。

"你这次回来还走吗?"郭艺洁拿掉戴在脸上的墨镜,露出那张明艳的脸。

"不走了。"岑姜拿起菜单开始点单。

郭艺洁双手托着腮看着她感叹道:"你真是一点都没变,还跟个小姑娘似的。"

岑姜的头发跟当年离开时一样长,到胸口的位置,下面一截烫了个自然的弧度,她今天身着T恤加牛仔短裤,说是学生没人会不信。

"哪有,你越来越漂亮了。"岑姜把菜单递给她,"给,你点,这顿我请。"

"行啊。"郭艺洁接过菜单,状似不经意地问了句,"你跟陆嘉言还有联系吗?"

岑姜正端起杯子喝水,听到这句话,手抖了下,随即轻声道:"没有。"

郭艺洁也没在这个问题上深究,又扯起了别的话题。

从谈话中,岑姜得知她大学读的电影学院,大二就开始出来演戏,"锦歆"是艺名。

吃得差不多的时候,岑姜接了个电话,是装修公司的。

挂完电话抬起头,岑姜对上一双闪着兴味的眸子,她问:"怎么了?"

"你买房了?要搞装修?"郭艺洁问。

"对啊。"有什么问题吗?

"那你需不需要室内设计啊?"郭艺洁忽而凑近了几分,笑着问,"我有个朋友开了个建筑设计工作室,包含室内设计,要不要给你介绍?"

"贵吗?"付了首付之后,岑姜身上所剩无几,这是她首要考虑的因素。

"不贵。"郭艺洁越说越起劲,"报你名字打'骨折'。"

"嗯?"

"说错了。"郭艺洁讪讪一笑,"报我名字打'骨折'。"

"行,我去了解一下。"岑姜说,"不过太贵我可能负担不起。"

"放心,不会让你负担不起的。"郭艺洁说,"你去找他们那儿的设计总监,他设计得可漂亮了,我的房子就是他设计的。"

郭艺洁这么卖力推荐,岑姜误以为她朋友工作室可能目前经营困难,缺少客源,所以她答应明天就去了解。

离开前,两人互加了微信,郭艺洁把工作室的地址发给了她。

前一天晚上修图到很晚,岑姜早上醒来已经过了十点。她答应了去郭艺洁朋友那儿看看,说不定郭艺洁已经跟人家提了,她自然不能爽约。

岑姜匆匆忙忙洗漱完便出了门。郭艺洁给的地址离她住的地方很远,打车过去花了将近四十分钟。

出租车在一幢两层楼的建筑前停下,岑姜付钱下车。

面前是一幢四四方方的楼房,二楼外立面采用浅灰色大理,一楼采用殊材质的黑灰色玻璃墙面,正前方有一块长方形的黑色招牌,上面印了工作室的名字:LU工作室。

"LU"用一个白色圆圈圈着。

整体色调为黑白灰,看上去很有质感。

岑姜从正门走进去,左前方有一个半弧形台面,里面的工作人员见到她,礼貌地走出来迎接:"您好,请问有预约吗?"

"没有。"岑姜说,"朋友介绍过来的。"

"好的,那您这边请。"前台工作人员徐丽把她带到旁边的休息区。

休息区面积很大,用水滴形状大理石柱分成几个小区域,柱子上还有竖纹,处处都彰显出设计感。

每个区域都有人在聊天,一点也不像经营不善的样子。

见岑姜四处打量,徐丽笑了声:"工作室里里外外都是我们老板设计的,漂亮吧?"

"漂亮。"岑姜如实点头。

他们老板不就是郭艺洁朋友嘛,看起来还挺厉害。

"请问您是有哪方面的需求呢?"徐丽脸上维持着标准式的微笑,"我好帮你找设计师约谈。"

"我房子装修在即,需要约一个室内设计图。"岑姜牢记郭艺洁的嘱咐,"我想找你们总监。"

"您找我们总监?"徐丽显得有些为难,"可是我们总监主要接星级酒店和超高层办公室等商业领域的建筑设计,他不接室内设计,您看我推荐其他设计师给您行吗?"

不接?难不成自己听错了?岑姜忍不住想。

"行吧。"也许郭艺洁记错了,或者人家现在不接了。

"那您先在这儿等一下,我叫设计师下来。"

徐丽走后,一位身着灰色套装的女孩给她送来一杯咖啡。

不多时,从旋转楼梯上走下来一位年轻男子,在徐丽的示意下,来到岑姜对面坐下。

"你好,我是这里的室内设计主管,王泽。"

岑姜微笑:"你好。"

之后,王泽问了岑姜一些问题,包括房子大小、房间格局以及喜欢的风格等。

"你等会儿,我去拿支笔。"王泽手中的笔没了墨水。

"我这儿有。"岑姜低头从随身携带的包包里翻出一支笔递给他。

王泽了解完,最后说:"我可以帮你设计,但是我手上还有几个单子,可能要等上一段时间。"

"等多久?"岑姜问。

"大概一个半月。"

"这么久?"岑姜舔了舔唇,不好意思地说,"我可能比较急,你看你们还有比较空的设计师吗?"

"我们室内设计师手上都有单子。"王泽面上露出一个抱歉的微笑。

意思是没有得空的设计师,没办法满足她的条件。

"没关系，那我再想想。"岑姜对于房子装修没有那么高的要求，也不是非要找工作室画设计图，在这之前她都没有考虑过这件事，所以并没有觉得遗憾。

王泽："也行。"

岑姜站起身在王泽的护送下离开工作室。

王泽回到工作室倚在前台，眼睛盯着门外，若有所思地道："我总感觉刚刚那个女孩有点眼熟。"

前台徐丽白了他一眼："你但凡见到美女都这么说。"

"不是。"王泽失笑，"我认真的，好像在哪儿见过。"

"梦里吧。"徐丽揶揄道。

"梦里就梦里吧。"王泽耸了耸肩膀，反正他一时也想不起来。

王泽正准备上楼，就见负责打扫休息区的保洁阿姨走了过来，手里还拿着一根红绳，她指了指岑姜刚刚坐的方向："这儿有个东西，在那儿捡的。"

徐丽接过她手中的红绳，忙推了推王泽："快去看看刚刚那个美女走了没？"

王泽瞥了一眼红绳，悠悠地道："走了，我看着她上了出租车。"

"你留她电话号码了没？"徐丽问。

"时间没谈妥，什么都没留。"王泽摊手。

"那怎么办？"徐丽问，"怎么还给人家？"

"什么怎么办？"

这时，从旋转楼梯上走下来一位身穿白色T恤灰色休闲裤的男子，他双手插兜，晃晃悠悠地走过来。听到徐丽的声音，他挑眉问了一句。

"言哥。"

"老板。"

见到来人，王泽和徐丽前后打了个招呼。

徐丽朝他晃了晃手里的红绳，说："客户丢了个东西在这里，没留联系方式。"

陆嘉言原本要出门，目光随意往那边扫了一眼，倏地顿住。

那个挂在红绳上的金饰无比眼熟。

"给我看看。"他从徐丽手中接过红绳，彻底看清楚它的全貌后，他平静无波的眸子里翻起了千层浪，"你说，这是客户丢下的？"

他声音很轻很轻，像是在害怕又或者是期待。

王泽没注意到陆嘉言的不对劲，开始解释："对，就是我刚刚接待的一个客户。"

陆嘉言双眸微垂，紧紧盯着手中的手链，再开口时，嗓音已然沙哑："那她人呢？"

"不久前走了。"王泽说，"她想约室内设计，但是要得急，我们这边手上都有单子，所以没谈妥。"

默默站在一旁的徐丽似乎察觉到了陆嘉言的不对劲，忽然想到什么，她问："老板，你是不是认识这个人啊？她说朋友介绍过来的，一开始还说要找你来着。"

"那你为什么不叫我？"陆嘉言下意识反问。

他语气里的责备让徐丽怔了一下："我、我看她想约室内设计，老板你又不画室内设计，况且你最近不是很忙吗？"

"算了。"陆嘉言调整好情绪，抬起眼皮，"那你们怎么把这个东西还给人家？"

"没留联系方式，只能等对方发现了回来找。"徐丽看了一眼那根红绳，继续说，"这根绳子一看就好多年了，而且那个金饰不大，不怎么值钱，说不定人家不要了也不一定。"

"八百多。"陆嘉言冷冷地吐出这几个字。

"什么？"徐丽没听清。

"她不要就给我。"陆嘉言说。

徐丽拖长尾音"啊"了声，看向陆嘉言的眼神仿佛像不认识他一般。

"没什么，这东西先收好，到时候人来了通知我一声。"陆嘉言将手链丢给徐丽,又道,"对了,她有没有说是哪个朋友介绍过来的?"

徐丽摇头:"没有。"

其实是她没问,以为是某个普通客户介绍过来的。

陆嘉言的视线在那条手链上停留几秒,而后转身往门口走,人还没出门,就听到身后传来徐丽的嘀咕声:"漂漂亮亮一姑娘,手链编织得这么丑。"

陆嘉言脚步一顿,他深吸一口气,继续往前,脸色却因这句话沉了几分。

岑姜在家里修图一直到晚上七点,要不是被刘苗一通电话打断,她估计又得修到半夜。

刘苗叫她出去吃饭,顺便介绍几个人给她认识。

岑姜在国外已经算是圈内小有名气的摄影师,资源也多。回国相当于从零开始,要不是刘苗,她不可能那么快就能接到拍畅销杂志封面这种活。

说介绍人给她认识,那就是资源。

岑姜放下手中的活,去浴室洗了把脸,想到刚刚刘苗在电话里说的"你可别又是T恤、牛仔裤啊,穿漂亮一点,晚上带你去嗨"。

她叹口气走到衣柜前取出一条小裙子换上。

法式方领小黑裙穿在身上,露出一片精致白皙的锁骨,黑色的微卷长发自然散下来,这样的打扮完全退去了学生气息,甜美中又带点小性感。

刘苗说的地点在市中心,岑姜过去的时候,他们已经点好了菜。

这些人中有明星经纪人、知名杂志社编辑和摄影同行,他们有人也听过岑姜的名字,一顿饭吃下来聊得还算愉快。

饭后,刘苗提议去酒吧玩,其中几个年纪稍微大的人没什么兴趣便婉拒了她的邀请。

刘苗欣然点头,她本来就是想带岑姜去放松一下,之后又叫了自己工作室的几个朋友,一起去了附近一家酒吧。

酒吧的名字叫"微醺",岑姜感觉好像在哪儿听过,她去酒吧的次数少得可怜，唯一记得的只有在国外去过的一个英文名酒吧。

刘苗早就预订了位置，坐下后一群人开始聊天玩游戏，也有去舞池里跳舞的年轻小伙。

"喝点？"刘苗工作室某个小伙伴举起一杯酒朝岑姜示意。

没等岑姜答话，刘苗就轻笑起来："放弃吧，她滴酒不沾。"

岑姜也笑了笑，端起一杯果汁跟那人碰了下："以果汁代酒。"

"岑姜？"刚抿了一口果汁，岑姜就听到左前方传来一道声音，"真的是你啊！"

大厅内节奏感很强的音乐声也掩盖不住秦烟的诧异。

岑姜第一时间认出了他："秦烟，你怎么在这儿？"

她站起身走出来，嘴角漾着笑。

周围环境嘈杂，秦烟不得不大声说话："这是我和我表哥一起开的酒吧。你什么时候回来的？"

"前几天。"岑姜同样大声说。

不管是遇到秦烟还是郭艺洁，岑姜都非常开心，这些年除了程婧，她跟二中的同学都没有联系，包括陆嘉言。

没聊几句，秦烟那边有人找，就走了。

忙完事，秦烟走到一个安静的角落，打了个电话。

"有事？"电话那头传来一道懒懒的嗓音。

"有空吗？"秦烟气定神闲地说，"过来酒吧坐坐？"

"没空，挂了！"

"等等，别挂。"秦烟说，"我看到岑姜了。"

电话那头沉默了几秒，而后传来陆嘉言满不在乎的声音："所以？"

秦烟叹口气："她回国了，现在就在我们酒吧。"

"跟我有什么关系？"

秦烟抬了抬眉梢，无声地笑了下："行，跟你没关系，我约你喝杯酒不行？"

"忙。"陆嘉言说。

"那等你忙完吧……"挂了电话，秦烟摇头失笑。

多久没见过这么任性别扭的阿言了，接下来的日子绝对有好戏看。

半个小时后，在电话里称自己很忙的陆某人走进酒吧，越过一楼大厅径直上楼来到秦烟所在的包厢。

包厢一众人在见到陆嘉言出现时，纷纷露出意外的表情。

"阿言来了，快来坐。"

"很久没见了，最近忙不忙？"

坐在最角落的秦烟眼里晕开淡淡的笑，似乎一点也不意外。陆嘉言跟那群人打完招呼来到他身边坐下。

"不是忙？"秦烟勾了下唇。

"忙完了。"陆嘉言语气懒散又理所当然。

接下来，秦烟低头默默玩手机。

陆嘉言靠在沙发上，瞄了他一眼，又瞄了一眼，到第三眼的时候，实在忍不住撞了一下他胳膊："喂，你让我过来就是看你玩游戏？"

"那去喝酒？"秦烟好脾气地收起手机，建议道。

"不喝。"陆嘉言微微蹙了眉，语气很不爽。

"那你想干什么？"秦烟问。

"你刚不是说……"陆嘉言"啧"了声，"你刚说看见谁了？"

秦烟忍着笑"哦"了声："你是说岑姜啊，就在你上来前我想找她聊会儿，结果没见着人，估计走了。"

陆嘉言定定地看了秦烟两秒，就在秦烟以为他要发飙的时候，对方站起身往门外走。

"怎么了？我真没骗你。"秦烟想追上去解释。

陆嘉言头也不回地来了句："我去抽根烟。"

陆嘉言走出包厢右转想去楼梯间抽烟，走了两步又转身往另一个方向走。

他下到一楼，漫不经心地在大厅里搜罗了一圈，最后沉下脸往一楼楼梯间走。

岑姜回来的这几天饮食和睡眠都不怎么规律,刚刚喝了点冰饮料肚子有点疼,她起身去了趟洗手间,出来前,想补个口红。

她打开包包从里面拿出口红涂上,放进去的时候,她眸光闪了下。

岑姜今天带的是个链条包,包包不大,一眼就可以看到底。

她明显发现里面少了个东西,心里一紧,她立马拿下包包在里面翻找,甚至急得把东西全部倒在洗手台上,那条一直被她随身携带的手链不见了!

一种无以言状的慌乱涌上心头,岑姜试图让自己冷静下来。

她把东西一件一件放回包里,想快速回到卡座去找找看。

出了洗手间,右边是通往大厅的走廊,岑姜步子很快,路过一个拐角,她余光扫到一个人,本来以为是自己眼花,然而身后传来的声音让她愣在原地。

"阿言?你怎么在这儿?"

"抽烟。"

"那行,你抽,我先上去。"

"嗯。"

再度听到这个声音,岑姜心跳漏了一拍。跟记忆中有些不一样,嗓音里多了些成熟男性的低沉,充满磁性。

岑姜往后退了一步,转头。

视线里,男人背靠在墙上,微微仰头,薄唇正吐出一口烟。烟雾缭绕下,隐隐约约能看见他深邃的五官和脖子上凸起的喉结,随着吞咽的动作上下滑动。

岑姜像是被电击了一下,酥麻感传遍四肢百骸。

"陆嘉言。"岑姜唤了声。

正在抽烟的陆嘉言闻言身形微顿,他像是电影慢镜头一般缓缓偏头。

四目相对,感觉周围空气都安静了不少。

岑姜捏紧手里的包包链子,眉眼绽开一抹笑,用着轻快的语气说:"好久不见。"

陆嘉言没做任何回应，只是看着她。

女孩眼里染着细碎的光，无论是语气还是神态都跟当年一样。

只不过，比以前出落得更漂亮了，身上的裙子勾勒出她不盈一握的腰肢，锁骨上戴着一串珍珠项链，可那珍珠都不及她白皙的皮肤亮眼。

岑姜觉得包包链子都快被她扭断了，脸上的笑容也渐渐变得僵硬。

她试想过无数种跟陆嘉言重逢的场景，没想到在这么猝不及防的情况下发生了，即使这样，她还是很开心。

可是现在这种开心随着陆嘉言的沉默渐渐在流失。

陆嘉言摁灭手中的烟朝她走过来。

这个画面又让岑姜想起了那次撞见他被人表白的场景，那时他朝她走过来，笑着问："你怎么在这儿？"

就在岑姜以为这样的对话将会重复上演时，陆嘉言直接越过她一言不发地朝大厅走去。岑姜的视线紧紧跟了上去，男人背影笔挺，脚步从容，没有要回头的意思。

岑姜脸色发白，不知是尴尬多一些还是难过多一些。

郭艺洁和秦烟都能一眼认出她，他不可能认不出啊。

那就是不想跟她说话。

他一直都是这样，对于自己不想理的人，一句话甚至一个眼神都不屑给。自己也被划到他不想理的那一类人中了吗？

直到陆嘉言的背影消失在人群中，岑姜才收回视线。目光落在自己的包包上，她又想起丢了手链的事情，敛了敛神，往卡座走。

岑姜回到卡座找了一圈，依旧没找到自己的手链。

手链没找到，她根本静不下心来玩，跟刘苗打了声招呼后便离开了酒吧。

从酒吧出来，岑姜准备拦个出租车回家。这个点街道上行人众多，尤其是酒吧门口，站着形形色色的人。

岑姜站在马路边神情低落，微微皱着眉，脑子里一会儿想的是陆嘉言刚刚不理她的事，一会儿又在想手链到底丢哪儿了。

这么漂亮一姑娘往那儿一站，吸引了很多人的注意。

一个三十岁左右的男子嬉笑着走过去，吊儿郎当地道："小姑娘，站着干吗呢？跟哥哥进去玩玩？"

岑姜陷入自己的思绪里，压根儿没想过这人是在跟她讲话。

见她不为所动，男子又朝她靠近了点："小姑娘，在想什么呢？"

一股浓浓的酒味扑鼻而来，岑姜立马往旁边走了几步。

她抿着唇，看着川流不息的车辆，烦躁地想：怎么没辆空车啊！

那男子不依不饶地跟着她往旁边移了两步，猥琐地笑了几声，伸手想要揽住她的肩膀。

此时，旁边突然冲出来一个人把纠缠岑姜的男子挥倒在地。

"你不知道躲吗？"陆嘉言冷冷的眸子盯着岑姜，胸口还在微喘着气。

岑姜还没从刚刚的那一幕中回过神来，她下意识看了一眼倒在地上的男子，对方正抱着头呻吟。

"我有躲啊。"岑姜讷讷地道。她刚刚意识到对方想动手时就已经往前闪了两步。

陆嘉言轻嗤一声，不以为然。

岑姜看着地上那个人骂骂咧咧地想要起身，她走过去推了推陆嘉言："快走。"

陆嘉言看都没看地上那人一眼，目光在岑姜推他手臂的青葱手指上扫过，语气懒散："怕什么？我就等着他起来。"

岑姜可不想惹是生非，要是搁以前，她可能就直接拉着陆嘉言的手走了，但是现在，她不敢。

好在地上那人被他朋友拖走了，走之前还跟她道了歉。

危险解除，陆嘉言又一声不吭地转身走人。

岑姜看着他走到路边一辆驾驶座门大敞的黑色轿车前，弯腰坐进去。随着车门关上，她的视线被切断。

车子停在路边没动，岑姜想了想，走上前，敲了敲车窗。

车窗降下，露出陆嘉言那张成熟帅气的侧脸，只是帅哥看起来不怎么高兴。

"刚刚谢谢你啊。"岑姜扯起一抹笑。

"见义勇为。"陆嘉言说。

岑姜"哦"了声。隔了几秒,面前的车窗又被升了上去。

岑姜退开来,继续站在路边等车。

终于来了一辆空车,岑姜忙跑过去,可还是晚了一步,被另一个女孩捷足先登了。

她今晚穿的是平时不常穿的高跟鞋,不敢跑快,怕摔跤。

岑姜等得有点烦了,她想往前走一段,看前面那个路口车子会不会多一点。

走了几步,一辆黑色轿车停在她身侧,紧接着是陆嘉言没什么起伏的嗓音:"上车。"

岑姜双眸晶亮,没有矫情推托,坐上了副驾驶座:"子湖庄园,谢谢。"

陆嘉言轻哂:"你是不是以为你上的出租车?"

"不是。"岑姜嗓音逐渐减弱,"我以为你要送我回家。"

车子启动,狭小的车箱内异常安静。

陆嘉言目视前方,认真开车。

岑姜紧绷的身子渐渐放松下来,她打开自己的包包,又开始在里面翻来覆去地找手链,到底丢在哪儿了呢?

"丢东西了?"陆嘉言抽空看了她一眼,像是随口一问。

岑姜翻包的手一抖,不由得有些心虚:"啊,对。"

"丢什么了?"

"没什么,一个小东西。"岑姜的语气给人的感觉就好像在说"没什么,不重要的东西而已"。

陆嘉言嘴角勾起一抹轻嘲,"哼"了一声。

"嗯?"岑姜没注意看他的表情,不知道他这个语气词是什么意思。

陆嘉言却没有再回答她。

二十分钟后,车子到了岑姜暂住的小区门口,她走下车绕到驾驶座这边,正想跟他道谢,还没开口车子便扬长而去。

岑姜一愣。

回到家,岑姜第一时间开始寻找手链,可家里被她翻了个底朝天都没有找到。

现在就只剩下最后一个可能性了,就是丢在郭艺洁朋友的建筑设计工作室。

她没去管现在时间合不合适,直接给郭艺洁发了条微信过去:【我今天去了你朋友的工作室咨询,可能掉了个东西在那儿,你可不可以帮我问问有没有,是条红绳手链。】

郭艺洁回复很快:【好。】

大概过了五分钟,郭艺洁又回了一条:【他说有,让你明天去拿。】

岑姜:【好的,谢谢。】

岑姜松了一口气,有一种失而复得的心情。

屏幕上又跳出一条信息:【你今天是不是没报我名字啊,没见到他们老板?】

岑姜:【没有,他们看起来都很忙。】

郭艺洁:【明天再试试,就让他们老板给你画。】

岑姜弯了弯眉眼,回复:【没关系,总监不接,老板更不可能啦。】

郭艺洁:【他们老板就是总监,相信我,他明天会接的。】

岑姜以为郭艺洁去沟通过了,即使觉得没必要,她还是道了声谢:【谢谢。】

这条消息刚发出去,手机上进来一条短信:

【5月23日,晴。呵,骗子小姐回来了。】

熬了个夜,岑姜终于把那天的照片修好发给了OA杂志社。因为第二天要去LU工作室拿回自己的手链,她睡前特意调了个闹钟。

上午十点,岑姜在闹钟响了近五分钟后悠悠转醒。

昨晚在酒吧肚子就有点不舒服，回来后有所好转，现在那种不舒服的感觉又上来了，岑姜忍着不适打车来到 LU 工作室。

前台值班的还是徐丽，见到岑姜进来，徐丽立马把她往休息区带："您是过来拿手链的吧，先坐会儿，手链在我们老板那儿，我马上叫他下来。"

岑姜依言坐下："谢谢。"

徐丽回到前台，打了个内线到陆嘉言办公室："老板，昨天那位小姐过来拿手链了。"

电话那头的陆嘉言"嗯"了声便挂了电话。

徐丽站在前台偷偷打量岑姜，凭她敏锐的第六感，这个女孩和老板之间肯定关系匪浅，以前老板哪会管客户丢了东西这种小事？

更何况今天他一大早过来就把手链给要走了，非得由他来给。

岑姜等了大概十分钟，人还没下来。她肚子不舒服，又没吃早餐，让工作人员帮她把咖啡换成了白开水。

喝完最后一口水，她半趴在桌上看着窗外的月季花发呆。

没一会儿，感觉对面坐下来一个人，岑姜忙坐直身子："你好——"

话说到一半，在看清对面是谁时，她礼貌的微笑转为惊讶："陆嘉言，你怎么在这儿？"

陆嘉言靠在椅子上，懒懒地看向她："不是你找我？"

岑姜一脸蒙："我找你？"

陆嘉言没说话，岑姜也没反应过来，两人无声对视。

直到一个工作人员过来，在陆嘉言面前放了一杯咖啡："老板，你的咖啡。"

工作人员走后，终于明白过来的岑姜诧异地道："你就是这儿的老板？郭艺洁说的朋友就是你？"

"嗯。"陆嘉言端起咖啡抿了一口，一副公事公办的态度，"听说你想约室内设计？"

"我……"岑姜看着他，小心翼翼地问，"能先把我的东西还给我吗？"

陆嘉言明知故问："什么东西？"

"就是我昨天不小心丢在这里的东西。"岑姜说。

"这个?"陆嘉言摊开手心,里面躺着那条红绳手链。

"对。"岑姜伸手去拿,却连手带绳被他握在手心。

两人皆是一怔。

两秒后,陆嘉言率先松开手。

岑姜趁机把红绳拿了回来,手背上仿佛还残留着被那只温暖干燥的大手包裹住的感觉,源源不断的热量从那里传来。

她拢了拢垂在耳侧的头发,清了清嗓子,转入下一个话题:"我有个房子要装修,想约个室内设计图。"

陆嘉言垂在身侧的手不停地捻着指腹,嗓音还算平静:"多少平?"

"一百零九。"

"喜欢什么风格?"

"北欧吧,要不你给我推荐一下?"

"不推荐。"陆嘉言毫不犹疑地说。

岑姜抿了抿唇,他这态度让她想起昨天晚上那条短信内容。

骗子小姐,无疑是指她。

她昨晚想了很久,到底骗他什么了?她想来想去,只有一件事,那就是一起上Q大,她爽约了。

岑姜暂时不想解释这件事,主要是他们目前的关系不允许,会显得很突兀。

见岑姜低头不语,陆嘉言眼皮微动,开口解释:"我们一般都不帮客户做决定,免得到时候不满意产生纠纷。"

岑姜硬邦邦地"嗯"了声。

她刚说的是推荐,又没让他做决定。

"听说你比较急?"陆嘉言再一次打破沉默。

"嗯,我现在住的是朋友的房子,想尽快搞完装修搬进去。"岑姜问,"你多久能画完。"

"我手上还有单。"注意到岑姜暗下去的眼神,陆嘉言摸了一把鼻子:

"不过也不是不可以加急。"

"怎么加急？"

"加钱。"陆嘉言说。

岑姜问："加多少钱？"

"先去看看你的房子吧。"陆嘉言没提价格的事，说完起身离开了座位。

见他从前台拿过车钥匙，岑姜才知道他现在就要去看，忙跟了上去。

"郭艺洁说报她名字可以打折。"坐上他的车，岑姜突然来了这么一句。

陆嘉言嘴角微勾："她在我这儿的面子最多九五折。"

岑姜脱口而出："那我呢？"

陆嘉言系上安全带，偏头看向她，半晌，才道："你觉得呢？"

"……随便。"岑姜系好安全带坐直身子。

陆嘉言收回视线开车上路。

岑姜其实也就去过一次，就付款的那次，所以当陆嘉言问她怎么走时，她温暾地道："我不知道，你导航吧。"

陆嘉言简直觉得匪夷所思："你自己的房子在哪儿都不知道？"

"我朋友帮我看的，我就付款的时候去了一次。"岑姜说，"不记得了。"

"还能朋友帮看房？"陆嘉言握在方向盘的手紧了紧，语气状似轻松，"男朋友？"

"不是，是我留学时期的学姐。"岑姜停顿片刻，又补充道，"我没有男朋友。"

"哦。"陆嘉言自己都没意识到，刚刚竟然紧张到屏住了呼吸。

岑姜买的房子在二十一楼，是个刚建成的新小区。

陆嘉言在房间内来回查看，岑姜靠在客厅的水泥墙壁上没动。随着空腹的时间越来越久，不仅胃不舒服，她还出现了全身乏力、呼吸困难的症状。

"走吧,我看完了。"陆嘉言从房间内走出来,"等会儿去营销中心要一张房型图。"

陆嘉言两手插兜越过她往前走。

这人走路的姿势是一点也没变,岑姜弯了弯唇,跟在他身后来到电梯间。

两人并排站在一起,岑姜感觉额头开始出冷汗且全身无力,想找个依靠。

"陆嘉言。"她轻轻唤了他一声。

"嗯?"

"借我靠一下。"岑姜的脑袋随着她的话落靠在了陆嘉言的胸口。

陆嘉言在她靠上来的前一秒,发现了她的异样,女孩脸色惨白,眉峰紧锁,似乎很难受。

"你怎么了?"他抽出口袋里的两只手,微微抬起又放下,"哪里不舒服?"

"肚子。"陆嘉言突然软化下来的语气,让岑姜鼻子一酸,闷闷的嗓音听起来委屈巴巴的。

"叮"的一声电梯门开,陆嘉言盯着胸前这颗脑袋,有一瞬间的无措。

岑姜靠在他身上缓了缓,听到电梯门开的声音,才直起身子走进去站在角落。

陆嘉言进来后,她虚弱地朝他笑了笑:"没事,我就是没吃早餐。"

陆嘉言看向她的目光里多了一丝不赞同,却是什么话也没说。

重新回到车上,陆嘉言漫不经心地问:"想吃什么?"

"嗯?"岑姜心不在焉地应付一声,她在找调整座椅的开关,想把座椅往后调一点。

她抬头想问陆嘉言的时候,一道阴影落下来,猝不及防地,她的唇堪堪擦过对方的下巴。

岑姜惊得往后一靠,心头的小鹿开始拼命往外撞。

陆嘉言目光灼灼,眸色渐深,下颚的触感稍纵即逝,却像开启了他身体里的某扇大门,放出一头野兽。

面前的女孩红唇微张,眼底水光潋滟,他极力控制住自己才没有吻上去。

毕竟,七年前,他就在忍耐了。

陆嘉言一点一点移开自己的视线,不动声色地帮她调整好座椅,然后坐起身驱车离开。

岑姜感觉刚刚有几秒钟她已经忘记呼吸了。

那种期待和害怕的小心情就好像回到了少女时代,而她面前依旧还是那个少年。

车子走了一段路,陆嘉言又问:"想吃什么?"

岑姜知道,他是听到自己说没吃早餐所以要带她去吃饭,但是她现在不想吃:"你送我回家吧,我不想吃。"

"不吃早餐,又不吃中餐,你在绝食呢?"陆嘉言语气不怎么友好。

"不是,我胃不舒服,吃不下。"

"不吃只会更不舒服。"

"那我等会儿随便买点东西上去吃。"岑姜声音越来越小,她感觉脑子都有点晕了。

陆嘉言余光扫了她一眼,发现她额角布满细细密密的汗水,心里一紧,顿时将车停在路边:"你怎么了?"

"不知道,很难受。"那种头脑眩晕,呼吸困难的感觉真的像快要死了。

陆嘉言快速取下安全带,下车前嘱咐她:"等我一下,我马上回来。"

岑姜点点头,等陆嘉言回来时,那种难受的感觉已经缓解了不少。

"你先吃点这个,我送你去医院。"陆嘉言将买来的三明治和牛奶递给她,牛奶还细心地帮他插上了管子。

岑姜接过,但一听去医院就不乐意了:"我不去医院,你送我回家。"

陆嘉言将车子平稳地开上路,没说行也没说不行。

岑姜小口咬着手里的三明治,食物进入空荡荡的胃里,瞬间舒服了很多。

她以为陆嘉言听进去了她的话,可当车子停进一家私立医院时,她眼皮子跳了下:"来这儿干吗?"

陆嘉言倒车的时候分了个眼神给她,好像在说"你觉得呢"。

岑姜头皮开始发麻:"我不要去,我已经好了。"

陆嘉言停好,兀自下了车。

见岑姜仍然坐在副驾驶座上不动,陆嘉言绕道她这边,帮她打开门,示意她下车。

岑姜目光落在自己吃了一大半的三明治上,没看他,完全不为所动。

"下来。"陆嘉言一只手搭在车门上,眼神坚定。

"我不去。"岑姜说,闷闷的语气活像是在跟谁闹别扭。

等了几秒,陆嘉言无声叹口气后,倾身上前帮岑姜解开安全带。

"我真不去。"岑姜警惕地看着近在咫尺的他。

"要不你自己下来走,要不我抱你。"陆嘉言说。

岑姜气急。

留学期间,岑姜在国外住过一次院,她一直记得那种无助的感觉,冰冷的医院,冰冷的病房,冰冷的针头,这些在她心里烙下一块挥之不去的阴影。

她发誓再也不要去了。

陆嘉言作势要过来抱岑姜,岑姜忽然捂住了自己的脸:"我怕。"

短短的两个字像是砸在自己心上,那种疼痛还没缓过来,陆嘉言又听到她带着隐隐哭腔的声音在耳畔响起:"陆嘉言,你烦死了!我都说了不要去了!"

陆嘉言不知道怎么形容自己现在的心情,像那种正在结痂的伤口又疼又痒。

"你别哭,怕就不去。"陆嘉言哑声开口,"你坐这儿等着。"

岑姜听到车门被轻轻关上,然后是渐渐远离的脚步声,她缓缓把手放下来,无力地躺在座位上。

陆嘉言差不多过了二十分钟才下来，手里还拎着一包药。

他坐上车看着旁边眼眶红红的岑姜，轻声说："医生说你是低血糖，以后一定要记得吃早餐，按时吃饭。胃不舒服，医生开了点药，如果没有改善还是要去看医生。"

"我知道了，谢谢。"岑姜接过药，没敢去看他。

其实她这几年哭的次数一只手可以数清，在同学朋友面前，她绝对算得上一个坚强的女孩，不知道为什么，这种坚强一到陆嘉言面前，顷刻间就瓦解了。

冷静下来后，岑姜觉得特别不好意思。

一路上，她都目不斜视地看着前方。

下车前，陆嘉言问她要联系方式："关于设计图方面，有什么问题随时沟通。"

岑姜报了一串号码，犹豫了一下，又问："那我记一下你的吧！"

陆嘉言收起手机，意味深长地道："你不是有吗？"

岑姜现在才知道，他一直没换过号码。

那天过后，两人好几天都没联系。岑姜不知道设计图进度怎么样了，她是真有点急。

工作上倒是有个好消息，岑姜帮郭艺洁拍的那组国风照片刊登上OA的封面，还上了热搜。这次热搜也让岑姜的名字被圈内众人熟知，找她的工作开始多起来。

昨天出去拍了一组照片，岑姜今天在家里修图，她吃了晚饭就一直待在书房。

岑姜瞥了一眼屏幕上的时间，已经晚上十点过五分，她赶紧跑到客厅拿回自己手机，那条信息已经发了过来：

【痛死了！】

岑姜一愣，痛死了？他生病了？

岑姜咬着唇，坐在沙发上考虑了很久，最后担心打败了理智，她决定打个电话给陆嘉言。

电话拨通的那一刻,她心跳开始加快,开始在心里组织语言,尽量让自己的问题显得自然一点。结果电话直到自动挂断都没人接听。

岑姜开始慌了,她又拨了一遍,这次结果一样,还是没人接。

该不会是疼到起不来接电话吧?他一个人在家里,又没人照顾,该有多难过啊?

岑姜越想越担心,她必须做点什么才行。

想到这里,岑姜打开微信给郭艺洁发了条消息,问她要陆嘉言的地址。

岑姜发完之后还有些忐忑,怕对方问起原因自己不好解释,结果人家什么都没问,帮她找秦烟要到地址就发了过来。

岑姜拿到地址后迅速出了门。

北城夜景繁华,被霓虹灯点亮的街道纵横交错,与黑暗融在一起,形成了一幅浓墨重彩的水笔画。

岑姜无心欣赏夜景,只想快点赶到陆嘉言身边。

到达陆嘉言所在的小区时,刚过晚上十点半。

她用最快的速度找到陆嘉言的单元号,乘坐电梯上楼。

站在他家门外时,岑姜深吸一口气,按下了门铃。

她现在的心情很复杂,刚刚来的路上只有担心,真正站在门外时才感觉到了紧张,两种心情交织在一起,无以名状。

"咔嚓"一声响,门从里面被打开来。

一身休闲装的陆嘉言出现在门口,饶是他再怎么冷静,现在这个点,在他家门外,见到岑姜,还是很意外。

"你……"

"你……"

两个人同时开口,又同时收住。

岑姜开始上下打量陆嘉言,目光在他脸上停了几秒,发现他好像并没有哪里不舒服,脸色不错,身体看上去也没有哪里疼。

"你怎么来了？"陆嘉言再一次开口，她脸上还带着两抹红晕，像是匆匆赶来的。

"我打了你几个电话没人接。"岑姜说。

"打我电话？"陆嘉言说，"我在书房工作，手机放卧室充电。"

"哦。"

还能工作证明没事，那干吗说痛死了？害自己大晚上的白跑一趟。

短暂的沉默过后，陆嘉言侧身让她进来："你先进来。"

岑姜有些不知所措，现在这种情况她进去都不知道说什么。

既然他没事，自己还是回去比较好。虽然这种行为也很奇怪，但总比进去之后大眼瞪小眼好。岑姜心想。

"我就不进去了。"岑姜讪讪一笑，"不打扰你工作了，我走了。"

还没走开，手腕就被人拉住，陆嘉言一个用力，她依照惯性往后退了两步，靠在他胸膛上。

"那你来干什么？"

"我、我就是来问问你设计图的进度怎么样了？"岑姜撒了个谎。

"先进来再说。"陆嘉言把门关上，放开了她。

岑姜站在门口没动："这么晚了，还是算了。"

陆嘉言站在她身后没有离开，闻言，他懒懒地笑了声："怎么，怕我对你怎么样？"

"那倒不是。"岑姜说。

听到这句话，陆嘉言一时不知道是高兴还是不高兴。

"你过来，我给你看设计图。"陆嘉言说完带头往前走。

岑姜发现他家很大也很漂亮，说不出是什么风格，简单大气，又透着奢华。

"你家好漂亮。"岑姜说，"也是你设计的？"

陆嘉言"嗯"了声，随即来到书房，他拉了把椅子放在他的办公椅旁边："你坐这儿。"

岑姜抚了抚裙子，乖巧坐下来。

"你先坐会儿，我马上就画好了。"陆嘉言坐在自己的位置上开始画图。

岑姜没想到他还真信了自己的胡诌，这么晚跑来催设计图。

这是她第一次看陆嘉言工作时的样子。这样的场景让她想到学生时代对方解题的时候，也是这般认真。

男人嚣张的眉眼，随着年龄的增长，没有了当年的盛气凌人，稳重了几分，但眉间那颗痣还是很显乖巧，特别是这种安静的时候。

"陆嘉言。"岑姜打破满室寂静。

"嗯。"陆嘉言微微掀起眼皮。

岑姜单手托着下巴笑着问："有没有人说过你很乖啊？"

陆嘉言手上的动作一顿，而后抬头："你那是在说狗吧？"

"我说你。"岑姜伸手指了指他那颗痣，"就这个特别乖。"

陆嘉言抓住了她那只手，微微挑眉："别总是动手动脚，成年人要对自己的行为负责。"

她根本没碰到！

岑姜红着脸抽回手："你继续。"

陆嘉言瞟了一眼她发红的脸蛋，低下头继续画图。

没过几分钟，又听到她喊："陆嘉言。"

陆嘉言这次没看她："干什么？"

"你……有没有女朋友啊？"

陆嘉言眸光微动，原本想反问几句，最后还是说："没有。"

岑姜暗暗吐出一口气，接下来的时间都没再说话。

夜里十一点半，陆嘉言终于画好了图："已经好了，你先看看。"

岑姜看不懂，而且充分相信他，一句"满意"就应付了过去。

陆嘉言把她带到客厅，给她倒了杯水："说吧，到底来找我什么事？"

男人靠坐在沙发上，双眸微合，看起来有些疲惫，却又慵懒撩人。

岑姜错开视线，一本正经地道："我就是来催图的，谁让你不接电话。"

陆嘉言嗓音带着些许笑："每个人都像你这样，我这都要被踏破门槛了。"

岑姜表情有几分不自然:"我比较急。"

陆嘉言脖子左右动了动,似乎有些难受。岑姜这才发现他脖子那里贴了个创可贴,创可贴跟肤色相近,很难看出来。

心里有个隐隐的猜测,为了验证这种猜测,岑姜问:"你脖子怎么了?"

"被剃须刀刮破了。"

"很痛?"

"当时很痛。"陆嘉言勾了下唇,"你怎么什么都感兴趣?"

好了,今晚的案子算是破了。

岑姜站起身打算离开:"我先走了。"

陆嘉言拿过放在茶几上的车钥匙,跟她一起走出门。

"很晚了,我打车回去就好。"岑姜说,"你休息吧。"

陆嘉言像是没听到似的,跟她一起进了电梯,并带她来到停车场。要是以往岑姜会直接说谢谢,但是今天陆嘉言看起来很累,她才推辞了一下。

她的推辞并没有影响到结果,陆嘉言还是送她回了家。

今天岑姜也忙了一天,精神放松下来困意来袭,还没到家就睡着了。

陆嘉言将车停在路边,偏过头看着身边沉睡的女孩,视线从她的头发到紧闭的眼睛再到鼻子,最后落在她的唇上,一股燥热从下腹涌起。

陆嘉言忽然想抽烟,他从储物柜里拿出打火机和烟盒,刚打开打火机盖,"啪"的一声,身边的岑姜嘤咛一声。

他停下动作回头看了眼,只见女孩像是不满睡觉被打扰,微微蹙了下眉。无奈之下,陆嘉言只好放下打火机,百无聊赖地转着烟。

窗外微风吹进来,岑姜的头发被吹了几缕到脸上,陆嘉言看见了,伸出一只手轻轻将它拨开,手划过她白皙脸庞,指腹还留恋地在上面摩挲了一下。

不知过了多久,岑姜终于醒了,醒来后发现自己还在车上。

她迷迷糊糊地坐起身,看了一眼时间:"两点了,你怎么不叫醒我?"

陆嘉言没答话,而是重新拿出打火机和烟朝她晃了晃:"抽根烟,介意吗？"

岑姜刚想解开安全带下车，好让他回家休息，听到这句，她停下动作，颇为认真地道："介意。"

陆嘉言一愣，通常这都是象征性一问，一般人都会说不介意。

岑姜低头从包包里翻出一根棒棒糖，犹豫了一下，还是递了过去："给，抽烟不好。"

一时间空间都安静了，这个画面勾起了很多回忆，对于陆嘉言来说并不都是美好的。

陆嘉言没接，良久，他轻笑了声："你不会还以为我还是那个一根棒棒糖就能骗走的小男孩吧？"

路灯昏黄的光线倾泻进来，照亮陆嘉言嘴角那抹浅笑。

岑姜记得上一次见他这样笑还是那年她生日的前一晚，她说完自己要转学之后，他也是这样一脸嘲讽。

他当时的笑跟现在一模一样。

这是他第一次正面提起过去的事情，岑姜完全不知做何反应，她收回手，捏紧手中的棒棒糖，低声说："我没骗你。"

她送陆嘉言棒棒糖，目的从来都是哄他开心。

又是一声低笑入耳："没骗我，那是谁说每天送我棒棒糖一直到高中毕业？"

"我……"岑姜确实说过这句话，虽然不是什么正经的承诺，但那会儿的确以为能做到。

即使这件事错的源头不在她身上，于陆嘉言来说，她也确实是说话不算话。

"对不起。"岑姜手心反复搓着棒棒糖，面对这样的陆嘉言，她一点底气都没有。

"谁要你的对不起！"陆嘉言揉了揉眉心，低叹一声，"你回去吧。"

"好。"岑姜解开安全带，默默走下车。

小区门在驾驶座这边，岑姜绕过来，走之前还是没忍住叮嘱了句："注意安全,早点休息。"

陆嘉言依旧耷拉着脑袋,没启动车子,也没搭理她。

岑姜原本想看着他离开再进去,见状,她决定先行离开。

"喂!"才转身,她就听到陆嘉言别扭地喊了声。

岑姜重新看向他:"怎么了?"

陆嘉言朝她伸出一只手:"拿过来。"

岑姜不解:"什么?"

陆嘉言"啧"了声:"棒棒糖。"

他微微偏头,面上带了点不爽,但更多的是不自然。

岑姜神色微愣,反应过来后把手中的棒棒糖放在他手心,眉眼染上些许笑。

瞥见她笑,陆嘉言黑着脸把车窗摇了上去,而后驱车离开。

看着车子绝尘而去,岑姜笑完之后只剩下心疼。

心疼他的善良和心软。

岑姜拿到设计图纸的第二天,有装修公司打电话过来,说是 LU 工作室长期合作对象,不知道从哪儿得知她是陆嘉言的朋友,对方说给她算最优惠的价格。

她毫不犹豫地选择了这家。装修正在进行中,但设计图还没给钱。

岑姜现在不敢去找陆嘉言。

原本以为那天晚上,陆嘉言收了她的棒棒糖算是一种原谅或和解,但是最近几天陆嘉言的日记本内容让她推翻了这种想法:

【始乱终弃的小兔子不配得到我的原谅。】

岑姜第一次见到这条信息时,还有点难过。

第二天又出现在手机上时,她觉得心疼。

第三次收到时,岑姜想,他在干吗?

第四天收到,岑姜已经无感了。

到底是有多气啊?而且她觉得"始乱终弃"这个词用得不妥。

乱不乱她不知道，至少她没有弃。

某天晚上收工回来，不配得到原谅的骗子小姐岑姜给陆嘉言打了个电话过去。

"你好，哪位？"电话里传来陆嘉言公式化的语音。

岑姜也学着他的语气问："请问是陆总监吗？"

说完不知道想到什么，她忽地笑了声。

电话那边沉默几秒，陆嘉言问："笑什么？"

岑姜笑："没什么。"

她只是想到了第一次见面时的场景，这么多年过去，他终于名正言顺当上了陆总监。

"找我有事？"陆嘉言的嗓音听起来情绪不佳，不知道是跟她通话有关，还是别的什么事。

岑姜说出自己的目的："上次约的室内设计图还没给钱，多少钱？我是转给你还是去你工作室付款？"

"工作室不清楚。"陆嘉言说，"我现在不在北城，等我回来再说。"

岑姜"哦"了声："那行。"

江城某私立医院。

电话里没了声音，隔了几秒，陆嘉言挂断电话。

他靠在身后的墙上站了一会儿，一名护士路过，见到他停下脚步："先生，你是陆老先生的儿子吧？他在找你。"

陆嘉言"嗯"了声："谢谢。"

回到病房，躺在病床上的陆父眉头紧锁，像是想抱怨，在瞥见陆嘉言没什么表情的脸时又不自觉放软了语调："你去哪儿了？刚刚医生找家属找不到。"

陆嘉言往沙发上一坐，两条大长腿屈着，淡声说："接电话。"

"你准备什么时候回来？"陆父说着还咳嗽了几声。

他看起来比七年前老了很多，之前还算得上器宇轩昂，现在只能用"老态龙钟"来形容了。

"我什么时候答应你回来了?"陆嘉言微微抬起眼睑,"我不会回来。"

"你……咳……"陆父又咳嗽了几声,"你不回来我怎么办?公司怎么办?"

见父亲这样,陆嘉言神情没有丝毫变化,语气依旧不紧不慢:"你不是还有个儿子吗?"

"那小子已经管别人叫爸爸了!"陆父气得呼吸粗重,"再说了,我不想把家产给他。"

陆父前几年跟上任妻子离了婚,儿子被带走,现在前妻嫁人,儿子也改了姓。

"我不想要。"陆嘉言说,"你要是不想给别人就捐了吧!"

"混账!"陆父面红耳赤地呵斥道,"你怎么能说出这种话,那可是我半辈子的心血!"

陆嘉言:"关我什么事?"

"你再怎么记恨我,我都是你父亲,这是不争的事实。"陆父哼笑几声,"你不能不管我。"

"我不会不管你。"陆嘉言嘴角勾起一抹笑,"毕竟你给了我生命供我上学,所以,我也会帮你养老。"

见陆父脸色有所好转,陆嘉言继续说:"医院那边我已经签字,还给你请了个二十四小时看护,明天我就会回北城。"

陆父心里一慌:"那你什么时候回来?"

"那就要看你能坚持到什么时候了。"陆嘉言说完,头也不回地走出病房。

身后是陆父气急败坏的骂声还有玻璃摔在地上的破碎声,陆嘉言内心毫无波澜。

跟陆嘉言通完电话,岑姜一直在想,陆嘉言现在对她到底是个什么态度?

有时候看似很关心她,有时候又冷着一张脸,日记本里还说不原谅她。忽冷忽热,让人摸不透。

岑姜盯着面前的手机,他不在北城,今天是收不到消息了。

第二天晚上,收到的消息让岑姜心凉了一截。

【有些人可以原谅,有些人一辈子都不可能原谅。】

岑姜呼吸一顿,一辈子都不可能原谅?那她属于哪种?

结合他前几天日记本里的内容,岑姜怀疑自己是后面这种。

想到这里,岑姜的心情一下子沉到谷底。

那天起,她心情一直不怎么好,好在没有多余的时间去想别的事。

岑姜最近工作上有点忙不过来,在网上招了两个助理,都是摄影专业的应届毕业生。一个叫苏馥,负责帮她修草图;一个叫汤序,负责跟她外出打下手。

岑姜给他们工资开的不低,两人也相当配合。特别是汤序,每次陪岑姜外出,扛相机包、开车这种活他都抢着做。

忙碌的工作容易让人忘却烦恼,一旦闲下来,有些不开心的事情便总在脑子里打转。

时间已经进入六月中旬,岑姜洗完澡躺在床上,手里握着手机,屏幕上是跟陆嘉言的微信对话框。

关于设计图费用的事情,上次说等他回来,过去这么多天,他明明回来了也没联系她。

岑姜正想编辑消息过去问一下,刚打了一个"你"字,上方就跳出来一个对话框,显示她被拉进一个群。

群名叫"社会精英",看到这个,岑姜忽然觉得自己不配。

群里不断跳出消息。

飞机:【@岑姜,你回来了?】

飞机:【还记不记得我们啊?】

郭艺洁:【请不要说"们",反正记得我。】

秦烟:【记不记得你还真不一定,我们也见过面了。】

岑姜：【都记得，怎么会不记得。】

岑姜发完后，群里顿时更热闹了，宋语薇也出来冒了泡。后来秦烟提议找个时间聚一下，大家纷纷赞同。只不过陆嘉言一直没出来说话，岑姜有点失落。

聚会的时间由龚思维敲定，这周六，地点就在"微醺"。

群聊完，宋语薇加了岑姜的微信，两人约好周六一起吃晚饭。本来想约郭艺洁一起，但人大明星忙，说晚上都不一定能过来。

周六下午，岑姜化了个美美的妆，来到跟宋语薇约定的咖啡厅。

"岑姜，你又变漂亮了。"宋语薇跟两人第一次见一样，见面就夸她。

"你也是啊。"岑姜在她对面坐下，笑着说。

宋语薇也没什么变化，说话温温柔柔，给人一种如沐春风的感觉。

两人吃吃逛逛聊着天，一晃就是一下午。

吃晚饭的时候，宋语薇不自在地开口："等下还有个人要过来，他请吃饭。"

岑姜看她表情就猜到是她男朋友，但是万万没想到过来的是许久不见的龚思维。

"你们在一起了？"岑姜脸上有说不出的震惊。

"对啊。"龚思维吊儿郎当地揽住宋语薇的肩膀，"不可以吗？"

宋语薇拍开他的手："你注意点形象。"

"你是我媳妇，抱一下怎么了？"龚思维笑得一脸得意。

"你们结婚了？"岑姜再度被震惊到。

"还没呢。"宋语薇红着脸解释，"日子还没定。"

龚思维："领证了还不算？"

岑姜看着他们笑笑闹闹，很是羡慕。

点完菜，龚思维问岑姜："你跟阿言联系了没？"

碰到以前的人，好像永远都绕不开这个问题。岑姜实话实说，把在陆嘉言那儿约设计图的事情说了一遍。

龚思维感叹道:"还是你面子大,我都缠他很久了,一直说忙。"

岑姜喃喃自语:"是吗?"

可他不原谅自己怎么办?

三人吃完饭来到"微醺"。

秦烟把他们带到预留的包厢,里面有几个岑姜不认识的人,没有陆嘉言。宋语薇解释,这是秦烟他们大学期间认识的朋友,经常一起玩。

其中有人见到岑姜,吹起了口哨:"这位美女就是你们从国外回来的朋友?不介绍一下?"

秦烟挑眉一笑:"她叫岑姜,多的就别想知道了,知道也没用。"

他这句话翻译过来就是:人家名花有主,你们就别想了。

岑姜以为秦烟在帮她解围,递过去一个感激的微笑。

打完招呼,她找了个角落的位置坐下,宋语薇和龚思维坐她边上。

三人继续聊天。

过了会儿,秦烟也凑了过来:"郭艺洁说来不了了。"

"阿言呢?"龚思维帮岑姜问出心中所想。

"他啊……"目光在岑姜身上停留一秒,秦烟笑了声,"他晚点应该会过来。"

岑姜瞬间变得紧张又期待。

包厢内其他人在喝酒玩色子,岑姜和宋语薇没参与,龚思维也难得没去。大概过了半小时,包厢门被人从外面打开,陆嘉言晃晃悠悠地走了进来。

岑姜见到他出现的那一刻,之前内心一些难以言喻的情绪霎时变得明朗起来,应该叫作想念。

秦烟那边一伙人激动地朝陆嘉言招招手,其中一人大喊:"阿言快过来,今晚看我不灌醉你。"

"就凭你?"陆嘉言稍稍歪头,语气十分不屑。

"别嚣张!快来!"

陆嘉言的视线在包厢里扫了一圈,扫到岑姜时他朝那人懒懒道:"今天开了车,不喝酒。"

说完他朝角落走去。

"对嘛!"龚思维笑呵呵地道,"喝酒有什么意思,过来聊天。"

陆嘉言在岑姜身边坐下的下一秒,才说完"喝酒有什么意思"的人起身跑去喝酒了。

宋语薇也跟着起身:"他喝酒没个度,我得去看着他。"

一时之间,角落就只剩下岑姜和陆嘉言两人。另一边是一群人摇色子的吆喝声,前方大屏还播着劲歌热舞,衬得这方小天地呈现一片诡异的安静。

岑姜喝了一口水,率先打破这种安静:"你什么时候回来的?"

"第二天。"

岑姜其实想问"那你怎么不联系我",又怕听到什么不想听的答案,于是说:"我最近也很忙,还没给你设计费。"

陆嘉言"嗯"了声。

他懒懒地靠在沙发上,岑姜端端正正地坐在前面。

这个角度看过去,能看见女孩耳侧那一块欺霜赛雪的肌肤以及她莹白的耳垂。陆嘉言顿觉口干舌燥,他端起面前一杯水一口闷。

岑姜不懂他这一声"嗯"是什么意思,正要问,那边一群人结束摇色子的游戏朝这边走过来。

"来来来,阿言难得来一趟,我们一起玩游戏。"刚刚扬言要灌醉陆嘉言的那人走过来搭在他肩膀上,挑眉问,"真心话大冒险怎么样?"

陆嘉言拉开他的手:"随意。"

龚思维往沙发上一倒:"土是土了点,但我们也不会别的游戏。"

秦烟去拿转盘,龚思维去门口调节灯光。不知道他按了哪个开关,"啪"的一声灯光全部熄灭,包厢内刹那间陷入了伸手不见五指的黑暗。

几乎在灯光熄灭的同时,岑姜下意识转身抱住陆嘉言。

陆嘉言身子微僵,被这突如其来的拥抱整得脑子一片空白,下一秒,一个轻软的嗓音落入耳郭:"别怕。"

这句"别怕"给陆嘉言一种恍如隔世的感觉。

各种情绪在体内翻涌,他轻轻将头靠在怀里人的肩膀上,享受这片刻温存。

也就在这时,龚思维摸索到正确的开关把灯打开,包厢内霎时一片敞亮。

所有人被紧紧抱在一起的两人给震惊到了,即便岑姜已经第一时间退开来,还是没能逃过他们的眼睛。

面对眼神各异的一群人,岑姜讷讷地解释:"我有点怕黑。"

这句没什么说服力的解释也不知道有几个人信。

陆嘉言眼睑微合,眸子里掠过一抹笑。

"愣着干什么?快点开始。"龚思维笑着拍了拍手,把大伙的注意力吸引过来,开始转动转盘。

陆嘉言和岑姜都不在状态,特别是岑姜,她被自己刚刚没过脑子的举动尴尬到了,脸颊发热,不用看都知道有多红。

心不在焉的两人还不知道游戏已经抽中了陆嘉言,还是秦烟碰了碰陆嘉言的胳膊提醒他,他才知道。

"转这个小转盘,抽个惩罚。"坐在对面的龚思维教他。

陆嘉言抬了抬下巴,无所谓地道:"你帮我转吧。"

"行。"龚思维往指针上一拨,指针飞速转了无数圈之后慢慢停下来。

围观几人看到指针指向的惩罚时,开始哄笑:"这个可以!来来来,搞快点!"

抽到了大冒险,内容是亲吻在场的一位女士。

龚思维看向陆嘉言,挠了挠脑袋:"要不换一个?"

秦烟也说:"阿言你要不喝酒也行。"

包厢内除了岑姜和宋语薇,还有两位女士,宋语薇可以忽略不计,另外两人陆嘉言估计连名字都不记得。

但是岑姜嘛,他们还不清楚两人现在是什么情况,怕这么一闹起到反作用。

陆嘉言轻笑了声:"算了干什么?既然玩了,就要有点游戏精神。"

秦烟嗤了声,龚思维也闭上嘴。

听完陆嘉言满不在乎的话,岑姜心里冒起酸酸的泡泡,他们以前也这么玩吗?

不知道为什么,她突然就不开心了。

陆嘉言的视线落在岑姜耷拉着的脑袋上,眼神暗了暗。

静谧的包厢内,秦烟的表情由最开始的担心变成玩味。

周围安静异常,岑姜刚想要不要偷偷瞅一眼,一道阴影靠近,下巴倏地被人抬起来,耳畔还伴随着男人的低语:"得罪了。"

在岑姜还没反应过来的时候,唇畔被人轻轻咬了下。

她茫然地抬起头,眼前是陆嘉言那张被放大的脸。包厢暗黄的灯光下,男人双眸深邃明亮,里面有不知名的情绪在翻涌。

呼吸交错间还能闻到淡淡的烟味。

岑姜的脑子里像炸开一朵花,暂时失去了思考的能力,只知道唇畔被咬的地方又疼又麻。

很快,陆嘉言放开了她。

包厢里立马有人表示不满:"陆嘉言,你把人挡住了我们什么都没看到,谁知道你亲没亲?"

"对,耍赖。"

"要不喝酒,要不重来。"

秦烟淡定地笑了声:"别闹,人家女孩子害羞。"

有人喊:"这里有不害羞的女孩子。"

陆嘉言轻飘飘扫过去一个眼神,那人立马闭了嘴。

秦烟招呼大家继续,他大概是除了当事人外唯一确定陆嘉言真亲了岑姜的人。

他其实没看到亲上了没有,但他看到陆嘉言凑过去时的眼神,那眼神像是要把人吞入腹中一般,哪里会忍得住不亲。

更何况,陆嘉言耳朵都红了。

岑姜脸上的红晕没消失过,后来的时间都处在云里雾里。

散场后,经过一轮分配,岑姜自然而然地坐上了陆嘉言的车。

正值夏天,天气很热,陆嘉言开了空调。这种密闭的空间,即便有冷气,岑姜还是觉得闷。

她犹豫一瞬,轻声开口:"陆嘉言。"

"嗯?"

"我想开窗。"

陆嘉言偏头看了她一眼,随即打开车窗。

"疼吗?"

徐徐晚风迎面吹来,岑姜内心的闷热刚缓解了几分,便听到他问了这么一句。

"啊?"

"我问你。"陆嘉言一字一顿,"刚刚疼不疼?"

岑姜知道他问的什么,这人怎么这样?关键他还装作一本正经的样子。

岑姜看向窗外,不理他。

车子到了岑姜小区门口,她解开安全带打算下车,结果发现门拉不开。

"陆嘉言,你开门。"

陆嘉言"哦"了声,却没有下一步动作。

岑姜拉了几下还是拉不开,干脆放弃:"你什么意思?"

"你还没回答我问题。"陆嘉言微微掀起眼皮,语气平缓。

岑姜脸上又是一热,她都想从窗口跳出去了。

"疼疼疼!"岑姜恼羞成怒道,"疼,你烦死了!"

岑姜那天回到家,很久都没能平复好过快的心跳。她不知道自己回答完之后,陆嘉言是什么样的表情。因为他开了锁,她就溜了,全程没看他一眼。

那天他日记本里的内容只有两个字:

【娇气!】

岑姜想都不用想,这是在说她。

设计费的事还是没解决,岑姜近些天也没去找陆嘉言。

不知不觉,岑姜的生日快要到了。"社会精英"的群里,宋语薇第一个提了她过生日的事。

龚思维声称要弥补当年的遗憾,一定要吃上她的生日饭。

岑姜当然不可能拒绝,当即在群里统一发了邀请。

生日的前一天晚上,岑姜还特意单独发了个微信给陆嘉言。

他回:【有空就来。】

要不是熟知他傲娇的性子,岑姜差点气得让他别来了!

她生日的事情两个助理也知道,尤其是汤序,提前几天就给她送了礼物,岑姜也顺势邀请了他们。刘苗出差了没空,说是回来给她带礼物。

岑姜在市中心一个餐馆订了间大包厢,郭艺洁很给面子,一早就到了。

陆嘉言又是最后一个到达。

岑姜隔着桌子冲他笑了笑,陆嘉言的视线却落在她右边的汤序身上,只是一秒,便移开。

岑姜的手机响了声,她拿起来一看,是岑念。

她边接起边往外走。

汤序也跟在她身后走出来。

岑姜站在一处安静的地方接电话。汤序去上洗手间,回来见岑姜还站在那儿,就站在原地等她。

"你现在过来吗?"

"都是我朋友。"

"嗯嗯,随便你。"

岑姜结束通话转身就看到不远处的汤序:"你怎么在这儿?"

汤序害羞地一笑:"我等你一起进去。"

"没事,你先进去,我去上个洗手间。"岑姜说完越过他往洗手间走。

回到包厢,汤序特意留意了一眼,发现里面没有空位,便招来服务员让加个位置。

郭艺洁闻言随口问:"还有人来?"

汤序:"姜姜姐妈妈会来。"

其他人听了面上没什么变化,只有陆嘉言,低垂的眸子里眸光微动。

半晌,他忽地站起身往外走,出门走了两步恰好碰到上完洗手间回来的岑姜。

"你要去上洗手间吗?"岑姜给他指了个方向,"在那边。"

"不是。"陆嘉言低声道,"我有点事要先走。"

岑姜下意识问:"什么事啊?"

"公司的事。"陆嘉言说完就走。

岑姜眼睁睁看着陆嘉言下了楼,她抿了抿唇,不甘心地追了上去。

天空的边界处还残留着最后一抹夕阳,月亮已经可以看清轮廓,暮色即将降临。

出了饭店门,岑姜小跑了两步拦在陆嘉言前面:"你是不是还在生我的气?"

陆嘉言一愣:"你指什么?"

"我哪知道!"岑姜现在很不开心,说话比较冲,"是高三没给你送棒棒糖还是没去Q大?"

陆嘉言将头瞥向另外一边,淡淡地道:"不是,我现在真有事。"

"可是我今天生日。"岑姜说。

虽然他在日记本中写不原谅自己,但是从每次见面他的表现来看,却不像那么回事。岑姜觉得,他应该也跟自己一样,心底某个地方还留有对方一个位置。

当年的事情硬要说个对错,那就只能是她错了。所以对于他的傲娇和偶尔一阵不怎么友好的态度,她都照单全收。

今天是她生日,连龚思维他们都觉得想弥补当年的遗憾,他难道就不想吗?

见岑姜紧绷着一张小脸,陆嘉言脸上闪过一丝挣扎,但最终还是说:"抱歉。"

他这两个字一出,岑姜仅存的一丝幻想破灭。

难过之后便是难堪,自己都这么留他了,普通朋友都会给面子吧?

"没事,那就不耽误你去工作了。"岑姜丢下这句话挺直腰杆走回饭店。

重新回到包厢,谁都看出她脸色不好,特别是旁边的汤序,他不停地问她怎么了,是不是身体不舒服,连红糖水都给她泡来了。

陆嘉言这么久没回来,秦烟觉得不对劲,转头问边上的龚思维:"阿言呢?"

"不知道啊。"龚思维说,"去抽烟了吧?"

他这句话声音不小,对面的岑姜听了,硬邦邦地道:"他有事走先了。"

怪不得她突然变了脸色,龚思维和秦烟对视一眼,双方眼里都有不解。

秦烟特意出去打了个电话,陆嘉言给的回答一样,说是公司有事,明显不愿多说的态度都不给秦烟打探原因的机会。

为了缓和气氛,龚思维扯起了别的话题:"欸,岑姜,不是说你妈妈要来吗?阿姨人呢?"

岑姜有瞬间茫然:"没有啊,我没说我妈要来。"

话落,所有人的视线一致看向她右边的汤序。

汤序面色微红,小声解释:"姜姜姐,不好意思,我刚听到你打电话,好像说你妈妈要过来,所以提了一下。"

岑姜恍然:"噢,没事,我妈才不会真的过来。"

岑姜说完,包厢内的人都放松了几分。

龚思维开始放飞自我,什么话题都能聊。跟郭艺洁两人像是在讲相声,逗得包厢一众人直乐。

岑姜一整个晚上都在笑,看起来比谁都高兴。只有她自己知道,心里一直想着陆嘉言的事情。

岑姜回到家还在想,一会儿发誓以后再也不理他了,一会儿又想,他到底为什么会这样?

这个问题在收到陆嘉言的日记本内容时,有了答案:

【要是她妈妈看到我又把她带走了怎么办?】

看到这句话,岑姜鼻子一酸。

原来这才是他离开的真正原因?他在害怕,怕她又一次离开?

岑姜又哭又笑,还以为她是那个十七八岁的小女生呢?都多大了,还能让家里人管交友?

即便是她妈妈想管,也管不着了!

她自己独立以后就没被她妈管过任何事情,她现在完全可以做主自己的人生。

这个男人怎么这么别扭!

看完这条信息内容,岑姜完全打消了之前对陆嘉言的各种猜测和怀疑。

无论表面看起来怎么样,陆嘉言还在意她,这是事实。她对陆嘉言的感情,她自己知道。

现在的问题是,他们需要一个仪式,需要一个人去做点什么来改变现在这种相处模式。

那么这次就由她来吧!

岑姜趴在桌上,脑子里思索着要找个什么时间用什么样的方式来行动呢?

一阵来电铃声打断了她的思绪。

岑姜偏头扫了一眼,见到屏幕上的名字顿时坐直了身子。

是陆嘉言。

岑姜接起:"喂?"

"你,现在有空吗?"陆嘉言等了一秒,继续道,"我忙完了。"

岑姜无声地牵起一抹笑:"哦。"

"忘记给你生日礼物了。"

"嗯。"

"在哪儿?"

"在家。"

"那好,我半个小时到你家楼下。"陆嘉言说完等岑姜回应。

"行,你慢点开,不着急。"

岑姜在对方说完要过来的下一秒,脑子里便跳出一个想法——要不就现在吧!天时地利人和。

只不过她得先去准备一点东西,半个小时不知道够不够。

岑姜拿上手机包包匆匆出了门。

她逛完好几个超市往回走的时候,收到了陆嘉言的微信,说让她下楼。

岑姜手上抱着一个大号礼品盒,看完消息加快了脚步。

离小区门口还有一小段距离,岑姜远远就看到了倚在黑色轿车上的陆嘉言。

男人手里拿着个小盒子随意地往上一抛,又接住,如此反复。

"陆嘉言!"岑姜喊了他一声。

陆嘉言的目光从小区门移至发声地:"你这是去哪儿了?"

岑姜没有回答,而是找了个休息椅坐下,并拍了拍右边的位置:"过来这边坐。"

陆嘉言走到她身边坐下,把手里的盒子递给她:"给,生日礼物。"

岑姜怀抱着那个大礼盒,艰难地伸手接过他的礼物,眉眼弯了弯:"谢谢。"

路灯下,女孩的笑比霓虹灯还要亮眼,陆嘉言原本以为过来面对的会是生气的她,她这样反而让他很内疚:"其实今晚,我……"

"没事。"岑姜脸上的笑容越发灿烂,"我知道,你这不是来陪我过生日了嘛。"

大马路上川流不息,车轮摩擦地面的声音不绝于耳。

陆嘉言笑了声:"那你还想去做什么?"

"我确实还有一件事想做。"岑姜抱着手中的箱子晃了下。

"这是什么?"陆嘉言一开始就想问,"谁送你的?"

他以为在他来之前,有人过来送了礼物给她。

"不是,这是我送给你的。"岑姜说着把盒子放在他手上,强调道,"你先别打开。"

"送给我?"陆嘉言不解地问,"为什么?"

"陆嘉言。"岑姜侧过身跟他面对面,认真地看着他,"你是不是觉得我骗了你?你说实话。"

陆嘉言不自在地反问:"难道不是?"

"行,我承认。"岑姜目光不闪不躲,语气真诚,"对不起,陆嘉言,对不起,我以前许给你的承诺没有做到,我想现在补给你。"

"怎么补?"陆嘉言问。

"就是这个。"岑姜示意他打开盒子,"你打开看看。"

陆嘉言依言揭开盒子,看到里面的东西,他目光微顿,觉得意外,又不是很意外。

是一盒棒棒糖,一盒草莓味棒棒糖。

"这是我跑了好几家超市给你买来的。"岑姜软着嗓子道,"从我走那天起到高中毕业,所有欠你的棒棒糖都在这儿。"

见他没有抬头,岑姜再接再厉:"你原谅我行吗?"

"岑姜。"陆嘉言突然抬起眼帘,目光灼灼,"你在跟我撒娇吗?"

岑姜的声音原本就比较软,再加上刚刚还带了几分刻意的讨好,简直是在陆嘉言的心上挠痒,那里已经酥麻一片。

岑姜眨了眨眼睛:"那我撒娇有用吗?"

陆嘉言不想承认,干脆不理她。

岑姜注意到他耳后的肌肤红了一块,顿时心里有了数。

他害羞了!

"那你不说话,我就当你原谅我了。"岑姜自顾自地说。

陆嘉言还是不说话,他从盒子里拿出一根棒棒糖放在手心里把玩。

"那你原谅我了,我……"岑姜暗暗深吸一口气,小声说,"那我可不可以追你了?"

"啪嗒!"

陆嘉言手里的棒棒糖掉到了地上:"你说什么?"

岑姜弯腰捡起那根棒棒糖放进盒子里,坐直身子,目视前方:"我说我可不可以追你?"

陆嘉言脑子里像是放了一场烟花秀,过了十几秒才落幕。

他静静地盯着岑姜的侧脸,见她脸上的颜色以肉眼可见的速度变红,然后蔓延到脖子,视线往下,她两只白皙修长的小手紧紧揪着裙子。

陆嘉言忽地笑了:"看你表现。"

岑姜转头:"嗯?"

陆嘉言没忍住弹了一下她的额头:"我说看你表现,我很难追的。"

岑姜捂着额头笑吟吟地道:"行,我会加油的。"

然而信誓旦旦地说要追别人的岑姜,第二天去了外省出差,五天后才回来。

回来的当天晚上,陆嘉言的笔记本内容很精彩,几乎都在骂她。

又是骗子又是不负责什么的。

岑姜在网上搜了一下追人的一些方法。

第二天早上,岑姜给陆嘉言发了条微信:【早上好,昨晚睡得好吗?】

对方几乎秒回:【不好,不好。】

岑姜无奈。

网友没告诉她怎么回复,所以岑姜没回。

发完消息,岑姜回书房工作了两个小时,之后换衣服出门前往 LU 工作室。

到那儿的时候十一点半,岑姜为了不打扰陆嘉言工作便在楼下休息区等他。

才刚坐下,她就收到对方的消息:【上来。】

岑姜一愣,她都还没告诉他呢,老板能看到所有地方的监控?

就在她百思不得其解的时候,徐丽走过来笑着说:"我刚给老板打了个电话,他让您上去。"

岑姜回以微笑:"行,谢谢。"

徐丽领着她上到二楼。

二楼是办公座区域，许是很少有客户上去，见到岑姜，那些设计师纷纷投来若有似无的目光。

顶着那么多双好奇的目光来到总监办公室前，徐丽说："就是这里，您直接进去就可以了。"

岑姜点头道谢，而后敲了敲面前的门。

没听到回声，岑姜又抬起手，刚要敲门，面前的门从里面打开来，陆嘉言出现在门口："进来。"

男人面无表情，声音也冷冰冰的，显然在生岑姜这几天没找他的气。

岑姜忍着笑，走了进去。

办公室很大，跟他家里的书房装修差不多。

办公桌上到处都是图纸，包括地上也有。

陆嘉言在办公桌前坐下，淡淡地问："你来干什么？"

"找你吃饭啊。"岑姜开始帮他捡地上的图纸。

陆嘉言见状，走过来将她拉起："不用你捡，你坐好。"

"你这里经常这么乱？"岑姜将手里的图纸放桌上，随口问。

"不是。"陆嘉言说，"只有心情不好的时候会这样。"

岑姜明知故问："怎么了，怎么就心情不好了？"

陆嘉言冷哼了声："因为有人说要追我，却一个星期都没见着人。"

岑姜实在没忍住笑出了声："我出差了，这不一回家就来了。"

"我没空。"陆嘉言坐回办公椅，拿笔开始工作。

"那你什么时候有空？"岑姜坐在他对面，双手托着腮，眼里全是细碎的笑。

"今天都没空。"

"我可以等你啊。"岑姜好脾气地说，"你总要吃饭的吧？"

"不想吃。"陆嘉言看起来不为所动。

"可是我想吃。"岑姜隔了一秒，又说，"我不吃的话胃会不舒服。"

陆嘉言停下手中的笔，微微抬头，对上岑姜无辜的眼神，挑了下眉："那跟我有什么关系？以为我会心软？"

"没有。"岑姜清了清嗓子,"我就是实话实说,你继续工作,我还是帮你收拾一下桌面吧。"

岑姜决定先不闹他了,等他工作完再说。

陆嘉言见她开始整理办公桌上的图纸,也没去阻止,重新低下头画图。

岑姜今天穿了一件彩虹色针织背心加一条牛仔短裤。

她收完对面来到陆嘉言这一侧,办公桌正中间的纸张够不着,岑姜踮脚半趴在上面去拿,短款的针织背心下露出一节纤细白皙的腰肢。陆嘉言偏头,视线落在那块肌肤上时,眸色暗了暗。

视线往下,是她笔直均匀的大长腿,他呼吸都不自觉重了几分。

"别收了。"陆嘉言说。

"嗯?"岑姜看向他,"为什么?"

她就像一个无知的少女,对于危险一无所知。

陆嘉言忽然有些恼她。

他伸手扣住她手腕用力一拉,她便坐在了他腿上。

"你干吗?"猝不及防地落在他怀里,岑姜紧张得尾音轻颤。

"你勾引我。"陆嘉言沙哑的嗓音带着一点控诉的意味。

岑姜无语:"我在帮你收拾桌子。"

"你就是。"陆嘉言将下巴靠在她肩膀上。

陆嘉言一只手贴在她腰侧,岑姜觉得那块肌肤泛起酥酥麻麻的痒。

她动了动身子,转过身面对他,顺着他的话问:"那我成功了吗?"

她的话一点也不暧昧,眼神也清澈透亮。

陆嘉言却觉得她又在勾引自己,他缓了缓呼吸,把岑姜放了下去:"没有,我要是这么经不住考验,早被人追走了。"

岑姜瘪了瘪嘴:"多少人追你啊?她们怎么追的?"

陆嘉言放下笔,没好气地道:"至少比你认真。"

"那你举个例子。"岑姜说,"她们没追到肯定是因为她们用错了方法,你告诉我,我就不会重蹈覆辙了。"

陆嘉言拿上手机放口袋,往门口走:"错了。"

"什么?"岑姜跟在他身后出了办公室,没懂他这一句"错了"是什么意思。

外面公共办公室的人见到陆嘉言出来,一个个笑着打招呼:

"老板好!"

"言哥!"

王泽是陆嘉言的大学学弟,跟他关系好,所以代表全办公室员工问了一个问题:"言哥,不介绍一下美女?"

"你不是知道她名字?"陆嘉言懒懒地道。

"我的意思是问你们的关系。"王泽从徐丽那里听来不少八卦,随即大胆猜测,"女朋友?"

陆嘉言脚步一顿,正要说点什么,身边的岑姜却抢先回答:"还不是。"

一个"还"字让全办公室的人兴奋了起来:"老板还没追到呢!"

"不是不是。"岑姜连忙解释,"是我还没追到。"

没去注意那些人什么反应,陆嘉言拉着岑姜的手就走:"不嫌丢人?"

"我光明正大地追你,怎么就丢人了?"岑姜显然心情很好。

下了楼,陆嘉言松开她的手,冷笑了声:"说得倒是好听。"

她怎么就只是说了?

"想吃什么?"两人坐上车,陆嘉言问。

"我都可以,关键看你。"岑姜咧嘴一笑,"我请你吃。"

陆嘉言偏头轻笑了声:"行,那我挑个贵点的地方。"

岑姜眉梢扬了下:"不怕。"

陆嘉言带她来的这个地方比较安静,菜品味道特别好。

吃完饭,陆嘉言说送她回家,岑姜忽然想起一件事:"你下午忙吗?"

"你想做什么?"

"我想买辆车。"岑姜说,"我现在出去拍照很多时候是租车,不怎么方便。"

"想我陪你去看车?"陆嘉言轻飘飘地扫了她一眼,"你这追人手段不错。"

岑姜打着哈哈:"这不是想多点时间跟你相处嘛。"

一个小时后,陆嘉言开车来到汽车城。岑姜想买辆商务车,因为有时候去别的城市出差要带很多东西,商务车空间大一点。

岑姜只是说了自己的想法,其他的都是陆嘉言在看在谈。最后,陆嘉言看中了一辆,岑姜想都没想,直接付了款。

"看房间也是别人帮你看。"陆嘉言叹息一声,"你的这种行为,别人把你卖了都不知道。"

"我有判断能力的。"岑姜说,"因为你们都是我信任的人。"

跟 4S 店约好提车时间,两人离开汽车城。

陆嘉言把岑姜送回了家,下车之前,岑姜问了个一直盘旋在她脑子里的问题:"你出办公室前说的'错了'是什么意思?"

陆嘉言吊儿郎当地道:"不告诉你。"

他的回答更加深了岑姜的好奇心。

到了晚上,陆嘉言的日记本内容满足了她的好奇心:

【因为她们都不是你。】

岑姜看到信息的那一刻,心都酥了。

想起网上的办法,她连忙发了个微信过去:【晚安,好梦,希望梦里有我。】

发完,岑姜搓了搓手臂,掉了一地的鸡皮疙瘩,怎么这么油腻?

鸡皮疙瘩掉完,陆嘉言回了条信息过来:【有你的梦都不是什么好梦。】

岑姜无语。

他的好话是不是说不出来只能写出来?

岑姜这几天还比较闲,有空就去陪陆嘉言吃午饭。

对方还是一样的傲娇。

岑姜又接了个活,帮一个服装时尚品牌拍新一季服装宣传照,要出国一个星期。

岑姜临走之前跟陆嘉言说了声,换来对方阴阳怪气的一句:"跟我有什么关系？"

呵，最好是没关系。

在国外的这一个星期，汤序一直跟在岑姜身边，还好有他，不然岑姜根本忙不过来。

她忙到跟陆嘉言道早晚安的时间都没有。

这样忙忙碌碌地过了一个星期，岑姜踏上了回国的航班。

上飞机前，岑姜给陆嘉言发了条信息：【我晚上七点到家，有空一起吃饭吗？夜宵也行。】

以前几年都没觉得，现在才一个星期不见，想念在心里就如雨后竹笋疯长出来。

岑姜下了飞机才看到陆嘉言的微信：【在哪儿？要不要去接你？】

岑姜：【不用，我要先回家一趟，你晚点来我家楼下等我？】

陆嘉言这次回得很快：【嗯。】

岑姜的车子去之前就停在了机场停车场，汤序坚持要把她送回家，岑姜确实有点累，便没有拒绝。

一连几天高强度的工作加上十来个小时的长途飞机，岑姜累得上车没多久就睡着了。

陆嘉言下了班一直留在办公室没走，工作的时候时不时看一眼手机。

所以收到消息，他第一时间拿起来查看，回复完岑姜的消息，他立马放下工作拿起车钥匙出门。

车子开到岑姜小区门外停下，陆嘉言看了一眼时间，离收到她信息到现在还不到半小时，她应该还没到家。

陆嘉言玩了一会儿手机，实在无聊，想抽根烟，手刚碰到烟盒又缩了回来，转而拿起放在储物柜里的棒棒糖，撕开糖纸放在嘴里。

不多时，一辆熟悉的车子缓缓停在他车子前面。

陆嘉言抬了抬眉梢，等了几秒，见前面的车子没动静，他转身开门下车。

陆嘉言两手插兜慢慢悠悠地走到前面那辆车的驾驶座外，微微弯腰。

当看到里面的情形时,他猛地抽出手重重地拍打车窗,眼里戾气横生。

车厢里,汤序看着身边熟睡的女孩,心思微动。鬼使神差地,他俯身一点一点往岑姜脸上凑,听到车窗被拍的声音,他吓了一大跳。

他急急忙忙坐起身,转头看向窗外,对上陆嘉言阴沉的目光时下意识咽了咽口水。

陆嘉言边拍边示意他开门。

汤序听话地把门打开。

陆嘉言大力拉开车门,冷声道:"下车。"

岑姜在陆嘉言拍打窗户的时候已经迷迷糊糊醒了,看着眼前的画面,她完全不知道什么情况:"怎么了?"

陆嘉言紧紧盯着汤序,实在没压制住体内翻腾的火焰,一手揪住他的衣领把他拉了下来:"滚!"

"陆嘉言,你干什么?"岑姜皱着眉,看起来极为不赞同他的做法。

汤序没敢看身后的岑姜,哆哆嗦嗦地跑了。

陆嘉言深吸一口气,坐进来,车门被他大力关上。

"砰"的一声,把岑姜吓了一跳。

岑姜从来没见过他发这么大的火:"你怎么了?汤序怎么惹你了?"

"怎么了?"她还好意思问,陆嘉言气得额角青筋凸起,"那小子刚刚想偷亲你知不知道?"

如果说前面岑姜还存了点倦意,这一刻彻底清醒了。

"你说,"岑姜舔了舔唇,艰难地道,"汤序想偷亲我?"

"不相信?"陆嘉言浑身上下都透着不爽,"你车里有没有监控,要不要查看一下?"

"我不是这个意思。"她只是一时没能消化这个信息。

汤序偷亲她?为什么?难不成汤序喜欢她?

岑姜回想了一下这段时间汤序对她的态度,可以说是无微不至。之前没想那么多,是因为有些工作确实属于他助理的范畴内。像煮红糖水,提醒她增减衣物这些,她都以为是朋友间的关心,从来没想过比自己小几岁的汤序会对她产生男女之情。

岑姜看了一眼陆嘉言,小心翼翼地问:"那、那他有没有……"

陆嘉言勾了下唇:"你觉得他要是做了什么,我能放他安全离开?"

还好,岑姜长舒了一口气。

"明天把他开了!"陆嘉言脸上的不爽丝毫没有减少,"别让我再看到他。"

"好的。"岑姜乖乖地点头。

陆嘉言除了一开始看了岑姜一眼,始终目视前方,下颚线绷得紧紧的,一看就气得不轻。

"那个……"

岑姜才开口,陆嘉言就喝止了她:"你现在别跟我说话!"

"哦。"岑姜依旧乖乖地应着。

过了几秒,陆嘉言偏过头:"岑姜。"

"嗯?"

"你家是不是没床啊?"陆嘉言语气还是很冲,"那么喜欢在车上睡觉?"

岑姜小声嘀咕:"不是,我就是太累了。"

"他是一个成年男人,不是小孩子。"陆嘉言扶额"啧"了声,"你气死我了!"

"我下次会注意的。"岑姜之前确实是把汤序当成弟弟来看,就一小孩。

"行了,你别生气了,我们去吃饭?"岑姜扯了扯他的衣摆,"我饿了。"

陆嘉言没说话。

岑姜知道他答应了:"那你在车上等我一下,我换身衣服马上下来。"

他还是不语。

"你……先冷静一下。"岑姜丢下这句话就下了车。

回家后,岑姜用最快的速度洗完澡换好衣服下来,陆嘉言还是那个姿势坐在车里。

岑姜走到副驾驶这边重新坐上去:"还在生气呢?下去吃东西吧,我们走路去,就在前面。"

陆嘉言抿着唇,像是没听到一般没有任何动作。

岑姜叹口气,往他那边挪近了些,用着哄小孩的语气对他说:"我明天就开了他,我保证以后再也不在车里睡觉了,行吗?"

"他凭什么?"陆嘉言没头没尾地道。

"啊?"

"我都不敢,他凭什么偷亲?"陆嘉言憋屈死了。

岑姜微愣一秒,而后轻笑出声:"你不敢什么?"

陆嘉言抬头,对上岑姜染笑的眸子。

岑姜刚洗完澡,身上还带着沐浴露的清香,她换了一条宽肩带小白裙,圆润的肩头、好看的锁骨全暴露在空气中。未施脂粉的脸上渐渐爬上两抹绯色,像是熟透了的水蜜桃。

陆嘉言喉结上下滚动一番,忽地把她往这边一拉:"不敢这样。"

低哑的嗓音伴随着灼热的气息快速靠近,岑姜的呼吸被夺,最后一个字消失在两唇之间。

陆嘉言的吻来势汹汹,又咬又吮,根本不给她退缩的机会。岑姜只能被动地接受他的索取。

酥麻感从唇上一直蔓延到四肢百骸,岑姜身子都软了,脑子也是一片空白,眼里心里都只有眼前的人。

她缓缓闭上眼睛,睫毛轻颤,脸越来越红。

陆嘉言捧着她的脸,薄唇从她唇上移开,慢慢在她脸上落下细细碎碎的吻,最后来到她的锁骨处,启唇一咬。

岑姜嘤咛一声。

"疼?"陆嘉言哑声问。

"嗯。"痛感传来,岑姜脑子顿时清醒了几分,"陆嘉言,你先放开我,这还在外面呢。"

"不放。"陆嘉言埋在她颈窝处,唇还在到处游移。

岑姜感觉有些痒，只不过她又想起另外一个问题："你都亲我了，是不是答应做我男朋友了？"

陆嘉言动作一顿，接着偏头含了下岑姜的耳垂，用缱绻的嗓音说着不要脸的话："你想得美！"

回来的第二天，岑姜给汤序打了个电话过去，告诉他以后不需要再过来上班了，并把工资结给了他。电话里两人都没提昨晚的事情，沟通还算愉快。

少了个帮手，工作自然是越来越忙，岑姜终于开始考虑刘苗给的建议，开一间属于自己的摄影工作室。

这将会是一项忙碌且耗费时长的工程，在这之前岑姜想先稳定好和陆嘉言的关系。

这天下午，岑姜又一次来到LU工作室。

徐丽见她过来，指了指楼上："在呢，直接上去吧！"

王泽也在，看了岑姜几眼，似乎想起什么，猛地拍了下桌子："我终于记起在哪儿见过你了。"

岑姜满头雾水："什么？"

"言哥的手机里。"王泽说，"之前我无意间瞥到过他手机屏幕，见是个女孩的照片，我还特意多瞅了两眼，是你，头发乱糟糟的你。"

岑姜终于懂了他在说什么，不好意思地冲他笑了笑，而后默默上了楼。

岑姜穿过公共办公室，让她哭笑不得的是，期间还获得好几句小小的"加油"声。

来到陆嘉言办公室门前，她抬手敲了敲门，几乎是下一秒，门从里面打开，她被一股大力拉了进去。

陆嘉言将她抵在墙上，沉声问："开了他没？"

"开了。"岑姜老实点头。这都一晚上过去了，气还没消呢？

陆嘉言"嗯"了声，之后便一直这么盯着她，目光从她的头发渐渐往下移到她的唇上。

他的目光像是带了手脚,在岑姜脸上撩拨。

她今天特意打扮了一番,化了个淡淡的桃花妆,嘴上涂着"直男斩",她的唇色本就呈现浅浅的粉色,涂上唇釉越发看起来娇艳欲滴。

陆嘉言的目光在她泛着光泽的唇上停留几秒,眸色渐渐变暗,他抬起岑姜的下巴就要吻上去。

岑姜立马捂住自己嘴,瞪着大大的眼睛看着他,眼神里写满拒绝。

陆嘉言眸光微闪,慢慢放开了她:"为什么?"

岑姜从他和墙之间钻出来,跑到落地窗前站定:"你又不是我男朋友,你不能亲我。"

过了两秒,她又补充了一句:"不然你就是渣男!"

"我是渣男?"陆嘉言不可置信地道,"我二十五年来除了你连女的手都没拉过,怎么就渣男了?"

"你不答应做我男朋友,还总亲我,不是渣男是什么?"岑姜抿了抿唇,"难不成我是随便的女孩?"

陆嘉言眼皮子跳了下:"行,我渣。"

陆嘉言嘴角微微弯曲:"你的意思是我如果现在答应做你男朋友就可以亲?"

岑姜想了想,点头:"对。"

"我觉得我还没考虑好。"陆嘉言走过去坐回办公椅上,"我还要考虑一下。"

"那行……"岑姜作势要走,"我先走了,你考虑好了告诉我。"

"喂,你这个态度要改。"陆嘉言站起身,"你还在观察期呢就这么跩?"

"我没有啊。"岑姜一脸无辜,"是你说要考虑的。"

"岑姜,你故意的是不是?"陆嘉言往后一坐,连带着办公椅往后移了一截距离,"你仗着我的喜欢都肆无忌惮了!"

岑姜心口微微一颤,讷讷地道:"我也喜欢你啊!"

这句话说完,周围空气都凝滞了。

两人完全没有预料到,就这么突然又不明不白地互相表明了心意。

岑姜的这句"喜欢"迟到了七年。陆嘉言愣在原地,久久没能平静。

知道她喜欢自己是一回事,亲耳听到又是另一回事。那种狂喜之后的感慨让他喉间阵阵发紧。

岑姜清了清嗓子,打破满室寂静:"我开玩笑的,我不走,等你一起吃饭。"

下班后,陆嘉言又一次带岑姜来到郊区那家私厨用餐。许是因为下午那个意外的表白,用餐期间两人都没怎么说话。

从餐馆出来后,岑姜说:"我们去附近走走?"

陆嘉言:"行。"

这附近有不少度假山庄,周围全是茶山,现在是晚上七点,夕阳的余晖还照亮着大地,有不少旅客在茶山上拍照。

岑姜挑起一个话题:"我那设计费还没给你呢,徐丽说你没入账。"

"哦。"

岑姜无语,又是"哦"。

他不说,她继续问:"你是不是送给我了?"

"我只送女朋友。"陆嘉言乜斜了她一眼。

"那正好呀!"岑姜嗓音带着盈盈的笑意,"我过几天再问你好了。"

两人沿着茶山的小道往上走,此时,岑姜的手机响了,来电人是她妈妈。

岑姜按下接听键:"妈妈?"

电话那头的岑念格外客气:"姜姜啊,你明天有空吗?"

岑姜皱了下眉:"有事?"

"明天晚上一起吃个饭行吗?"岑念问。

"妈你就直说吧,到底什么事?"岑姜听着她这语气怪别扭的。

"我们母女俩很久没见面了,上次你生日也没去,一起吃个饭需要什么理由?"岑念声音终于正常了些。

岑姜:"可以,我明天回一趟家。"

"别,我等会儿把地址发给你。"岑念强调了一句,"记得穿漂亮一点。"

岑姜从这句话中嗅出了不对劲:"为什么要穿漂亮点?你不会是帮我安排了相亲吧?"

自岑姜接电话起,陆嘉言就默默地跟在她身边看手机。听到"相亲"两个字,他倏地抬头,眼神都变得凌厉起来,心里生出一种"怎么谁都要来跟我抢"的感觉。

"谢谢你了妈妈。"岑姜回头看了一眼陆嘉言,语气柔和了几分,"我有男——"说着,她又不好意思地垂下眼帘,"我有喜欢的人了,我很喜欢很喜欢他,除了他我谁都不要。"

电话那头的岑念被打了个措手不及:"你才回国多久?说什么很喜欢呢?别被人骗了。"

"我们认识很多年了。"岑姜说,"就是你之前见到过的那个男孩。"

"还是他?"岑念语气沉下来,"我不同意,你以为年少时期的感情能有多真?你们现在的喜欢不过是因为当年的不甘心而已!"

"这么多年你还是这么自以为是。"岑姜轻笑了声,"我知道我的喜欢有多真,我也不需要你同意。"

"你现在翅膀硬了,不听话了是不是?"岑念说,"我告诉你,年少时期的感情没几个能长久的!"

"你不要把你失败的感情经历当成经验来教我,我懂什么是爱。"岑姜深吸一口气,继续道,"我说过改高考志愿那次是你最后一次干涉我的人生,以后我不会再听你的,再见。"

岑姜挂完电话,回头对上一双幽深如涧的黑眸。

陆嘉言直勾勾地盯着她,眼底似乎有什么情绪在翻涌:"你当年被你妈改了志愿?"

岑姜"嗯"了声,忽而又问:"你只听到了这句?"

陆嘉言满腔复杂的情绪被她这么一问,顷刻间消失了大半:"我还应该听到什么?"

男人懒懒的嗓音带着细碎的笑,心情看起来颇好。

"就是前面几句啊。"岑姜委婉地提醒他,"我拒绝我妈相亲所说的话。"

陆嘉言"啊"了声,拖长尾音道:"你说你喜欢我那里?"

岑姜眼神亮了亮:"对啊。"

"是挺诚恳的。"陆嘉言稍稍歪头附在她耳边,坏笑道,"别以为说几句好听的我就会答应你。"

看着走在前面的傲娇男人,岑姜想起他昨天晚上的日记本内容:

【我觉得我还可以坚持一段时间。】

岑姜眼里划过一抹狡黠的笑,偏不如你的意,今天非得让你答应才行。

她缓了缓情绪,追了上去。

看着近在咫尺的背影,岑姜心头的小鹿又开始四处乱撞,她忍着羞涩张开手圈住对方精瘦的腰。

陆嘉言脚步停住,嘴角的笑也僵在脸上,眼睑微垂,目光落在交叉在自己腰间的那双莹白手上。

女孩手腕上还戴着他当年送给她的红绳手链,陆嘉言无声地笑了:"怎么,又耍赖呢?"

"阿言哥哥,你就答应我吧!"

女孩娇软的嗓音像是在陆嘉言心里放了一把火,火苗从胸腔一直蔓延到脸上,连耳朵都波及到了。

盛夏的风也是燥热的。

陆嘉言垂在两侧的手无处安放,声音泛着哑:"你……"

"阿言哥哥。"岑姜把脸埋在他背上,脸都快要烧起来了。

太羞耻了!

十八岁那年没叫出口,二十五岁倒是叫上了,还叫了两声。

陆嘉言心口软得一塌糊涂,他抬手覆在岑姜的手上,稍稍用力想拉开,奈何岑姜圈得更紧了:"你先答应我!"

陆嘉言喉间蹦出一声笑:"行,答应你。"

话落,岑姜的手就被他用力拉开。他刚一转身,岑姜就往他怀里一扑。她现在实在没脸跟他对视,脸不知道红成什么样了。

"怎么了?"陆嘉言想捧起她的脸,但她死命往自己怀里钻。

"别,抱一会儿。"微微发颤的嗓音泄露了她的害羞。

陆嘉言眼里的笑意更甚,他弯腰抱紧怀里的人,偏头轻声诱哄:"再叫一声。"

"不要。"岑姜想也不想地拒绝,"这辈子也别想了。"

陆嘉言实在没忍住笑出声来,破碎的笑声随风入耳。

岑姜都能感受到他胸腔的起伏,顿时恼了:"陆嘉言!"

"在呢,女朋友!"

这句"女朋友"把岑姜的气焰压下一大半:"你别笑了。"

"我高兴。"陆嘉言把她抱得更紧,长长舒了一口气,"女朋友,好想你。"

岑姜鼻头一酸:"我也是。"

没头没尾的一句话,偏生都懂。

抱了一会儿,岑姜都开始出汗了,她伸手轻轻推了推陆嘉言的胸膛。在对方松开手的一瞬间,她快速转身准备往回走,但被陆嘉言手疾眼快地拉了回来。

"我从有了女朋友那一刻起还没见过她的脸。"陆嘉言抬起她的脸,"让我看一下?"

暮色下,岑姜白皙脸上的红晕清晰地落在陆嘉言眼里。

唇上的那抹光泽尤为亮眼。

他眼神暗了暗,边凑近边问:"我可以亲你了吧?"

岑姜觉得他问了个寂寞。

都没等她回答,对方就吻了上来。

陆嘉言的吻一开始还算温柔,后面越来越激烈,像是要把她吞入腹中,她胸腔里的空气都被他抽走了。

岑姜呼吸不过来,只好用力推他。

在他放开后,岑姜大口呼吸的同时还不忘控诉:"你干吗那么用力,我都快憋死了。"

陆嘉言抬手拭去她嘴角的一抹水渍，俯身又嘬了一下她微微肿起的唇，没什么诚意地道歉："对不起，我太高兴了。"

那天确定关系之后，岑姜开始着手忙自己的工作室。

开始一段时间，两人一个星期至少还能见上两三次面，越到后面见面的时间就越少。不只是岑姜忙，陆嘉言工作室也到了营业旺季，工作堆积成山。

这次两人整整一个星期没见面了，主要原因还是在岑姜，因为只要她有空，陆嘉言再忙也会腾出时间陪她。

晚上十点，岑姜还在摄影棚拍照。拍完最后一组照片，她把现场留给助理收拾，拿过一旁的手机开始查看有没有未接来电。

看了一眼，未接来电没有，陆嘉言的日记本内容倒是有一条：

【我就说不能轻而易举地给她追到，追到了就不珍惜了！】

岑姜差点笑喷，这是什么"怨妇"发言？

她也想见面，奈何这几天连睡觉的时间都不够。

岑姜想给他打个电话过去，结果屏幕一黑，手机自动关机了。

她把手机放进包包里来到停车场，自从那次之后，没什么特别的事情，岑姜都选择自己开车。

回到家洗完澡已经快十二点，岑姜拿过正在充电的手机开机。

屏幕打开，霎时跳出几条来电显示，均来自陆嘉言。

其中还有两条微信消息。

LJY：【我在你家楼下，回来了没？】

LJY：【回来了没？怎么不接电话？】

这两条消息分别是在晚上十点四十和十一点半发过来的。

岑姜心里一紧，忙回了个电话过去。

"忙完了？"电话里陆嘉言的声音很淡。

岑姜有些心虚，声音弱弱的："我刚在洗澡。"

"哦。"

"你在哪儿啊?"

"在家。"

陆嘉言的声音像是受了委屈的小朋友。

岑姜忍着想笑的冲动,问:"我看你发微信说在我家楼下,真回家啦?"

岑姜咬了下手指头,似乎是犹豫了一下,说:"我想你了。"

"给你五分钟,下楼来,不然我就走了。"

陆嘉言硬邦邦的声音把岑姜逗乐了:"行,我马上下来。"

"岑姜,你居然还笑!"陆嘉言十分不爽地吼了一句。

吼完后只听到"嘟嘟嘟"的忙音,他顿时更气了:"吃定我不会走是吧?"

陆嘉言说完启动车子离开,才开走不到两米,又开始往后退,最终又退回到了原来的位置。

岑姜换了件宽松的T恤和牛仔裤,快速跑出小区来到陆嘉言的车前。她拉开副驾驶门,坐了上去。

在对方转过脸发飙之前,岑姜凑过去嘬了一下他的侧脸:"对不起。"

陆嘉言张了张嘴,缓缓憋出几个字:"你耍赖呢?"

"没有,我道歉呢。"

陆嘉言见到她火气就消了一半,另一半在她亲完之后也没了:"怎么不接电话?"

岑姜解释:"手机放那儿充电,我去洗澡了。"

陆嘉言见她头发还湿着,语气软了下来:"怎么不吹干头发下来?"

"你给的时间不够啊。"岑姜似是无奈地道。

陆嘉言气笑了:"这么说倒还怪上我了?"

"不怪,不怪。"岑姜问,"上去坐坐吗?"

这么晚也没地方去,外面又热。

"那又不是你家。"陆嘉言轻轻敲着方向盘,语气生硬,"我不喜欢去别人家里。"

岑姜好脾气地问:"那你想去哪儿?"

"要不去我家吧?"陆嘉言看着她。

二十分钟后,岑姜出现在陆嘉言客厅。

这是她第二次来这里,刚刚也不知道怎么就答应了,主要是很久没见面,不想这么快就分开。

陆嘉言倒了一杯水给她,她端起来小口小口喝着,看起来有些拘谨。

陆嘉言闲闲地靠在沙发上玩手机,在岑姜放下水杯后,忽地一把将她拖进怀里。

岑姜僵着身子不敢乱动:"你干吗?"

"玩游戏。"陆嘉言双手圈着她,真就这么玩起了游戏。

他还有一搭没一搭地问她一些关于近期工作方面的问题,岑姜开工作室,他知道,他有这方面的经验,所以经常会给她说一些注意事项。

岑姜的身子渐渐放松下来,她几乎把全部力量都靠在了陆嘉言身上。觉得这样背靠着不舒服,她自己调整了一下姿势,侧坐在他腿上。

岑姜的视线从陆嘉言手机上移开,落在他脸上。

客厅暖白的光线下,男人五官更加立体,睫毛看起来比她的还长,流畅的下颚线往下是他凸起的喉结。

喉结旁边有一道疤痕,很浅,不怎么明显,估计就是那天晚上不小心用刮胡刀刮到的伤口。

她好奇地伸手轻轻摸了一下。

陆嘉言呼吸一顿:"别动。"

"你这里有道疤。"岑姜说着又摸了一下。

静谧的夜里,随便一个撩拨的动作就能改变两人看起来岁月静好的气氛。

脖子那一块像是被猫爪挠了一下,压在体内多时的欲望被挠了出来,陆嘉言喘了一声。

暧昧的因子在周围无限蔓延开来。

陆嘉言双眸微垂,眼里染着几分水汽,嗓音轻而哑:"我说了让你别动。"

话音刚落,岑姜感觉自己的脖子被人舔了一下,接下来的是细细的吮吻。岑姜忍不住瑟缩了一下,背靠的胸膛越来越烫,她越来越紧张。

陆嘉言的吻从她的后颈处一直挪到锁骨的位置,再慢慢上移在她耳垂上咬了一下,换来岑姜轻"嗯"了一声,细细的嗓音犹如催化剂。

手上的手机已经掉在地上,陆嘉言慢慢将岑姜放倒在沙发上,期间唇一直在她脸上游走。

岑姜鼻息间全是男人身上清冽的味道,她紧张得都快忘了呼吸。

"陆嘉言。"

"嗯。"

"陆嘉言。"

"在呢。"

她不知道自己想说什么,只能无助地喊着他的名字。

不一会儿,陆嘉言稍稍抬起头。视线里,岑姜脸色绯红,睫毛轻颤,艳红的唇上水光潋滟。

陆嘉言喉结滚了滚,又吻了上去。

不知道过了多久,岑姜听到陆嘉言在她耳边说了一句话。

她微微掀起眼皮,只见陆嘉言眉眼柔和,眸子里染着细碎的光,像是被他眼里的光吸住,她移不开视线,意识也渐渐抽离。

"可以吗?"他又重复了一遍。男人嗓音低哑,伴随着灼热的呼吸打在她耳畔,灼伤了那块肌肤。

陆嘉言的脸色在岑姜的目光下渐渐染红,饱含某种欲望的目光却不躲不闪,无比坚定。

岑姜没想过这么快发展到这一步,也没想到突然就变成了这样,但只要是陆嘉言就无所谓。

岑姜伸手揽住他的脖子,尾音发颤:"去房间。"

陆嘉言像是再没了顾忌,起身抱起她就往卧室走。

岑姜被他轻轻放在床上,乌黑的头发散落在床头,他倾身过去,唇落在她的额头上,一路往下。

床头暖黄的灯光,给这暧昧的气氛增添了一丝旖旎。

房间内气温不断上升,后半夜才平息下来。岑姜没一会儿便在他怀里沉沉睡去。

睡着前,她似乎听到一声温柔的低喃:"我怎么就这么喜欢你呢?"

翌日早上十点,岑姜艰难地撑开眼皮。她动了动身子,发现哪儿哪儿都疼,哪儿哪儿都酸。

"醒了?"陆嘉言的嗓音在她头顶响起,"有没有哪里不舒服?"

岑姜嘟囔:"哪里都不舒服。"

陆嘉言笑了声:"我帮你揉揉。"

"你别,你手拿开。"岑姜拍开陆嘉言的手,坐起身,"我去上个洗手间。"

陆嘉言跟着坐起:"要不我抱你去?"

"你闭嘴。"

岑姜拖着发酸的身子来到洗手间,当看到镜子里的自己时,她叫了一声:"啊!"

"怎么了?怎么了?"陆嘉言跑到门边,紧张地问。

岑姜拉开身上宽松的T恤领子往里看一眼,然后愤愤地道:"陆嘉言,你是狗吗?"

她身上没一处好地方,右脸上都有个小小的牙印。

"我都已经很克制了。"陆嘉言斜斜地靠在门边,不敢开门进去。

"你以后都别碰我了。"岑姜打开门走出洗手间,看都没看他一眼,重新爬上床。

"这个可能做不到。"陆嘉言坐在床沿,顺了顺她的头发,"我就是答应了,你也不会信吧?"

岑姜将脸埋在被子里,脑子里闪过昨晚的某个画面,她脸上一红,忍着羞涩拉开被子,问了句:"你家里怎么会有那东西?"

陆嘉言挑了下眉:"什么东西?"

岑姜瞪了他一眼:"陆嘉言!"

"在呢。"陆嘉言神色讪讪,"不就是龚思维送的。"

"啊?"岑姜说,"这都多久了,过期了吧。"

"不是。"陆嘉言偷亲了一下她,"他每年都会送,这还是第一次拆开。"

/ 第八章 /
南瓜马车

那天之后,岑姜去陆嘉言那儿的次数就多了起来,一直到她自己的房子装修完成。

岑姜的摄影工作室也在刘苗和陆嘉言两人的帮助下顺利开张。随着岑姜的名气在圈内越来越大,工作室的活应接不暇。

无论多忙,岑姜和陆嘉言两人基本上每周都会约会一次。

秋去冬来。

圣诞节这天,两人吃完饭,打算去看一场电影。电影院售票大厅人潮拥挤,基本上都是成双成对的小年轻。

岑姜挽着陆嘉言的手,看着周围,仿佛自己也回到了少女时代。

"陆嘉言。"

"嗯?"

"我现在跟你谈恋爱就像回到了我们读书那会儿,感觉从来没有分开过。"

陆嘉言轻笑了声,语气中带了点轻佻:"如果在当年,我可不敢对你做昨晚那种事。"

岑姜的脸"唰"地就红了:"陆嘉言,你烦死了!"

陆嘉言捏了捏她的脸蛋,恢复了正经:"我懂你的意思,我也有这种感觉。"

正聊着,他们观看的场次已经开始检票,前面排起了长长的队伍,两人站在队伍的最后。

陆嘉言放在口袋里的手机响了,他拿出来一看,看到屏幕上显示的号码,心里突然有种不好的预感,就好像当年接到奶奶病危消息前的那种感觉。

大厅内太过嘈杂,陆嘉言跟岑姜示意了一下,转身走出去接起电话。

两分钟后,他走回岑姜身边,在她耳边说了一句话:"我爸去世了,我现在要回江城。"

无论是从嗓音还是表情,他都看起来很平静。

岑姜愣了一瞬,赶紧从队伍里出来,拉着他往外走:"那现在订机票吗?还来得及吗?"

"不知道。"陆嘉言边走边查看机票信息,"我先看看,实在不行,只能明天早上再回去。"

岑姜不知道说什么,只能默默陪在他身边。

回到车上,陆嘉言放下手机:"今天没有了,只能搭乘明天最早一趟航班回去。"

"我陪你一起去?"岑姜问。

"不用,你忙你的。"陆嘉言揉了揉她的脑袋,"别担心,我能应付。"

岑姜的确忙,但是她也确实放心不下陆嘉言。他爸是什么样的人她大概知道,那也不代表他就一点情绪都不会有。

毕竟,他没什么亲人了。

陆嘉言回江城后,岑姜用最快的速度把自己手上的紧要工作完成,在陆嘉言离开后的第二天晚上也降落在了江城机场。

她没跟陆嘉言说,而是先回了一趟舅舅家。

舅舅、舅妈见岑姜回来很高兴,岑姜也没瞒着他们,照实说了自己回来的目的。

"小陆是你男朋友?"舅妈很震惊,"你们什么时候在一起的?"

岑姜微笑："今年。"

"挺好，他也是个好孩子，只不过……"舅妈叹息一声，"他也真可怜，爸爸去世之前对他不好，去世之后还落得个不孝的罪名。"

舅妈说陆嘉言回来之后，被一些不知道哪里来的亲戚围攻，说他不孝，对他想把他爸的资产捐出去这件事表示不赞同，说他没有资格云云。

岑姜忽然很生气，关他们什么事啊！

无论陆嘉言做什么，岑姜都支持他，只因为他是陆嘉言。

晚上，岑姜给陆嘉言发消息，告诉他自己回了江城。

陆嘉言立马给她打了个电话过来。

"你怎么来了？工作不管了？"电话那头，陆嘉言的声音听起来极为疲惫。

"我把工作做完才来的。"岑姜轻声道，"陆嘉言，你是不是很累啊？有好好吃饭吗？"

"有，明天就忙完了。"陆嘉言低低的嗓音里带着些安抚，"我没事。"

"你在哪儿？"岑姜握手机的手紧了紧，"我去找你？"

他越说没事，她越心疼。即使不能做什么，给他个拥抱也行啊。

"我在殡仪馆，离你那儿很远，明天下午去找你行吗？"

"行。"

岑姜知道，陆嘉言这样说，肯定是他不方便离开。

事实也是这样，陆父身边现在就他这么一个儿子，关于葬礼、财产分割这些事情都需要他出面。更何况他身边现在还有一群像苍蝇一样盯着他的远亲和陆父的前妻。

他那个没见过几次面的弟弟自然也来了。

陆嘉言烦透了这些事情，他请了个律师全权代理他处理所有遗产问题，属于他的那一部分，他坚持自己一直以来的想法，全部捐给希望工程。

陆嘉言嘴里含着棒棒糖，望着周围那些个指着他议论纷纷的亲戚觉得好笑。他真希望他爸能醒过来，看一下这些人的嘴脸。

不过，他自己好像也好不到哪里去！

又是未合眼的一夜过后,陆嘉言参加完陆父的葬礼,下午回到兴苑花园。

回家洗完澡,他给岑姜发了条消息,告诉她自己已经到家。

大概过了十分钟,岑姜就到了。

十二月底,天气很冷,房间里也冷冷清清的。

岑姜知道他家的密码,自己开门进屋,见陆嘉言懒懒地躺在沙发上,她走过去:"怎么不开空调?"

在她走近的时候,陆嘉言伸手把她拉下来抱在怀里,闷闷的嗓音在她颈窝处响起:"不想动。"

岑姜回抱住他,失笑:"这么累啊。"

陆嘉言"嗯"了声。岑姜抱着他一下一下地顺着他的背,像是在给他安慰。

客厅里安静得过分,还能听到窗外北风"呼呼"的声音。

良久,在岑姜以为陆嘉言睡着的时候,他再一次开了口:"我不难过。"

男人嗓音喑哑,带着浓浓的倦意。

岑姜"嗯"了声:"我知道。"

"可是我这里很闷。"陆嘉言抓住她的手指了指自己的胸口,"很闷,透不过气来。"

岑姜又"嗯"了声:"我知道,别说了,好好睡一觉,醒来就什么事都没了。"

"小时候,是他教会了我打篮球,那时候,他下班回到家就会带我去小区里的篮球场打球。"陆嘉言声音很轻,像是在自言自语,"我每次考了好成绩,他都会奖励我一样礼物,之前听保姆说,有次我生病发高烧,他睡衣都来不及换就抱我去了医院。"

陆嘉言喉结滚了滚,语气很悲凉:"他……他也曾像其他父母爱自己的孩子一样爱过我。"

只是不知道为什么,这种爱一夕之间就没了。

恨他，是肯定的，不原谅也不是说说而已。

从某种意义上来讲，陆父的存在与否对他来说意义不大，甚至不会对他的生活有丝毫影响，他照样可以过好他的生活。

但是，他还是觉得胸口很闷。

岑姜在他额头落下一吻："陆嘉言，你要好好的，你还有我，我以后就是你的家人。"

岑姜或许体会不了陆嘉言对他爸这种复杂的情感，但她知道这个心软的男人不像他表面所表达的那般不在乎。

"嗯。"陆嘉言更加拥紧了她。

在沙发上坐了一会儿，岑姜把陆嘉言劝到床上睡了一觉。

再醒来时，天已经黑了。

两人换好衣服，开车出去吃晚饭，吃饭的地点在二中斜对面的菠萝街。

"我想吃酒窝烤肉，好久没吃了。"岑姜说着咽了口口水。

"不一定有位置。"

睡完一觉，陆嘉言心情好了许多，体内那种复杂的连他自己都没有弄清楚的感情也平复了不少。

"今天又不是周末，肯定有位置。"岑姜说。

他们到店的时候还有空位，但并非如岑姜所说的那般不是周末，原因是老板扩张了店面，有之前三个店那么大。

两人找了个靠窗的座位坐下。

"我要吃五花肉。"岑姜拿起笔在五花肉那里写了个"3"。

陆嘉言微哂："你吃得了这么多？"

"当然，你要吃的话自己加。"岑姜昂起小脸，一副"这不过是小意思"的得意模样。

陆嘉言单手托着下巴，嘴角勾起一抹好看的弧度："那麻烦女朋友帮我加一份。"

"没问题。"

点完单没多久，服务员给他们送来菜品："同学，你们的菜上齐了，用餐愉快！"

陆嘉言跟岑姜对视一眼，齐齐笑出声来："谢谢。"

陆嘉言的打扮跟高中时期相差无几，这么冷的天仅着一件黑色连帽卫衣。怕冷的岑姜穿了件白色宽松羽绒服，头发扎起一个高高的马尾，两人面对面坐着，的确像从学校走出来的学生。

陆嘉言吃的不多，岑姜胃口却很好。

她拿起一块生菜叶包裹住烤得焦黄的五花肉塞进嘴里，感叹道："还是当年的味道，太好吃了！"

岑姜又包了一个给陆嘉言："来，你也多吃点。"

陆嘉言张口接住。

这一画面，让岑姜想起了以前在学校食堂见过的情侣互相喂食物的场景，那时候她在想，要是自己交了男朋友，一定不要这样，好尴尬。

真当自己做了之后，一点也没觉得尴尬，相反很自然。

发现她在傻笑，陆嘉言随口问："笑什么？"

"没什么。"岑姜说，"就是觉得真好。"

是啊，真好，一切都刚刚好。

吃完饭，岑姜提议在附近逛一下。两人手牵着手在二中附近逛了一圈，不知不觉来到了他们曾经偷偷爬围墙的地方。

他们停下脚步，相视一笑。

陆嘉言捏了捏她的手，挑眉问："想不想进去看看？"

岑姜眨了眨眼睛，心里既兴奋又犹豫："不好吧？"

他们两个加起来都五十岁的人了，真要干这种事吗？

"你也觉得很刺激是不是？"陆嘉言笑着把她拉到围墙下，花坛边边上有很多脚印，看来没少人爬。

"我们其实可以走正门。"岑姜还在挣扎。

"现在是晚自习时间，正门进不去。"陆嘉言打消了她这个念头。

"等会儿那边有人怎么办？"岑姜以前听说这些有人翻墙的地方经常会有教导主任守株待兔。

"没那么凑巧，而且天气这么冷，老师不晓得舒舒服服待在空调房？"

别说，还真有老师放着空调房不待在这儿蹲守违规学生。

当陆嘉言和岑姜两人先后从墙上跳下去的那一刻，一束白色光线直直朝他们照过来："站住，是哪个班的？"

岑姜吓得往陆嘉言身后一躲。

陆嘉言抬手挡住自己的眼睛，还不忘了拍岑姜的手安抚她："没事，别怕。"

"哪个班的？"一道严肃的男声越来越近，"怎么不说话？"

陆嘉言虽然没看清来人长什么样，但从声音判断出了对方是谁："于主任，好久不见。"

于主任脚步一顿，拿着手电筒往陆嘉言脸上仔细一照，随即诧异地道："陆嘉言？"

陆嘉言微微颔首，又重复了一遍："于主任好。"

"你小子干什么呢？"于主任走近两步，好笑地说，"回母校看不知道走正门，翻墙翻习惯了？"

陆嘉言笑："怕走正门不让进。"

于主任注意到他身后的人，下巴抬了抬："女朋友？"

岑姜又往陆嘉言身后躲了躲，刚干完这种丢脸的事情她是不会站出来承认的。

陆嘉言低笑："是，不好意思，女朋友有点害羞。"

于主任"哈哈"笑了几声："我懂。我这就走，不打扰你们小年轻谈情说爱了。"

"谢谢，下次去看望您。"陆嘉言说。

"那倒不用。"于主任已经转身走了，声音渐行渐远，"你们混得好我就高兴。"

直到脚步声消失在小树林，岑姜才小心翼翼地从陆嘉言身后走出来。

"于主任还记得你啊。"岑姜有些感慨,"这都过去多少年了。"

陆嘉言牵回她的手,往校园大道上走:"我这么优秀的学生,应该很难忘吧?"

"你就臭美吧!"岑姜的脸往他手臂上蹭了蹭。

陆嘉言勾了下唇:"你走后,我没了对手,次次考试都是第一,还不够优秀?"

"优秀。"岑姜一脸认真,"你一直都很优秀。"

包括现在也是。

冬天晚自习期间的校园很安静,道路两边只听得到树叶"沙沙"的响声。他们路过操场来到室外篮球场。

这几天天气虽然冷,但没下过雨。

岑姜拿掉观众席上被风吹落的几片树叶,两人往上面一坐。

陆嘉言拿出手机回复了几条关于工作的短信,右边肩膀一沉,他手上动作微顿,随即偏头轻声问:"又想睡觉了?"

"没呢。"岑姜说,"就是想靠一下,而且这么冷怎么睡得着?"

陆嘉言轻哂:"你以前又不是没在这儿睡着过。"

时间像是倒回到两人第一次翻墙的那个晚上,岑姜"扑哧"一声:"陆嘉言。"

陆嘉言不懂她这突如其来的一笑是什么意思:"怎么?"

"你那会儿是不是以为我暗恋你啊?"岑姜眼里盛满笑,语气揶揄。

陆嘉言眉梢微扬:"难道不是?"

"嗯,真不是。"岑姜说。

"那你怎么解释你那晚的行为?"陆嘉言收起手机,懒懒地靠在椅背上,一副悉听尊便的姿态。

"这个还真不好解释。"岑姜想,未来这么长,关于短信的事情说不定哪天他自己就发现了。

"不好解释?"陆嘉言点了点头,表示赞同,"感情的事是不好解释,有时候你自己都没意识到,其实已经喜欢上我了。"

岑姜轻扯了下嘴角:"也许吧。"

"听你这口气还不想承认呢?"陆嘉言捏了捏她的脸,"非得我承认先喜欢上你才高兴?"

"不是。"

"也不是不能承认,就是我先喜欢上你的。"陆嘉言单手摩挲着岑姜的脸,嗓音温柔而缱绻,"我也说不清是什么时候。"

面对他突如其来的表白,岑姜的心跳陡然加快。

陆嘉言的手已经从她的脸上慢慢到达嘴角,手从那里轻轻擦过,酥麻感遍布全身。

随着陆嘉言的脸越来越近,他的唇代替手轻轻地印在她的唇上,印上一个极其轻柔的吻:"谢谢你喜欢我。"

岑姜眼里仿佛坠入万千星辰:"我也要谢谢你。"

谢谢你喜欢我这么久。

陆嘉言将她抱在怀里,下巴抵在她头上,心里是从未有过的满足。

一段冗长的沉默过后,岑姜低低的嗓音从他胸口传来:"陆嘉言,你会觉得遗憾吗?"

这个遗憾是什么,她没有说,两人都心知肚明。

"不会。"陆嘉言低头在她眉心落下一吻,"如果没跟你在一起才会遗憾。"

"我也是。"岑姜眉眼弯成一弯月,笑得娇俏。

他们在最好的年纪相遇,在最该奋斗的时候奋斗,在最合适的年纪谈恋爱。

他们的少年时期并没有多么轰轰烈烈,能相互惦记到现在,靠的是那点不甘和对方给的期待。

即使相隔甚远,即使不联系,也并不是每天都在想对方,但每当遇到挫折或突如其来的感伤,想一想对方,都会是一种鼓励,一种促使你走下去的勇气。

两人墨守成规,坚持了这么多年。

这七年并不存在谁在等谁,他们都在努力变优秀。

他们像是各自去奋斗了一场,见过形色各异的人,感受过成功和失败。再见到对方时,初心不变。

她坐着南瓜马车,他拎着水晶鞋,共同赴一场无言的约。

舞会已经开始,他们的青春永不谢幕。

- 正文完 -

/ 番外一 /
那些年的秘密

五月的某个周末,岑姜突发奇想说要去 Q 大看看。
"怎么?"陆嘉言闲闲地看着她,"想要弥补当年的遗憾?"
"也不是。"岑姜说,"就是想去看看你大学的生活环境。"
吃完早餐,两人开车来到 Q 大。
这是岑姜第一次踏进这所学府,校园很大,路上到处都是骑自行车的学生。
"你那会儿也骑自行车吗?"岑姜偏头问。
"骑。"
"那……"岑姜看着不远处自行车上的一对情侣,讷讷地问,"你有载过别人吗?"
顺着她的视线往那边扫了一眼,陆嘉言眉尾稍扬,淡定地给出一个答案:"载过。"
岑姜的嘴巴比大脑先一步做出反应:"谁?"
两人走在校园大道上,道路两旁种有法国梧桐,阳光透过树叶的缝隙洒下来,在两人身上投下一片斑驳。
"龚思维。"瞥见岑姜明显松了一口气的模样,陆嘉言笑着反问,"你以为是谁?"

"我不知道是谁,所以好奇啊。"岑姜一开始就是随口一问,问完后才察觉自己紧张了。

陆嘉言拉长尾音"哦"了一声。

岑姜不自在地转移话题:"你们宿舍楼在哪儿?"

"还有一段距离,你先在这儿等我一下。"陆嘉言丢下这句话往另一个方向跑去。

不一会儿,陆嘉言骑着不知道哪儿搞来的一辆自行车停在她面前:"上来。"

岑姜的眼睛秒变星星眼:"从哪儿借来的啊?"

"一个认识的学弟。"陆嘉言又重复一遍,"上来。"

岑姜坐上后座,伸出手揽住他的腰。

陆嘉言蹬着车子上路,两人的头发随风飘扬。岑姜将脸靠在陆嘉言的背上,嘴角噙着浅浅的笑。

周围都是来来往往的自行车,这种感觉很美妙,就好像自己也融入了他们。

陆嘉言今天穿了一件白色T恤,隔着一层薄薄的面料,岑姜能感觉到手下肌肤烫人的温度。她手指头动了动,恶作剧一般轻轻撩起他衣摆一角,手快速在他腹肌上碰了一下。

几乎是她的手碰上去的同时,自行车身左右晃了下。

"岑姜。"陆嘉言很快稳住车子,嗓音带笑。

"嗯?"岑姜声线平稳,仿佛刚刚耍流氓的不是她。

"你这样——"

陆嘉言回头看了她一眼,语气轻佻:"我会有反应的。"

岑姜脸上爬上两抹轻绯,强装镇定地吐槽:"你自制力太差了。"

"嗯。"陆嘉言欣然接受这项评价,"所以你别撩我。"

一路上,陆嘉言带她看了自己曾经住过的宿舍楼、曾经上课的教学楼,最后来到篮球场。

他将自行车停在规定位置,牵着岑姜坐在篮球场旁边的树荫下:"除了教室、宿舍和食堂,这里是我最常待的地方。"

现在是上课时间,球场上打篮球的人不多。

注意到两人的到来,一个高高瘦瘦的同学跑过来对陆嘉言发出邀请:"同学,打一会儿?"

陆嘉言眼皮微动,下意识地看向岑姜,岑姜眼里带着隐隐的兴奋:"去呀。"

很久没看他打篮球了,有些期待。

"这么想看我打球?"陆嘉言慢条斯理地站起身,跟着那位同学往球场走,"那我去玩一会儿。"

"加油。"岑姜冲着他的背影喊了一句。

陆嘉言举起手给她比了一个"OK"。

球场上,陆嘉言的身影跟当年那个意气风发的少年重叠在了一起,一举手一投足散发出无尽的魅力。岑姜眼神像是被黏住了,没法从他身上移开。

周围坐了几个女生,她们手里捧着矿泉水,眼睛盯着球场的方向。

岑姜猜想她们应该是球场上那几个男生的女朋友。视线重新回到陆嘉言身上,男人此时已是满头大汗,下来肯定得补充水分。

想了想,她起身往来时的方向走,记得小卖部好像就在前面不远。

等岑姜从小卖部买完水回来,陆嘉言他们已经打完一场,一群人正往树荫下走,刚刚捧着水的几个女孩站起身准备给自己等的人送水。

陆嘉言晃晃悠悠地走在最后,眼神四处张望,似乎在找她。

岑姜加快了脚步,然而还没等她走近,有个女孩先她一步站在了陆嘉言面前,朝他递出了手中的水。

岑姜脚步一顿,心里顿时生出一丝不爽。

"陆嘉言!"她站在原地喊了一声。

陆嘉言下场的第一时间看向树荫下,发现前不久还在的岑姜不知何时已经离开。

就在他四处寻找的时候,眼前被递过来一瓶矿泉水:"给。"

刚要拒绝便听到左前方传来一道熟悉的嗓音，他抬眸看过去，嘴角弯起一个浅浅的弧度，绕过眼前的矿泉水，朝那边走去："去哪儿了？"

岑姜在他走近的时候把买来的水塞他手里："拧开。"

"谢谢。"

陆嘉言接过水拧开瓶盖，还没往嘴里灌，水就被岑姜抽走了："谁说是给你喝的，让你帮忙拧瓶盖而已。"

陆嘉言也不恼，把她拉到路边一棵树下，问："说说吧，为什么生气？"

"没生气。"

"那为什么不给我喝水？"

岑姜喝了一小口水，抬了抬下巴："喏，那边不是有人给你送水吗？"

陆嘉言神情微愣，两秒后，笑出声来："吃醋了？"

"我跟个小姑娘吃什么醋？"岑姜状似一副不屑的态度，但飘忽的眼神却泄露了她的不自然。

陆嘉言两手捧起她的脸，迫使她跟自己对视："来，给我看看，第一次见我女朋友吃醋，好新奇。"

岑姜拉下他的手，皱眉道："你烦死了！"

"喂。"陆嘉言眼神里多了一丝不正经，语气吊儿郎当，"生气可以，撒娇就犯规了啊。"

余光扫到篮球场那边有人在看他们，岑姜开始往前走："谁跟你撒娇了。"

"你啊。"陆嘉言伸手揪了一下她的马尾，而后一把揽住她的肩膀，轻声道，"我爱的是你。"

男人刻意压低的声音带着几分缱绻。

岑姜因为见到别人给陆嘉言送水而生出的那点不满，被他这句话冲得烟消云散。

她低下头，小声嘀咕："招蜂引蝶。"

"嗯？"陆嘉言嘴角的弧度就没收敛过，"冤枉啊，我想擦汗，衣服都不敢掀起来，就怕别人看了我的身子。"

岑姜"扑哧"一声:"所以呢?"

"捍卫你独有的权利啊。"陆嘉言搂着她亲了一口,"所以,我可不可以喝水了?"

"行吧,给你。"岑姜笑着把水递给他。

陆嘉言拧开瓶盖,"咕噜咕噜"喝起来。

他头微微上仰,喉结随着吞咽的动作上下滑动,有一滴汗顺着下颚滑下,滑过喉结来到锁骨,在阳光下,有一种说不出的性感。

喝完水,陆嘉言正好对上岑姜看过来的视线,他抬了抬眉梢,笑道:"怎么,馋我了?"

岑姜默默移开视线,继续往前走。

"乖。"陆嘉言捏了捏她的耳垂,像是在哄她,"先忍一忍,晚上给你。"

岑姜整个人都快烧起来了:"陆嘉言,你够了!"

"行。"小兔子开始炸毛,陆嘉言见好就收,"我带你去我们食堂看看。"

走了一段路,岑姜脸上的温度总算是降了下来。

食堂边上有个奶茶店,岑姜提议进去坐一下。

陆嘉言自然没意见:"你想喝什么,我去点。"

"随便,我就想坐会儿。"岑姜找了个位置坐下,她坐的地方右边靠墙,墙面上贴满了各种各样的便利贴。

岑姜仔细看了一会儿,便利贴上基本都是一些表白、许愿的内容。

半晌,陆嘉言端着奶茶在她对面坐下。

"建筑学院大二的陆嘉言学长,我喜欢你。"岑姜念出这句话的同时看向对面的人,"这么受欢迎呢?"

"没办法。"陆嘉言耸耸肩,语气欠欠的,"我有特意收敛,但,你懂的。"

岑姜笑了笑,内心表示赞同。不说别的,单就陆嘉言那张脸,就可以想象到他在大学是一个什么样的存在。

"你上学时候会经常来这儿吗?"岑姜问。

"很少。"陆嘉言眼神暗了暗,低声道,"刚开学那会儿来过几次。"

奶茶店确实不像是他会喜欢待的地方。

岑姜点点头,目光重新回到墙上,视线落在某处时,忽而一顿。

那是一张看起来有些年头的白色便利贴,纸张边缘已经泛黄,有一大半被其他便利贴覆盖,刚刚一阵风带过,掀起了上面一角,她似乎看到了自己名字。

岑姜抬手拨开上面的纸张,看到一行熟悉的字迹:

【岑姜,我在建筑学院,看到联系我——LJY】

岑姜心里顿时像是打翻了调味瓶,五味杂陈。

上面的字迹很好认,一看就是出自陆嘉言之手。

他说刚开学时来过几次,原来是为了找她。

之前听龚思维说,刚上大学那会儿,陆嘉言每天在校园里打听她在哪个系,后来干脆找人要了整届新生的名单,明明里面没有她的名字,他还是不放弃寻找。

直到最后,他从郭艺洁口中得知她去了国外,才放弃。

"看什么呢?"陆嘉言闲闲地靠在椅子上,好笑地道,"你都快把人家的纸给撕下来了,醋劲这么大?"

"对啊。"岑姜不动声色地将那张纸撕下来握在手里,"因为我爱你嘛!"

她的语气太过自然,内容毫无征兆,以至于陆嘉言一时没反应过来。

从最开始的蒙圈到最后的脸红,短短十几秒内,他脸上闪过了好几种表情。

陆嘉言摸了摸鼻子,"啧"了声:"你每次表白都不通知我一声。"

"你刚不也没通知吗?"岑姜笑。

"我那是哄你。"

"我也是。"哄写这张字条时的你。

临近过年,龚思维说婚礼前要给宋语薇补个求婚。他背着宋语薇建了个群,拉岑姜等人进群讨论了一番,最后决定在"微醺"求婚。

岑姜和陆嘉言前一天晚上帮忙布置场地到很晚。

当天下午六点，岑姜还在摄影棚拍照，今天拍摄的模特是最近爆红的一位男明星，叫彭博。

这人吧，人前高冷人后"沙雕"。

"姜姜姐，你说，我是不是你拍过的最帅的男人？"拍照接近尾声，彭博走过来跟岑姜一起看刚刚拍的照片，还不忘自恋一下。

岑姜正在认真查看照片，随口敷衍了一声："是，你最帅。"

明显不是很走心的夸赞也把彭博给逗乐了："那以后常合作啊。"

"行。"岑姜现在只想快点下班，陆嘉言说会过来接她，应该要到了。

她快速查看完照片，确认好不需要补拍后，把现场留给助理，站起身打算离开。

抬头的一瞬间，她就看到了站在门口的陆嘉言。

男人斜斜地靠在门边，正似笑非笑地盯着她。

"你来了？"岑姜笑着走过去，"等很久了没？"

"没。"陆嘉言轻飘飘地扫了里面一眼，语气没什么波澜，"就在你说别人最帅的时候到的。"

岑姜眼皮子跳了下，忙拉着陆嘉言下楼。

来到停车场，两人上车坐好，陆嘉言懒懒地问："这么急着下楼干什么？心虚？"

"是有点虚。"岑姜一本正经地说，"因为我刚刚说谎了。"

陆嘉言："说什么谎了？"

"其实我拍过最帅的男人不是他。"岑姜说，"是你。"

陆嘉言很不给面子地嗤笑一声："你知道你这种行为叫什么吗？"

岑姜觉得自己特别冤："我说的是实话，我刚刚是在敷衍他。"

陆嘉言的视线在她脸上停留一秒，而后面无表情地移开。

感觉自己没把男朋友哄好，岑姜趁他启动车子之前快速在他脸上嘬了一下："你最帅。"

陆嘉言脸色缓了缓，语气仍然不怎么好："你少来这套。"

岑姜又在他嘴角亲了一口:"我男朋友最帅。"

"你——"

陆嘉言的话被岑姜堵在了嗓子眼,她亲了一下对方的唇,睁着一双无辜的大眼睛,小声道:"阿言哥哥最帅!"

这句话对陆嘉言的影响力不小,到"微醺"包厢时,他耳朵上的红晕还未散尽。

"你们俩刚干了什么?"龚思维在两人之间来回扫了一眼,揶揄道,"一个红脸,一个红耳朵,有伤风化啊!"

陆嘉言微微掀起眼皮,语气里满是得意:"怎么,你羡慕?"

"……我有证,你有吗?"龚思维比他还得意。

陆嘉言嘴巴动了动,不服气地丢了句:"你懂什么,这叫情趣。"

两人小学生似的吵架终止于宋语薇的一个电话,她说她已经到了楼下。

包厢里的众人立马各就各位,有人负责调节灯光,有人负责拿礼炮。

龚思维捧过旁边一束红色的玫瑰花站在包厢正中间,音乐也换成了浪漫的情歌。

宋语薇以为只是简单的朋友聚会,一进来看到这个阵仗,霎时愣在原地,两秒后,她脸上的不解被惊喜取代。

求婚的整个过程比较老套,但是从宋语薇闪着泪光的眼神中可以看出她还是很感动。

走完流程,龚思维为了感谢大家的配合,请一伙人出去吃了个晚饭。

餐桌上,很多人喝了酒。陆嘉言没沾,岑姜倒是喝了一点。

她的酒量似乎并没有随着年龄的增长而增加,只不过喝了小半杯,她的意识就开始模糊,人也像没骨头似的往陆嘉言身上靠。

看着挂在自己肩膀上的脑袋,陆嘉言无声叹口气,跟龚思维几人打了个招呼便带着岑姜出了包厢。

将她抱上车并系好安全带,陆嘉言坐回驾驶座。

他将车窗全部打开,冷风倏地从外面涌进来,岑姜冷得瑟缩了一下。

她睁开眼,不满地嘟囔:"你开窗干吗?"

"帮你醒酒。"嘴上这么说,陆嘉言手上却没闲着,帮岑姜把外套拉链拉到下巴处。

"我看你是想冻死我。"岑姜揪住他的衣领不放,盈满水光的眸子里全是不满,"你拉我衣服有什么用,你得关窗。"

"那你现在清醒了吗?"陆嘉言被拉着衣领,身子倾向她这边,难得没听她的话去关窗。

"清醒了啊。"岑姜说,"我知道自己在做什么,在说什么。"

"那我如果等会儿对你做什么说什么,你明天会记得吗?"陆嘉言又问。

"你要对我做什么?"岑姜忽地松开了他的衣领,摆出一副警惕的姿态。

陆嘉言嘴角勾起一抹笑,凑近她悄声说:"把你卖掉。"

岑姜"啊"了声:"别,我不值钱的。"

陆嘉言坐直身子,轻飘飘地扫了她一眼:"乖乖坐好,再动真把你卖掉。"

岑姜乖巧地点了点头,做了一个噤声的手势,表示自己不会再说话。

她这个样子跟当年在教室喝醉的状态简直一模一样,陆嘉言无奈地扶额低叹:"清醒个啥!"

想让她吹吹冷风清醒清醒,又怕她冷,几番挣扎之下,陆嘉言终究还是把车窗升了上去。

岑姜又困又头晕,但她没敢在车上睡觉,因为她感知到了陆嘉言的烦躁,虽然不知道为什么,但这种烦躁似乎是因她而起。

加上他刚刚威胁的话,迷迷糊糊的她硬是强撑着眼皮到了家。

准确地说是到了陆嘉言的家。

"能自己去洗澡吗?"陆嘉言帮她拿好衣服,放好洗澡水,回到客厅问躺在沙发上的岑姜。

"能。"岑姜站起身,缓缓走过去抱住陆嘉言的腰,声音软绵,"你是不是生我气了啊?"

陆嘉言顺了顺她的头发:"没生你气。"

"那你怎么一副不开心的样子?"岑姜鼓了鼓腮帮子,闷闷地道,"你还让我吹冷风。"

陆嘉言眼里染上细碎的笑,抱起她往卧室走:"少在这儿给我撒娇,快去洗澡。"

陆嘉言确定岑姜自己洗澡没问题后,也去了另一个卧室洗澡,洗完澡出来去厨房给她泡了一杯蜂蜜水放床头柜上。

岑姜泡完澡出来,脑子清醒了许多。

没见着陆嘉言,只有床头柜上多出来的一杯蜂蜜水,她端起杯子喝了一大口,正要放下,旁边的手机屏幕亮了一下,跳出来一条信息:

【我也想给她一个难忘的求婚仪式,今天还是算了吧,小醉鬼明天都不一定记得。】

求婚?

今天?

明白过来是什么意思后,岑姜心跳开始失常,脑子嗡嗡作响,一股股热气源源不断地往脸上冒。

所以他刚刚烦躁是因为原本打算跟她求婚,而她却喝醉了?

那现在怎么办?不打算求了?

她清醒的呀!

听到门外有脚步声接近,岑姜迅速爬上床把自己埋进被子里。

陆嘉言来到床边,见她把自己严严实实地裹在被子里,只留一双灵动的大眼睛在外面,好笑地问:"现在清醒了?"

岑姜点点头,之后又摇摇头。

"看来还是不清醒。"陆嘉言帮她把被子拉下来一点,瞥见她红红的脸蛋,不由得用手探了一下,"脸怎么红成这样?还有哪里不舒服吗?"

岑姜躲开他的手,温暾地道:"没有。"

陆嘉言明显不信:"好像有点发烧。"

"没有,我太热了。"岑姜说着从床上坐起身,俯身去够放在床头的遥控器,"我把空调关掉。"

陆嘉言看她手里拿的遥控器,眸色微变:"你拿错了——"

话还没说完,岑姜已经按下遥控器上的开关按钮,下一秒,床正前方的墙中间裂开一条缝,慢慢往两边打开,显现出里面的液晶电视。

空气安静了几秒,岑姜语气温暾:"这里还有电视?"

陆嘉言"嗯"了声。

"那我们看会儿电视吧。"岑姜的困意已经被那条短信带走,现在只想找点什么事来分散注意力,抑或者是告诉陆嘉言自己清醒着,如果他想做什么,是可以做的。

陆嘉言坐在床边,目光直视她的眼睛,眼神意味不明:"你确定要看?"

"确定啊。"不就是看个电视吗?

"行。"陆嘉言示意她换一个遥控器,"那边有个黑色的遥控器,你按一下。"

岑姜依言从床头柜上拿过黑色遥控器,按下开关。

陆嘉言悠闲地靠在床头,两腿伸直,目光从未离开岑姜的脸。

前方电视机屏幕渐渐亮起,一个超大的爱心占据整个屏幕。

屏保还挺特别,岑姜想。

她又按下一个按钮,想进入主界面。

然而出现在屏幕上的是三个粉橘色的大字:

【我爱你!】

岑姜心口骤然一缩。

她混沌的脑子里闪过几帧画面,陆嘉言的日记本内容、爱心,还有陆嘉言说"你确定"时的眼神。

画面交叠在一起汇成了一种猜测,一种让她心脏"怦怦"直跳的猜测。

岑姜手一抖,不知道按了哪个键,电视屏幕跳转,赫然出现她的照片,那张头发乱糟糟的照片,旁边的配文是:

【我喜欢的女孩,怎么样都美。】

岑姜感觉有一道视线一直落在自己身上,带着一种灼热的温度,像是要把她点燃。

她不敢往那儿看,只能紧紧盯着前方的屏幕。

不知道是自己按的还是自动播放,屏幕又发生了变化,这次出现的是陆嘉言的脸,他身后的背景像是家里的客厅。

视频里,男人不自在地扒拉了一下头发,看着镜头说:"本来以为对你本人说会很别扭,现在发现对着摄像头说更别扭。"

陆嘉言笑了声,继续道:"岑姜,自从喜欢上你之后我从没想过还会喜欢别人,并不是说我有多么长情,只不过我心眼小,只能装进一个人,你从进去之后就一直待在里面,我现在想要你待一辈子。所以,我们结婚吧?"

屏幕里的陆嘉言表情从最开始的不自在变得无比认真,随着他最后一句话落,"啪"的一声卧室灯光熄灭。

岑姜心跳好快,她感觉陆嘉言从她身边拿了个什么东西过去。

不一会儿,头顶出现一片深蓝色的光,有无数星星点缀在其中,偶尔还有流星划过。

他们仿佛置身于梦幻般的星空之下。

"好看吗?"陆嘉言低低的嗓音终于把岑姜的视线拉了过来。

她撞上那双带笑的眸子,微微颔首:"好看。"

"那……"陆嘉言不知道从哪儿摸出来一个戒指盒打开,单膝跪在床上,笑着问,"嫁给我好吗?"

这一幕来得猝不及防,岑姜脑子里像炸开了无数朵烟花,她呆呆地看着眼前的男人,半天没回过神。

"怎么了?"陆嘉言捏了捏她的脸,"吓到了?"

大概过了一分钟,岑姜才找回自己的声音:"不、不是,是没有想到。"

岑姜惊喜到感觉白看了短信内容。

"那你答应吗?"陆嘉言刻意压低的温柔嗓音带了几分魔力,像是在她心里挠痒痒。

岑姜拍了拍发烫的脸颊,同样跪坐在床上,朝他伸出一只手:"当然。"

陆嘉言帮她戴上戒指，把她抱在了怀里。

不一会儿，他手微微一带，两人面对面躺在了床上，四目相对。他伸手轻轻抚上岑姜的脸，从她额头到眼睑再到鼻子侧脸，最后来到唇上，手所到之处像是过电一般，泛起阵阵酥麻感。

陆嘉言双眸深邃明亮，头顶的星光给他整个人镀上了一层慵懒之色，像勾人的妖孽。

唇被他轻轻摩挲着，岑姜眸子里水光氤氲。

一种难耐的感觉从心里蔓延开来，想要做点什么来缓解。

她伸手勾住陆嘉言脖子，稍稍用力将他拉近。

在两唇相隔不到一厘米的时候，陆嘉言停在了那里，任凭岑姜怎么用力都不动。

岑姜委屈地瘪了瘪嘴，瓮声瓮气地道："亲我。"

"你先告诉我你现在清醒吗？"陆嘉言声音低哑，另一只手安抚似的一下一下顺着她的背。

"清醒的。"

"那我刚刚做了什么？"陆嘉言讲话时，薄唇一开一合若有似无地碰触了一下她的唇，在她想追上来后，又往后退开。

"你跟我求婚了。"

陆嘉言嘬了一下她的唇："然后呢。"

岑姜有一瞬间茫然："什么然后？"

"你答应了没？"

"答应了。"

"那，叫我一声。"陆嘉言手移至她脖子后面，轻轻捏着后颈那处，嗓音带着蛊惑。

两人之间的气氛太过旖旎，岑姜感觉脑子里才清醒的意识又渐渐被抽离。

她睫毛轻轻颤抖，嘤咛一声："陆嘉言。"

"不是这个。"陆嘉言偏头舔了一下她的耳垂，声音低到近乎气音，"你下午叫过的。"

岑姜全身起了一个战栗，她想躲开这种难耐的折磨，又想要更多。

她知道对方想让她叫什么。

岑姜脑子里仅存的那点理智让她起了点叛逆的小心思，这一刻偏不想遂了他的愿。

没听到动静的陆嘉言抬起头，视线里，岑姜紧抿着唇，泛着盈盈水光的眸子里透着一股倔强。

陆嘉言闷笑一声，翻身将她搂在身下，吻了吻她的眼角："怎么了？"

陆嘉言看着她委委屈屈的模样，终是没忍住吻上了她的唇。

后来，岑姜还是叫了他"阿言哥哥"。

翌日清晨，岑姜在陆嘉言怀里悠悠转醒。

察觉到她醒来的陆嘉言第一时间问："昨晚的事情还记得吗？"

对于昨晚的印象，岑姜感觉像是做了一场梦，梦里零零碎碎的片段都能拼凑起来。

她当然记得，只不过她想逗逗陆嘉言。

于是，岑姜揉了揉自己的眼睛，笑吟吟地答："当然记得，龚思维求婚成功了嘛！"

陆嘉言太阳穴突突跳了下："还有呢？"

"还有……"岑姜咽了咽口水，装作有些害怕地望着他，小心翼翼地问，"我后来是不是喝醉了？"

陆嘉言气得呼吸都粗重了，说出来的话有几分咬牙切齿的意味："你的意思是回来后的事情都不记得了？"

"不记得了。"岑姜问，"发生了什么？"

"你……"陆嘉言深吸一口气，盯着她的眼睛看了一会儿，像是想到什么，忽而又道，"你跟我求婚了！"

岑姜怎么都没料到这个反转，眼睛不自觉睁大了几分。

"你可能受了龚思维的刺激，回来后就跟我求婚。"陆嘉言说，"说实话，我也被吓了一跳，但是你知道，我拒绝不了你。"

岑姜嘴角轻扬了下："所以你答应了？"

"当然。"陆嘉言脸上看不出丝毫心虚，"你后来一直抱着我叫老公。"

说到这里，他像是不好意思地摸了下自己的耳朵："还非让我亲你，你昨晚，反正，还挺热情。"

岑姜气得踹了他一脚："你说什么呢！"

"没事没事，别害羞。"陆嘉言捧着她的脸，轻笑道，"我喜欢你的主动。"

岑姜一时卡了壳。

她缓了一阵，才开口："陆嘉言？"

"嗯？"

"你昨晚那个视频是什么时候录制的？"岑姜伸出手晃了晃手上闪闪发光的戒指，"戒指什么时候买的？"

她又指了指头顶："星空顶什么时候装的？"

"虽然俗气了点，不过没事，"女孩脸上绽开一抹笑，模样甚是得意，"我喜欢你的俗气。"

/ 番外二 /
关于日记本的秘密

那晚,陆嘉言求婚后,两人商量着找个时间去领证。

领证就必须要拿户口本,岑姜的户口本在岑念那儿,这些年两人关系冷淡,虽然不满岑念的一些行为,但岑念总归是自己相依为命的妈妈。

是以,岑姜把她跟陆嘉言打算领证的事情跟岑念说了,并表示希望得到她的祝福。出人意料的是,岑念并没有像之前那样反对,甚至没有多问一句,只是让她回江城过完年再领证。

离过年还有不到一个月,岑姜觉得不差这点时间便答应了。

回到家里,当她把这个消息告知陆嘉言时,对方似乎早就料到这个结果,听完低低地"嗯"了声。

有段时间因为工作忙,岑姜很少去陆嘉言那儿,结果这人干脆收拾了些行李住了过来,开启了两人的同居生活。

"别多想,我妈今天反应还挺正常。"岑姜走到沙发前坐下,温暾地开口,"我过年要回我舅妈家,你……要不要跟我一起回去?"

关于在哪儿过年这个问题,陆嘉言在这之前就提过一次,说家里没人,回去的意义不大,他大概率会留在北城。

靠在沙发上的陆嘉言伸手将岑姜搂了过来,语气不怎么好:"又放我鸽子?"

"……也不是。"岑姜缩在他怀里,小声解释,"我妈已经跟舅妈约好一起过年,今天她通知我的时候,我没敢拒绝。"

她怕,她怕岑念借题发挥,在领证这件事情上做文章。

岑念就像一个随时可以引爆的炸弹,她是半点火星都不敢冒。

她能为了陆嘉言反抗她妈妈,同样也是因为他才变得这么小心翼翼。

他既是她的盔甲也是她的软肋。

陆嘉言平时不拘小节,人一到岑姜面前,心思就变得非常细腻。他一下就懂了她的顾忌,随即叹口气:"行,那就这么着吧。"

"什么意思?"岑姜仰头看向他,"回去还是不回去?"

"当然回去啊。"陆嘉言说,"你在哪儿,我就在哪儿。"

他单手搂着人,另一手搭在沙发上,语气吊儿郎当,模样看上去一点也不正经,说出口的内容却令人心口发软。

岑姜把脸贴在他胸口,无声地蹭了蹭。

陆嘉言收回一只手揉了揉她的脑袋,失笑道:"这是干什么?像小猫一样。"

"你怎么老用这种动物形容我?"岑姜抬起头,不假思索地道,"以前是小兔子,现在又变成小猫了?"

陆嘉言将她提到自己腿上,抬起她的下巴捏了捏:"因为像啊。"

说完仿佛意识到什么,他目光微顿,继而开口:"我什么时候叫过你小兔子?"

"啊?"岑姜反应过来自己说漏嘴,开始打哈哈,"没有吗?那我可能记错了吧。"

陆嘉言见她眼神飘忽,总觉得有什么不对劲。他固定住岑姜的脸,微眯着眼问:"你心虚做什么?"

"没有啊。"岑姜掰开他的手,主动搂上他的脖子,短暂心虚过后便忍不住笑了,"我不过是记错一件事,有什么好心虚的。估计是别人这么形容过我。"

陆嘉言轻抬眼皮:"谁?"

岑姜不解:"嗯?"

"谁叫你小兔子。"陆嘉言说。

岑姜眼皮子跳了下:"这我哪记得,也许根本没有。"

陆嘉言冷哼一声:"最好是没有!"

岑姜眨了眨眼睛,笑道:"这也要吃醋?"

为了掩饰自己的不自然,陆嘉言低头在岑姜嘴上咬了一口:"我吃什么醋。"

岑姜笑着躲开:"没有就行。"

关于能看到他日记本内容这件事,陆嘉言大概怎么也不会想到。

这么怪诞的事情,就算能说出口,对方都不一定相信。

他现在还是会写日记,内容依旧是寥寥几个字,有时候关于工作,有时候关于她。

岑姜有时候忙于工作忽略了他,他都会在日记本里抱怨吐槽。

岑姜看到后会第一时间打电话哄他。

关于这一点,他从来没怀疑过什么。

虽然这么想不对,她有时候觉得还挺有意思。

岑姜自然不想隐瞒他,只是苦于说不出口。

她相信总有一天他会自己发现的。

岑姜以为这需要一个很长的周期,却不承想,事情暴露得那么快。

由于工作原因,除夕的前一天,岑姜和陆嘉言才搭乘飞机回江城。

不想让陆嘉言一个人在家,岑姜出发前便提出邀请他到舅舅家过年。

舅舅舅妈原本就认识他,想来也不会介意。

至于她妈妈那边,竟然已经决定结婚,这些问题势必要面对。

一个星期前,岑念问她要不要一起回江城的时候,岑姜含糊地提过一次,说会跟陆嘉言一起回。

岑念不知道是没听懂还是有意忽略,总之没有对此事做出任何回应。

陆嘉言拒绝了岑姜的邀请，原因是他伯父一家知道他会回江城，一早便打了招呼让他直接回他们那儿。

陆嘉言其实不想去，但为了不让岑姜为难，这是最好的选择。

兴苑花园的别墅，陆嘉言年前有请家政过来打扫过，整体还算干净。

除夕这天，他在伯父家吃完团年饭就回了家。

小区内有小孩在放烟花，别墅空空荡荡，静谧萧条的氛围跟外面小孩的欢声笑语形成鲜明对比。

陆嘉言坐在沙发上，前面是打开的电视机，里面正在播放央视春晚，声音小到是会让人怀疑静音的程度。

他的心思压根儿没在电视上，眼睛时不时瞟一眼放在茶几上的手机。

自从昨天跟岑姜分开后，两人就昨晚睡觉前打了个电话，今天一整天都没有联系。

除了奶奶，陆嘉言这辈子没忌惮过谁，现在却多了一个岑姜的妈妈。

因为是她妈妈，在没有见面不认识的前提下就对其多了一份敬重。

这份敬重在得知对方不怎么喜欢自己之后也没有消失，只因为对方是生养岑姜的人。

正是如此，他才不敢贸然打扰跟她待在一起的岑姜。

只是等着岑姜来联系自己。

可这都一天过去了，这姑娘连一条消息都没有。

陆嘉言在客厅看了会儿无声电视，实在觉得无聊，干脆关掉电视，一个人上了楼。

他来到书房打算工作，奈何心里装着事情集中不起注意力。他"啧"了声，拿出自己随身携带的日记本，写下了一行日记：

【没良心的小兔子，大过年的把老子一个人丢在一边！】

被吐槽没良心的人此时正坐在舅舅家二楼某间卧室里，对面的是浑身显得不自在的岑念。

"你是说……"岑姜有点不敢相信自己刚刚听到的话，"你谈恋爱了？"

"还没，只是有这个打算。"岑念拢了拢身上的披肩，语气比以往温和不少，只是眼睛没怎么看岑姜，"这事你怎么看？"

"这是好事，我当然支持你啊！"岑姜反应过来，脸上难掩雀跃，"有个人照顾你，我开心还来不及呢。"

岑姜现在终于弄懂了从昨天到今天她妈妈反常的原因，确切地说，对方从她提领证那会儿就开始反常。

岑姜回家后一直试图跟妈妈好好聊聊，想让妈妈了解陆嘉言的好以及自己的决心，但是岑念似乎很忙，昨天晚上还出了一趟门。

在家里跟她打招呼也心不在焉的，有时候又看着她欲言又止。

岑姜见岑念状态不对，当即问是不是工作上出了什么问题，得到对方否定答复，她又问岑念是不是有什么别的事。

岑念这次点点头，说晚饭后去她房间，两人聊聊。

于是就有了母女俩这次的谈话。说实话，岑姜在进妈妈房间之前还有些担心，以为对方的目的是棒打鸳鸯，不承想是个"惊喜"。

"你就不问问是个什么样的人吗？"岑念终于正眼看过来，"万一我又遇到跟你爸爸一样的人呢？"

"妈妈，我相信你在决定跟我坦露这件事之前就已经认定了他的人品，毕竟，"岑姜笑了声，"在这方面，你比我更慎重，不是吗？"

岑念眼神闪了闪，没说话。

"而且，我觉得能花时间和精力让我妈妈重新愿意相信爱情的人不会差到哪儿去。"岑姜话落的同时收到一条短信，她看完"扑哧"一笑，笑完又赶紧捂住嘴巴抬眼看向岑念。

后者见她笑容僵在脸上不由得长舒了一口气："好了，我的事情跟你交代完了，现在该你了。"

岑姜一蒙："嗯？"

"说说你男朋友吧？"岑念端起放在一旁的茶抿了一小口，"总得知道全面一点，不然我怎么放心把女儿交给他？"

岑姜立马坐直，开始交代："行，他现在……"

约莫过了一刻钟,岑姜从岑念房间出来,从她抑制不住上扬的嘴角和轻快的脚步中不难看出她的雀跃。

这次谈话是母女俩近十年以来最愉快的一次。

岑姜下楼后,直接出了舅舅家直奔后排的别墅。

陆嘉言听到门铃响时刚洗完澡,他眼神不自觉亮了一下,很快又强行恢复冷漠。

他放弃擦到一半的头发晃晃悠悠地来到门口,确认可视镜里的人是谁后,面无表情地打开门:"你来干什么?"

"我来陪你过年啊!"岑姜必须努力克制才能不让自己笑出声来,"省得你怪我把你一个人丢这儿。"

"我怪你做什么?"陆嘉言夸张地笑了声,"我忙得差点儿以为自己还在北城。"

岑姜走进屋内,上下打量他一眼,做出疑惑状:"那怎么这个点就洗澡了?"

陆嘉言关掉门转身往客厅走:"今天忙了一天,想早点睡觉不行?"

岑姜在他身后抿嘴偷笑:"当然可以,那我先走?"

陆嘉言往沙发上一瘫,而后仰头:"你先过来。"

岑姜依言走过去,还没落座就被陆嘉言拉进怀里,洗发水香味伴随着浅浅的呼吸靠近,呼吸被夺就在一瞬之间。

须臾,陆嘉言放开她并伸手将她被自己弄乱的长发捋顺,声音已然泛哑:"现在你可以走了。"

岑姜眸光似水,气息还不是很稳,听见这话,隔了两秒眉间才浮现出盈盈笑意:"真让我走?"

陆嘉言在她脸上嗫了下:"要不是怕你妈说你,我会让你走?"

"我妈应该不会说我,"岑姜拉开他的手,起身坐到了边上,"她同意了。"

"什么意思?"

"我刚跟我妈聊完天。"

岑姜把今晚跟妈妈的谈话内容大致跟他说了一遍,包括最后她妈妈邀请陆嘉言明天过去吃饭的话。

"果然,彻底理解一件事要切身体会才行。"陆嘉言说罢勾了勾岑姜的手,"那今晚可以留在这儿?"

"恐怕不合适。"岑姜说,"我陪你聊会儿,明天早上在舅舅家等你。"

"行。"

就算没有岑念的邀请,陆嘉言也打算过两天去一趟,无论对方什么态度,他的这份礼节至少要尽到位。

是以,第二天,他拎着满满两手礼物到了岑姜舅舅家。

岑念因为性格使然,算不上很热络,但能感觉到她对陆嘉言的认可,舅舅一家更是欢迎至极。

他们没了顾忌,春节假期结束的第一天便去民政局领了证,随后跟岑念一起回了北城。

年初,岑姜工作室没那么忙,陆嘉言正好相反,年前堆积的好几个单交稿期限将至。

这天加了会儿班,陆嘉言走出办公室,发现外面还有几个女同事没走,不过她们显然停止了加班,在聊八卦。

陆嘉言随意瞥了一眼,也没去打扰她们,径直往楼梯口走。

那边围在一起的几个人没注意老板走出来,交谈声继续传来:

"这么说真的有外星人?"

"新闻都播了还能有假?"

"新闻里说外星人造访地球很可能会造成空间错乱,从而出现一些莫名其妙的行为,比如说突然能听到某个人的声音,或者能看到某个人写的字。"

"对对对,好神奇啊。"

……………

下楼梯下到一半的陆嘉言听到后面两句身子僵在原地，无神论者的他原本应该对这些嗤之以鼻，这会儿脑子里却意外冒出一个非常荒谬的念头。

他鬼使神差地拿出手机搜了一下"外星人"的相关新闻，还真有那几个女同事所说的事情。

陆嘉言看完把手机揣兜里，他边下楼边思索，脑子里关于岑姜的很多画面一帧一帧在播放。

之前多次闪现过的疑虑促使这个荒谬的念头越来越强烈。

陆嘉言坐进车里打开一瓶矿泉水猛灌了半瓶。

他在驾驶座上坐了五分钟左右，这期间他脸上的表情从震惊到别扭再到平静，最后似乎是笑了声才启动车子回家。

岑姜和陆嘉言都不大会做饭，一开始经常在外面吃或者自己随便煮点面条。

后来，岑姜表示不想老是在外面吃，两人便开始学厨艺，陆嘉言在这方面天赋好像比她高，做出来的东西味道相对来说要好一些。

所以只要陆嘉言有空，基本都是他下厨。

这几天岑姜下班早，这个活自然落在了她头上。她对着短视频学习，味道不算好，但能吃。

陆嘉言刚回到家就闻到可乐鸡翅的味道，很熟悉，家里连续三天都吃这个。

只因为它有这个荣幸被岑姜称为拿手菜。

"回来了，马上就可以吃了。"岑姜听到动静从厨房探出头来，"今天我又做了我的拿手好菜。"

陆嘉言心不在焉地"嗯"了声，他心里充斥着一个念头，迫切地想要求证。

吃饭过程中，岑姜跟他聊什么，他都回答得比较敷衍。他一副心神不定的样子让岑姜怀疑他是不是太累了："你手上还有多少单子啊？忙完这段时间好好休息一下。"

"知道。"饭后,陆嘉言直接去了书房。

岑姜不想打扰他工作,只好一个人在客厅看电视打发时间。

时间接近十点,岑姜想去洗澡睡觉,还没起身就听见手机响了声。

她会心一笑,立即拿起手机查看信息:

【岑姜居然戏弄我!气死了,而且可乐鸡翅一点都不好吃!】

看完这条充满愤怒情绪的信息后,岑姜愣在原地,她这是怎么招惹他了?

她估摸着自己也没犯什么错啊,昨天不还好好的吗?

今天中午还通了电话,晚上她还做了晚饭,怎么就戏弄他了?

怪不得今天情绪不对劲,岑姜抿了抿唇,稍作思虑后,拿起手机走向书房。

她心里觉得憋屈,所以开门的时候没控制好力道,门撞在墙上发出"砰"的一声。

这突如其来的声音以及岑姜气鼓鼓的脸并没有给陆嘉言脸上增加丝毫类似惊讶的情绪。

他坐在办公椅上,老神在在地掀起眼皮,问:"怎么了?找我?"

岑姜被他表里不一的态度刺激到,左右也没想隐瞒什么,索性破罐子破摔了:"怎么了?你说怎么?不是在生气吗?不是说我戏弄你吗?你倒是说说,我怎么戏弄你了,还有,可乐鸡翅不好吃你别吃啊。"

即便有了心理准备,猜测被证实这一刻陆嘉言眼里还是有些许诧异浮现:"所以……你真的能看到我日记本里的内容?"

"啊?"岑姜霎时偃旗息鼓,猝不及防地被挖出埋藏这么久的秘密,她没法淡定了,"什……什么意思?"

"就是字面上的意思?"陆嘉言说,"所以从高中我们认识那会儿你就能看到了?"

岑姜愣愣地盯着他的眼睛,好半晌才推断过来对方刚刚那则日记是在试探她:"你什么时候发现的?"

"刚刚。"陆嘉言尾音上扬,"所以你承认了?"

岑姜点点头:"嗯。"

"不过我不是故意隐瞒你的。"她走过去一本正经地解释,"我说不出口,记得我那次把你约到天台说有事要告诉你吗?我确定日记是你写的后就想告诉你,可是说不出来。"

"为什么会说不出来?"陆嘉言问。

"就是我说我能看到你的日记本内容这几个字说不出口,咦?"岑姜张了张嘴,"好像可以说了。"

发现自己解除禁言后,岑姜把自己什么时候能看到他日记本内容以及以什么样的形式看到的都告诉了他。

她边说边观察陆嘉言的反应,以为他会觉得不可思议或者恼羞成怒,怎知他全程只是悠闲地转着笔。

岑姜拘谨地站在原地,短暂沉默过后,陆嘉言低笑了声:"原来,外星也有月老啊。"

后记/

这个梗的灵感来源于某天我收到的一条微信，来自我的好朋友。内容特别像小时候我们写的那种流水账日记，我当时还以为她发错了。后来脑子里出现几个画面，一个有意思的文案就这样形成了。

写这篇文一开始并没有想要表达什么深刻的含义，只是想写一个始于误会终于爱情的故事。

相信每个女孩都曾经历过文中女主这样朦胧青涩的感情，它可能是友情，也可能大于友情。

这种情感并不羞耻，少女情怀值得被珍惜和理解。可现实生活中大多数父母跟岑姜妈妈一样，把这当作一种丢人甚至羞于启齿的事情。

当然，我并不是赞成早恋。爱情固然美好，但是事业和梦想也同样重要，我始终觉得应该在对的时间做对的事情，所以我才会在文中写，岑姜和陆嘉言两人分开的那七年并不存在遗憾，因为他们都在为自己的梦想奋斗。

我不记得以前谁跟我说过，她相信人一出生很多事情就注定了，比如说跟你共度余生的人，也许你们会走很多弯路，也许你们会因为种种原因分开，但是你们终究会在某个时间点再次相遇。

以前觉得这话有些迷信，现在看来，何尝不是一种智慧。因为她心存希望，就像文中男女主一样，内心始终存着一丝希望，这种希望是他们的默契，也是他们最后能在一起最重要的因素。

文章内容可能过于童话，但我希望你们都能相信这世界所有的美好。

七颗糖